从晒布路吹过

倪海兰 著

文匯出版社

图书在版编目(CIP)数据

风从晒布路吹过 / 倪海兰著. —上海:文汇出版社,2019.4
ISBN 978-7-5496-2873-5

Ⅰ. ①风… Ⅱ. ①倪… Ⅲ. ①短篇小说-小说集-中国-
当代 Ⅳ. ①I247. 7

中国版本图书馆 CIP 数据核字(2019)第 101576 号

风从晒布路吹过

著　者 / 倪海兰
责任编辑 / 熊　勇
出版策划 / 力扬文化

出版发行 / 文匯出版社
　　　　　上海市威海路 755 号
　　　　　(邮政编码 200041)
印刷装订 / 成都兴怡包装装潢有限公司
版　　次 / 2019 年 4 月第 1 版
印　　次 / 2019 年 4 月第 1 次印刷
开　　本 / 880×1230 1/32
字　　数 / 260 千
印　　张 / 10

ISBN 978-7-5496-2873-5
定　　价 / 35.00 元

总　序

吴亚丁

　　20 世纪下半叶以来，在中国辽阔大地所发生的重大历史性事件之一，是深圳的崛起。迄今为止，四十年过去，深圳作为中国改革开放的先行地区，作为改革开放的重大成果，它以充满活力的形象，耸立在中国的南方。

　　濒临香港的罗湖区，是深圳的中心城区之一。20 世纪 70 年代末期以来，改革开放成为中国社会经济政治文化生活的主流，香港因素则成为深圳特区发展的重要因素。深圳文学秉承改革开放的深刻影响，在粤港澳文化氛围中发展成为具有鲜明深圳地域特色的新南方文学。作为深圳文学的参与者，同时，也作为《罗湖文艺》的主编，时至今日，我仍然记得2014 年那个秋天，我们首次在《罗湖文艺》提出"南方叙事"或"南方写作"的概念。不，岂止是概念呢？事实上，那一年，我们正急切地期待一种全新的命名，来概括和诠释当代深圳文学的写作。

那是一次偶然的机缘。那年的某一天，我与文学评论家、深圳大学教授汤奇云博士曾就深圳文学的现状与未来展开讨论。深圳地处南海之滨，接续港台之风熏陶，在经济与贸易层面与国际诸多接轨，这些都对人们的生活和观念产生了莫大影响。在这座城市里，热爱写作的人日益增多，遍布在社会的各个阶层，每年都有新人新作问世。在这里，青春的面孔织就了写作的版图，新人辈出，佳作不断。在这里，年轻的活力正在引领写作的潮流，且日益成为引人注目的文学创作优势和标识。在这里，文学创作已经成为蔚为壮观、活力四射的不可阻挡之势。是的，深圳当代文学，经过数十年来的创新与发展，正在步入一个更具宽度与深度的活跃期。作为受惠于改革开放、日益繁荣发展的深圳文学，理应得到世人更多的关注与重视。在这充满希望之地，在这最具活力的南方经济之城，深圳的文学，更加迫切地需要寻找到自己的发展坐标与路径，需要认清楚自己的未来与使命。我们共同认为，深圳文学应该赓续和弘扬自屈原以来的浪漫主义传统，融合和发展源远流长的南方文化基因，在理想的旗帜下，承继古老而新锐的文学梦想。基于此，我们想给深圳文学的旗帜，写上这样的大字："南方叙事"，或者"南方写作"。

自然，我们也有困扰。其中之一的困扰便是，深圳文学研究弱势相对明显。深圳虽然地处全国一线城市，可是大学少，文化（文学）研究机构少。在深圳，能从理论上系统研究探讨深圳文学现状与发展的专业人员也相对较少。一言以蔽之，我们面临的情况就是，我们仍然缺少为深圳文学摇旗呐喊、为深圳文学的发展鼓与呼的人。于是，我们设想，是不是能以罗湖为核心，即以罗湖以深圳的作家为核心，以《罗湖文艺》等文学期刊为平台，团结更多的创作力量，一起来联手推动这项文学运动呢？这样的念头与想法，其实在更早的年份，我们也曾经产生过。若干年（近十年）前，在深圳的文学圈内，我们也曾聚集过一群重要的中青年作家谈论我们的理想。主要是大力鼓励和推动文学创作，鼓励推出新作品——创作出令人心动的新小说、新散文与新诗歌，齐心协力，一起为深圳的文学创造辉煌。这些设想与动机，犹如星星之火，轻易便点燃了"南方叙事"或"南方写作"的熊熊火炬。

从那个秋天开始，我们携起手来，利用掌握文学期刊和团结了一批作家的优势，正式亮出了"南方叙事"的旗帜。次年春季，有感于"南方叙事"构想的顺利推进，我写下了如下文字表达我的热望：

关于"南方叙事"，我们其实是想表达一个梦想，一个关于深圳文学的期待。深圳人，数十年间，经由祖国四面八方而来，聚集在这座辉煌的城市里，充满热情，奋力拼搏，努力耕耘。经过三十余年的努力，取得了不容忽视的成就。我们认为，从这个意义上来说，这是一种新型文学，具备了一种崭新的文学视野，它所讲述的，是关于新城市的叙事，也是关于南方的叙事。——这是我们推出"南方叙事"这个概念的缘由。

从那时起，我们满怀热情，立足罗湖与深圳，在文学期刊中开辟"南方叙事"的平台，聚焦本地重要作家与诗人。为了推动文学创作，扩大社会影响，我们与深圳大学部分文学教授与学者精诚合作，重点配发关于当代深圳文学的最新评论与理论研究成果。当然，更重要的是，我们用主要精力来推介深圳作家作品，在这方面，我们有主要栏目"南方叙事·作家作品推介"。关于"南方叙事"的理论探讨，我们有"南方叙事·论坛（理论）"；关于"南方叙事"的作家作品评价和研讨，我们有"南方叙事·评论"等栏目。通过立体的栏目构建，我们力图让读者对深圳文学的现状与发展有一个全方位的观察和认识。在这样的努力下，深圳的作家和诗人们，以重点篇幅出场，以新的面目示人，以风格各异的身姿陆续走进读者的视野。

由于杂志的篇幅和时间所限，在深圳范围内，仍有许多重要的作家尚没有收录进来。这是一个遗憾。现在，这套"南方叙事"丛书的编撰与出现，便成为深圳文学多声部呈现的另一个重头戏。在对深圳当代文学的巡视或扫描中，我们认为，通过杂志发表作品，当然是一个重要方式；通过出版社的出版和发行来推动文学的创作与繁荣，同样也是一个不容忽视的重要途径。我们相信，这些通过不同方式铸就的文字、画面与声响，将一道构筑起深圳的文学群像，构筑起丰盛迷人的"南方叙事"崭新的文学景观。

在此，我们想强调的是，与寻常意义上的"文学南方"不同，我们现今所提倡的"南方叙事"，并不单纯是一个地域或方位的概念，而是一个突出人与文学的双重自觉的文化概念。我们心目中的"南方叙事"，尤为关注它的世界意识和现代价值。

正是在这个意义上，我们自觉地将自己纳入宏大辽阔的南方概念，纳入南方的范畴。由于深圳地处南方特殊的地理位置，由于频繁国际交往和粤港澳台诸多因素的各种影响，这些由内地各省投奔深圳而来的作家艺术家，他们远离寒冷辽阔的北方，驻足于温暖南方的天空下，呼吸南方的空气，感受南方的花木，身受南方文化的影响，日渐形成了身上混搭一新的新南方气质。这些人，因此又被称为深圳新移民。我们希望，这种新移民身上新生的南方气质，能够与广州珠三角地区，与南粤大地，与整个南中国的文学风气，遥相呼应，形成气候。假以时日，他们将以新的南方文学基因，完成不同文化融合，以创新的姿态，进入中国南方新的文学编程，续写南方文学的浪漫新篇章。

这套"南方叙事丛书"，便是在这样的时代与文学背景下产生的。

收录在这套丛书中的 11 位作家与诗人，其所撰作品体裁遍及小说、诗歌和散文。他们中间，有自 20 世纪八九十年代便来闯深圳的前辈们，数十年来，辛勤耕耘在深圳这方土地上，收获颇丰。有来深圳较晚的年轻姑娘与小伙子，他们在这里嫁人成家，娶妻生子，却仍心怀文学梦想，在繁忙的工作之余致力文学创作，屡有佳构。他们无论男女长幼，都一直忙碌地活跃在当下的深圳，在每一个夜晚与白昼，心甘情愿地执着奋斗于文学的疆场。他们热爱文字，愿意为自己写作，愿意为深圳写作，愿意为梦想写作。他们愿意为生命写作。他们的写作，构成泱泱深圳民间庞大写作史的一部分。他们本身，也即是"南方叙事"大潮中的一群文学弄潮儿。

倘若阅读他们的作品，我祈愿作为读者的您——能够读到一个新鲜好奇的深圳，发现一个心仪有趣的南方……

2018 年 12 月 24 日于深圳

（注：吴亚丁，小说家。中国作家协会会员，深圳市作协副主席，深圳市罗湖区作协主席，《罗湖文艺》主编。现居深圳。）

目录
Contents

第一春 / 1

夏未央 / 14

木棉花开 / 25

你在车公庙 / 44

红的玫瑰，绿的王二 / 55

月圆之夜 / 68

夏薇的季节 / 81

家宴 / 89

古子的一九九二 / 104

新叶之夜 / 112

短信 / 123

芙蓉梦 / 134

一个西餐厅服务员的日记 / 147

摇红十八岁 / 157

桃色人家 / 172

品管课的女人们 / 183

老二还乡 / 202

信仰 / 210

城中人 / 216

羽升的故事 / 224

两只野鸭的爱情 / 235

野兔狂奔 / 242

今夜暴雨将至 / 262

风从晒布路吹过 / 277

第一春

　　春熙是姚家最小的女儿。临到她出嫁的年龄，上面两个哥哥一个姐姐都成家了，家底已被掏空，因此她的婚事格外窘迫。但热闹还是要有的。

　　日子是做媒人看的，就定在 11 月 27 日。据说这一天喜神降临，吉神荟萃，很合春熙和桑田的八字。日子定下后，春熙的娘掐指算了算，只有一个月的办事时间，虽然不大情愿，但也怕自家女儿在桑田家住了几天，万一大了肚子怎么办？虽然这也是她一手促成的。

　　乡间办事自有一套不成文的规矩，但凡有婚嫁丧娶，左邻右舍都要主动帮忙，更何况一向颇有声望的姚家最小的女儿出嫁。而春熙又长得花容月貌，在同龄的姑娘中首屈一指，单凭春熙在镇上的夫家，话题就足以让人绕梁三日。于是这一天，来帮忙的人格外多了些，洗菜的、打杂的、挑水的、送礼的、说闲话的，冷眼旁观的，在院子里络绎不绝。

　　相比之下，春熙的卧室就显得冷清许多。其实这是春熙娘睡觉的地方。为了便于看顾拴在草屋里的牛，春熙娘在院子的过道里支了一张床，春熙从东莞打工回来，也没有支新的床，就睡在娘空出的床铺上。谁知道她这一回来就走不了了呢！打心底，春熙没想着这一天会这么快来临。从日子定下后，不，从与桑田见面后，她一直晕晕乎乎。只觉自己像一个提了线的木偶，被人牵着走。先是桑田的甜言蜜语，再着是娘的泪眼打骂：看吧，家里没一分钱，怎么办事，桑田家就送来六千元，要不是你在他们家住了几天，五万元他们都会掏。春熙心下说：不是你送我去与桑田见面的吗？可这话她说不出来，只能掐在嗓子眼，噎得她难受，一向话少的春熙话更少了。来看的人都说她这是被喜事闹的，这就是新娘子该有的姿态。

　　按照乡下的风俗，新娘子在婚礼那天都要盘头。经人提醒，春熙在头天晚上才知道这个俗礼，娘赶紧找人用摩托车送她到镇上。刚到理发店，桑田就得知消息，赶了过来，表明晚上可以送她回去。偏偏那天理发店人多得很，结婚的人扎堆，等到春熙盘时，已是三更半夜。桑田是个讲排场的人，也为了安全，召来几个小伙伴，开了几辆摩托车，在乡间的路上前呼后拥着回了家。春熙戴着一头花，记着盘发师的叮嘱，晚上就着被子靠了一夜，只朦胧合了几下眼。第二天也没出去，连早饭都是在卧室吃的，院里的熙熙攘攘听得格外清楚。亲戚们都来了，一簇簇拥着到房里看她。春熙微笑着，整个人被头上的发型和发圈固定住了，像一个硬邦邦的纸人。大姐回来了，带回一床棉被，那是她出嫁时的被面，上面绣着石榴花，火红耀眼。自她出嫁那天起，春熙就喜欢上了，在上面摸了又摸，这点小心思早被大姐看在眼里，放下话来，这一床棉被给她留着。大哥大嫂也从城里回来了，大哥大学毕业后，就留在县城上班，娶了介绍工作人的女儿。二哥二嫂早在春熙婚礼前一个月，去杭州打工了，留下小侄儿在家。大舅妈、二舅妈、大姑，一帮亲戚都来了，房里的人谈笑一阵，忽然听到院里更大的嘈杂，原来是春熙的组合柜到了。组合柜也是春熙嫁妆的一部分，且是重头戏。都出去看嫁妆了，春熙坐在房间里，隔着玻璃窗，看外面的公鸡和母鸡在地上啄食，偶或伸长脖子"嘎嘎"一声。

这时传来几声争吵，春熙终于忍不住，走了出去，看到院子的人都围着组合柜。春熙这才得知，由于订的时间太晚，这套组合柜只刷了一层清漆，且木板极薄。做组合柜的人是跟春熙爹相交几十年的老朋友，欠了账一直未还，就以这套组合柜抵债。但也太寒酸了，这送过去不让人笑话？嫂子围着组合柜边敲边说，里面传来空空的闷响。但已经来不及了，时辰马上就要到了。大姐上前解围，说春熙平时也喜欢素色的，这套颜色挺素净，反正桑田家有钱，不喜欢到时候他们再买。春熙什么话也没讲，又回到屋里，她想起大姐出嫁时的盛况，十几床被子花团锦簇，订的是最流行的组合柜，连刚刚时兴的电视，爹也给她买了一台，就怕她到了夫家会吃亏。但到了春熙这里，爹已经老了，家里也确实没钱。春熙打工挣的几个钱全帮家里还了外债，她也不能说什么。

眼看到了出门的良辰，说媒的人说，千万不能错过良辰，一天里只有这一个时辰是好的。春熙在众人的簇拥下，急急出了门，刚踏上门槛，就听到邻居堂婶在嚷：结婚哪兴请白车？春熙眼一撩，发现门口果然停了一辆白色的轿车，摄像师正举着机器对着她拍。春熙一生气，一只脚又缩了回去。众人赶紧嚷道：这一出门就不兴再跨回去了。春熙赶紧又跨出来。听说跨两次门槛的人会结两次婚，春熙虽然在乡间长大，但平时不喜往人堆里凑，哪知道这些俗理。眼下顾不得了，白车就白车吧，桑田妈平时只知道在镇上埋头做生意，也不懂得这些细理。说媒的人赶忙在旁解释。春熙上了车，扭头看到娘在擦眼泪，她心里一酸，想起几年前离开家里去东莞打工的那一天，充满茫然和未知，只知道生活要改变了，但未来会发生什么，她不知道，一切的未知都在推着她往前走，她只能往前走。

　　乡间的路害得很。桑塔纳一路颠簸着春熙，到了桑田家。按照风俗，男方要在门口支一张大桌子，让新娘从桌子上跳过去，意寓"过门"。春熙没奈何，硬着头皮攀上桌子，旁边的人笑着闹着来阻拦，匆忙间春熙直起腰，只听得"叮咚"一声，她的头顶上了铁制的镂空门头，周围的人们"哎哟"一声。事后在回放婚礼录像带时，在一片背景声中，这声"叮咚"显得格外清脆而寥远。

　　待到中午时分，运送嫁妆的几辆拖拉机才姗姗来迟。坐在洞房的春熙被人叫去看，眼前是一片狼藉。组合柜被送行的人坐烂了一个洞，其中一个柜子上的镜子碎了，每一块都在对着她笑。梳妆台的镜子在拖拉机上闪呀闪，镜子闪烂了半截。连陪嫁吃饭的桌子，也掉了一条腿。几个月后，桑田的爷爷从街对面的茶馆出来，被人用摩托车撞了一下，一屁股坐在地上，一条腿摔断了。当然，这都是后来的事。桑田娘在婚礼那天，直到中午快开饭了，才关上做生意的铺面。百忙之中上楼来告诉春熙，陪嫁的两个茶壶也烂了，拿新茶壶装水时，一提，里面哗啦啦响。

春熙什么话也没有讲，她只是茫然地坐在新床上，看着玻璃窗外。与村里不同，镇上全是一色的楼房，还有架得乱七八糟的电线，一只麻雀飞过来，停在窗台，又扑棱一声飞走。

婚后的生活悄无声息开始了。在桑田娘的安排下，春熙和桑田搬到了面粉厂。春天来临的时候，春熙养了十几只小鸡。来取面的人都说，呀，春熙，你养这几只小鸡可划算，面粉厂多的是粮食。春熙笑了笑，说，小鸡还小，只能吃小米。取面的人又说，呀，那也划算呀，你婆子是卖米面的，光掉在地上的小米，都够小鸡吃撑了。春熙不言语，只给他们取面、称麸皮。

面粉厂是桑田的二叔开的。桑田的爷爷是老红军，分配到镇上粮店当所长，一大家子沾了革命的光，都在粮店上班。桑田的娘原来也在粮店，养了三个儿子，眼看日子实在紧巴，索性下了海，经营起小本生意。先是在街上摆个摊修鞋子，然后卖米面，接着盘下一间铺子，生意一步步大起来，回头客一天天多起来。用说媒人的话，桑田的娘精明得很，眼睛一眨就是一条计，跟桑田的爸打起架来，凶悍得很。桑田的二叔比起桑田那结巴的爸来说，可能干多了。不光能说会道，运气也好，买的几支股票涨价了，赚了几十万元。在二十世纪九十年代，手里有个几十万元可是个大事。发财后在县城买了房子，据说能抗十二级地震。娶了个老婆蓝眼珠高鼻梁，见过的人都称为"外国货"。桑田二娘不仅家里请了人，连洗衣服也雇人洗，整天的生活就是坐在那里搓麻将，钞票哗哗地流。桑田的侄女晴儿，从娘的皮包里掏出几张老人头，到了学校里，散给身边的同学，说，也给你们几张钱花花。桑田二叔家阔气成这样，连带桑田家也沾了光。难怪春熙一回来,娘就催着她去和桑田见面,这一去就被桑田家看上了。春熙是心里住着一个人的,最终也架不住娘的催促和桑田的甜言蜜语。春熙是个好看的女子,好看的女子要嫁个好人家,桑田有个好家势。再说,桑田皮肤白净,浓眉大眼,虽说身材不高,但跟春熙一起出门,也实在辱没不了她。可春熙还是不开心,她整天郁结着眉,见过的人都说,春熙像个受气的小媳妇。

春熙的小鸡长大了,每天在面粉厂溜达,吃掉在地上的粮食。面粉厂大得很,有一二十亩地。厂房的对面,是一排低矮的平房,住着一个厨子,负责面粉厂的伙食,每天做的饭和蒸的馍里,碗底不是盛有头发,就是馍里藏着苍蝇。偏偏每次都被春熙吃到了,就连每月只来一次的桑田二娘,也从来没吃住过苍蝇和头发。厨子脸上长得尚算端正,但一说话嘴里喷着臭气,且一条腿自幼瘸了,所以一直没有结婚,抱了一个养女,今年六岁了,上小学了。据去他家串门的人说,养女和瘸子住一张床,亲眼见到瘸子的脚伸到养女的胯下。瘸子很是本分,种了一片菜地,白天除了做饭,就在菜地间锄草。小鸡们跟在他后面,吃翻出来的虫子。小鸡们一天天长大,到了下蛋的季节,每天在茅草丛里,或者柴火窝里,都能摸出五六个鸡蛋。每隔几天,春熙就骑着自行车,去一趟街上,给桑田的爷送柴鸡蛋。桑田的爷虽说七八十了,身体硬朗得很,每天早上都吃三个鸡蛋羹。

面粉厂离镇上还有一段距离,名为开面粉厂,实则为后来的房子开发作储备。面粉厂的主人是桑田的二叔,他是个大腹便便的中年人,眉目间跟桑田颇有些相似。隔一段时间,一家人便来乡下。一向冷清的面粉厂热闹开来，孩子们在场地里大呼小叫，拴在厨房门口的狼狗也在狂叫。鸡们更热闹了，在四野里奔跑。春熙撵着那鸡，要厨子杀了炖了给桑田的二叔吃。鸡们惊恐地迈开两条黄腿，拼命地跑着，春熙在后面拼命地追着。任它们躲到草丛里，菜地里，终有一两只跑累了，春熙逮了来，交给瘸子。瘸子有些过意不去，问春熙，这鸡刚长大，正下蛋，吃了太可惜了吧，要不去镇上买一只？春熙淡淡地笑，吃这鸡正补，杀了吧，反正也是养在面粉厂的。除了她养的这几只小鸡，她又能拿什么来讨公婆的欢心，也只有这些刚成年的鸡了。

吃完午饭，桑田的二叔一家就开着车走了，面粉厂又恢复平静。桑田还没回来，他总是到深更半夜才回来，跟刚开始追春熙时的样子判若两人。那时候恨不得整天粘着春熙，生怕一不留神，春熙就去了广东，那是春熙娘告诉他的。面粉厂一到夜晚，就扑天盖地的黑，唯有春熙房间的灯亮着。亮了许久，终是也灭了。

春熙闲得慌，在田埂上栽了一株菊花。没想到这菊花繁殖得很快，隔了几个月便开得灿灿烂烂，简直是怒花盛开。桑田的二娘来乡下，偶然看到了，脸沉下来，问谁栽的。春熙遥遥听到，赶紧站在门口说是她栽的。桑田的二娘没说什么，眼白唆了一眼菊花，回房去了。桑田的二娘在面粉厂有一间卧室，在门前种了一株栀子树，每天夏季，开出花来，发出一阵阵异香，引得人躁动不安。

春熙把菊花拔了去，瘸子拿着锄头也来帮忙。但下一季的时候，菊花的小苗仍然从土地里窜出来，盛开不误。瘸子说，这菊花旺得很，只怕除不了根了。

桑田的二娘再回来时，带了几只猫：一只黄猫，一只白猫，一只黑猫，说是放到面粉厂捉老鼠。三只小猫刚见人时，怯得很，再后来和春熙熟了，活泼得很。每当春熙坐在房间打毛衣，三只小猫便来跟她闹，伸出小爪子，拨那毛线团。轻拍了这只，那只又来。春熙闹不过，索性停下手里的活计，蹲下来跟小猫们玩。阳光从窗棂里射进来，看得到空气中的浮尘，三只小猫卧到地上，跟春熙撒娇，摸出小爪子，咬弄春熙的脚趾头。桑田又出去玩了，不到天黑不回来。其实结婚的时候，春熙心里就不得意。娘说，你打工还能打一辈子，嫁过去人家还能给你安排工作。春熙也问过桑田，婚后的生活咋过。桑田嘻嘻笑着说，大钱没有，小钱不断。确实，小钱是不断的，每天从门市上收的钱，春熙算过账，放在抽屉里，上了锁。桑田的二娘每月查一次账，每次算账，总是少了一百两百。春熙白了脸，刚开始不知道怎么回事，她明明算了几次。但桑田的娘和她二娘都心火洞明，情知这钱是被桑田偷拿去打牌，这是他自小的本事。春熙又有什么办法？

面粉厂的生活一天天过下去。每天春熙看着阳光进来，移开，再下去，夜就来了，她的心也慌了。

其实春熙的心里是住着一个人的，那是在打工的时候。十五岁那年，未等初三下学期读完，春熙就退了学，任凭爹拿着皮鞭威胁：就凭你这性子，嫁个人也很快会离婚，说，你不上学能干啥？那时候，随着大哥、大姐、二哥的相继结婚成家，爹早些年攒下的家业已被掏空，还借下不少外账，连春熙每学期的学费，爹都要让娘去四邻家借，有一次实在借不出，让春熙挎着一篮麦粒抵学费，所幸老师并没说什么，只挥了挥手让她把篮子放在地上，但已让春熙羞愧难当。春熙让身子钉在地上，心惊胆颤听着从小一直畏惧的爹狂风暴雨，嗫嚅着吐出几个字：我想去东莞打工。一听这几个字，爹更怒不可遏，从鼻子里哼了一声，鞭子在空中挥了挥，划下一道清脆的响声：去天堂！你去东莞打工，等着人家把你卖了。那时候，方圆十里，也只有春熙的小伙伴春桃的远方表哥在东莞打工，别村的女孩去了几起，进了黑厂，最终哭哭啼啼着被家人赎回来。但春熙不怕，厂那么多，怎么就能进黑厂呢？且春桃的表哥一家人都在那里，不也安安稳稳？在娘的支持下，最终春熙还是踏上了南下的火车，那是她人生中第一次坐火车。那一年，是1994年9月，去广东的人格外多，她是被挤上车的，和同行的几个小姐妹到了车厢才汇合。她把脸紧贴在车窗的玻璃上，看着外面拥挤的人群，一切都是茫然的，未知的，正是这茫然和未知，让她对未来有着无限憧憬，但是一切都是不安稳的。随着火车咣咣当当开动，她的心也动荡起来。

去东莞的第五年，她被娘的一封信召回了家。娘在托人写的信里说，她几年没有回去，也该回去看看了。按照厂里制度，干了一年可以请探亲假。于是，春熙和春桃请了假。坐上大巴车，一路摇摇晃晃回了家。

春熙仍然记得回家的那个晚上，趴在宿舍走廊的男孩。他叫新桥，就连这名字，也是从春桃嘴里套出来的。那时候，春熙在裁断车间，新桥在仓库。从车间到洗手间，有一大段距离，这中间要经过仓库。每当走出车间，把裁断机"咣当咣当"的声音抛在脑后，看着外面的蓝天白云，春熙就有一股莫名的兴

奋和轻松。外面那条路上，一向是空荡荡的，前门后门都有保
安值班，二十四小时监督是否有工人出来闲逛，抑或偷盗。在
车间门口，放着一个大茶壶，每隔一两个时辰，便有送水的过
来，往里倒入热水。这天，春熙从车间出来，胸前戴着离岗证，
去上洗手间。空荡荡的路上，只有她一个人，阳光把她的影子
拉得老长老长。春熙踩着自己的影子往前走，一抬头，迎面走
过来一个人，含着笑，手里托着文件。春熙认得他是仓库的人，
去过她们车间几次。少年看着她，想说什么，没说什么，两个
人擦肩而过，只有路边的植物沙沙作响，那是太阳晒着风吹来
的声音。

　　再后来，春熙在路上又遇到过他几次，但仍是低着头。那
时候，春熙在厂里是有一个外号，叫"羞答答的玫瑰"，且不说
这是谁起的，单是这名字，就够形象了，意思是玫瑰虽好但扎
手。春熙在厂里从来不跟男生说话，即使他们有意逗她，她也
只是低头笑笑。但对于仓库那个少年的笑意，春熙过目不忘。
经过春桃，很快就打听出来，少年叫新桥，贵州人，在厂里已
经两年了，还没有女朋友。春桃逗她：干嘛，是不是对人家有
意思了。春熙一笑，打了一下春桃：才不是。

　　说不是也真不是，娘自幼教她，女孩子家不要在外面随便
谈恋爱，太丢人了，眼前的春桃便是例子。据说春桃在老家时，
曾经谈过一个男朋友。在一个月黑风高的晚上，春桃的男朋友
来看春桃，在翻上墙头那一瞬间，被春桃住在前院的二叔以为
是小偷，拿出打鸟的枪瞄准开了一枪，一家人鬼哭狼嚎，划破
整个村子的夜空，大的叫，小的哭，最终春桃和男友垂头丧气
跪到二叔面前，发誓以后再也不敢了。春熙牢牢记住娘的话，

在厂里安安生生过了几年。那时候，春桃已经换了几任男友，且每次都爱得轰轰烈烈，死去活来。

　　广东的夏季，暴雨多得很。一个闷热的中午，春熙下了班，打了卡，匆匆赶往饭堂，等到吃完饭，已是一身汗水。春桃说有事，未吃饭就和男朋友出去了。春熙端着碗，一个人往宿舍走。走了老远，只觉得身边经过的人都往她身上看，一边窃笑，春熙也不知道为什么。直到新桥从后面赶上来，低声说了一句：你的裤子。可不，蓝色的牛仔裤上，浸着一块暗红色的血渍，月事不知啥时候来了。春熙登时红了脸，脸热得比太阳的光还热，她站也不是，走也不是，手里就拿着饭盆。新桥脱下工服，递给她。衣服上透着一股肥皂的清爽味，春熙把它系在腰间，从低下头的眼角，看到新桥仍然含着笑的眼睛，还有他穿着白色背心的年轻身体。身边的这个人，莫名的让她感觉，可以信任，可以接近。春熙的心渐渐放下来，和他并排往前走。旁边是一道铁丝防盗网，和厂房的高墙，隔出一条狭长的过道，留给他们走。从饭堂到宿舍，隔着整个车间的距离。春熙从没走过那么长的路，也从没走过那么短的路。新桥和他那件带着肥皂味的工衣，陪伴春熙走完人生中最重要的一段路，也是最初的一段路。所有的故事还未开始就结束了。最后一次见到新桥，是在宿舍走廊里。听春桃说，新桥伏在栏杆上，一直等到夜深。第二天，春熙就走了，被娘留在了乡下。这一走，就再也没有回来。

　　春熙的猫渐渐大了，在院子里多了走动的时候，有时候也到外面去，或者跳到高高的屋脊上，让春熙寻不着。别人叫是叫不来的，只有春熙，她站到院子里，柔柔地叫几声，黑猫先跑下来，伏到她跟前，晶亮晶亮的眼睛望着她，柔柔地"喵"了几声，在她腿脚边蹭着、搓着。然后是白猫，接着是黄猫，那精灵一样的动物，迈着轻便的步子，向她匆匆跑来。如果人也像猫一样，春熙一招手，就向她跑来，该有多好。然而不是，空旷的院子里，听到春熙叹了口气，抱了黑猫，引了黄猫和白猫，往房间走去。夜风里碰上瘸子，背着手，悠悠说道，猫大了就爱往外跑，特别是公猫。只有黄猫是母的。但黑猫和白猫越来越爱跑，连两足动物春熙都管不住，更何况四足的动物。

这样的时候多了一些，白猫便有一些时日没有回来。有一天早上，瘸子从外面赶集回来，说一个骑摩托的看到沟里躺着一只白猫，好像是被人轧过。春熙不敢看，让瘸子赶快去看一下，如果是，就找个地方埋了。瘸子回来了，一边往院里走，一边笑着说，真是那只白猫，已经埋了。剩下两只猫，格外孤单了些。在喂食的时候，春熙常常蹲在它们面前，喃喃说些什么。

再后来，黑猫也走丢了，刚开始，春熙还盼着它回来。一个雨夜的晚上，春熙遥遥听得房脊上传来几声猫叫，疑是黑猫的叫声，赶快出来看，却什么动静也没有。后来听得是路边开店的王小二捉了它到几十里外的集市上卖钱。春熙只觉得惋惜，那么漂亮的黑猫，如黑缎一样柔滑，只有眼睛是晶亮晶亮的，能望到人的心里去。

桑田偶尔会回来得早了一些，房间的灯便熄得早。桑田教她嘴角噙着几根头发，春熙心里生了惑。这疑惑最初是一个漩涡，渐渐越来越大，成了一个湖，她的心已经盛不下。在一个热得恼人的正午，春熙和桑田生了一场气，独自坐在床边发呆。

　　窗外是一望无际的麦田，正是拔节时分，一辆卡车经过，掀起一阵黄尘，扑向地头的麦浪。黄猫从外面回来，跳到她腿上，就在她腿上睡着了。春熙轻轻地抚摸着黄猫，它感应到了，温柔地打着呼，一声声回应着。春熙找来一只面袋，将黄猫装了去，交给前来劝架的大舅妈。临行还听到那一声"呜"。

　　春天很快就结束了，所有的花儿都已凋谢，准备等着秋天结果。春熙站在路边，看着飞扬的尘土，回忆起结婚时的场景，觉得那就像生命中的一场闹剧。

原载《佛山文艺》2018 年 1 期

夏未央

你知道吗？杨智勇以前不叫这个名字。

那叫什么？

叫杨伟。很多人取笑，他就改名了。

刘宇宙带着一脸坏笑，斜斜倚在二楼栏杆上。望着从一楼冲凉房里出来，肩膀搭着毛巾，胳膊上端着一洗脸盆衣服的男孩。依然是琼熟悉的表情，颦着的眉头，赢弱的身材。琼趴在1995 年的工厂宿舍栏杆上，向下定定张望，刘宇宙的调侃从她耳边风一样刮过。

上班的时候，总是无聊的。整个车间都是裁断机的"咣当咣当"。听不到人的声音，这种"咣当咣当"便有些有气无力。琼坐在工作台前，翻着一个裁片，似乎上面长了一双眼睛。裁断员把奇怪的眼神斜过来，手没有停下，拉开机台，放上工具刀，摁动开关，"咣当"一下，伴随着皮料的"吱咛"，一片裁片就扔下来。一片，两片，三四片，在琼的面前堆积起来。今天裁的是小牛皮，刺鼻的味道散发开来，也涌进心里。

琼拿着茶缸去打水。裁断车间门口，是一个蓝色大茶桶，端坐在铁架子上。琼扭动开关，水液汩汩流出，热气四下散开。琼正愣神，一个声音响起：呀，水满了。一抬头，是杨智勇，那双笑笑的眼睛正对着她。心一慌，琼赶紧去扭动开关，那双手早就开始帮忙。琼低声说声谢谢！很想再看看那双笑笑的眼睛，却没有勇气抬起头。慌慌离开，再回头，那个身影不见，似乎刚刚立在阳光里，胳膊下夹着蓝色文件夹的赢弱身影只是一个幻觉。

晚上下班的时候，已经是九点半。宿舍里一片宁静。下早班的人坐在床铺上打毛衣，还有的在看书。琼冲完凉，洗完衣服，披着湿漉漉的头发回到宿舍。从洗衣桶里取出衣服，挂到衣架上。走廊上空的杆架，早就挂满衣服。有的衣服没有拧干，犹自往下滴水，地上湿渍渍一大片。一个江西的品检员从外面约会回来，一脚踩到水渍，叉着腰骂起来，丢你老母，哪个骚货又不拧衣服？骂声传进宿舍，坐在床铺上打毛衣的人，嘴角扯了一下。琼取下衣服，又使劲拧。那个叫霍凤的江西品检员，大大咧咧走进来，哎，外面有人叫你。她说。

刘宇宙是这个工厂的保安，人很帅气，特别是笑的时候，显得那排牙齿特别白，很得堂妹桃花的夸赞。此时，桃花正站在刘宇宙对面，笑嘻嘻着，眼神几乎有些痴迷。这个小妮子。琼走过来，心里笑骂。

琼。刘宇宙叫道。

琼看他一眼。

咱们出去玩吧！刘宇宙的湖南口音痕迹很重。

琼看了看时间，才十点。工厂外面正热闹。桃花早就不由分说，挤过来挎着琼的胳膊。刚冲过凉的桃花，披散着头发，穿一件背心，露出雪白双臂，别有一番动人风韵，只是五官太过平淡。琼的心里一动，只是不等开口，桃花就说起来，今天罗台干到成型，又夸了她。

罗台干这个人琼知道。专泡工厂的女孩，以台干的名义。你要小心。琼说。

桃花刚从老家过来，工厂生活对她还很新鲜。加餐的时候，大家都把鸡腿给她。一顿能吃五个大鸡腿。同村的人回去探亲时，这样传话给她家人。桃花家里确实有些穷，这是真的。

咱们去吃夜宵吧！我请客。操着浓浓湖南口音的刘宇宙说。

他们已经走到大门外。一阵夜风吹来，带着南方特有的清凉。

自刘宇宙喜欢上琼以来，几乎每天晚上都在请客。有时候琼不想理他，他就托人带盒炒粉送到宿舍。这些日子，桃花和琼同睡。于是炒粉便也归了桃花。夜宵有时候还会换些花样，比如说加一个蛋还是加两个蛋的炒米粉，加肉还是加蛋的炒河粉，炒饭或扬州炒饭等。一个无意机会，琼才知道，是桃花提的要求，借她的名义。琼有些生气，本想阻止桃花。但工厂里谈恋爱的手段都是这样，一到晚上十点多，快餐店的窗口便挤满人，多是打工仔们为心上人点饭。

工厂也习惯了。习惯刘宇宙和琼还有桃花的身影出现。桃花喜欢当他们的电灯泡，甚至有些乐此不疲。琼刚开始还有些不习惯，但念不住桃花的撺掇，更重要的是，时光的清冷。一次，两次，三四次，只是有一次，三人行碰上了杨智勇。他似乎刚从外面回来，挟带着一身夜色。清冷的眼神掠过琼的脸，琼心里像什么被刮了一下。

其实和杨智勇的交情很短，短得几乎没有人发觉。那是一个午后，桃花还在老家。琼从饭堂出来，顶着头顶燥阳，匆匆往宿舍赶。一个声音从后面追上来，你裤子破了。琼立下，扯着衣服看，果真，后面牛仔裤的大腿处扯了一个口，呈"L"形。可能是坐在饭堂的椅子上，起身时不小心挂破的。琼急得脸都燥热，走也不是，捂也不是。旁边伸过来一双手，托着一个蓝色文件夹，你用这个挡一下吧！

那个午后，几乎所有的人都可以看到，一本摊开的蓝色文件夹被琼捂在屁股后面。阳光很热，有风，刮动着几页纸，上面写满青春的诗句。

也就是那次，琼和杨智勇开始了若有若无的交际，但几乎到别人觉察不到的地步。两个人的工作车间挨得很近。从裁断车间到工厂厕所，隔着寂静的仓库。长长的一段路上，毫无人影。只有保安在角落的岗亭执勤。有时候，琼的心几乎要走得绝望了，一抬头，却看到杨智勇从仓库出来，胳膊下永远夹着蓝色文件夹。这几乎成了他们之间的秘密。

嗨！

嗨！两个人擦肩而过，能闻到他白衬衫上好闻的味道。只是这一次，他说了嗨！

琼的心里几乎要开出花来。一回头，远远地看到他也回过头来。

琼抿着嘴无声的笑。

笑啥子？远远的，传来刘宇宙懒洋洋的声音。他在附近岗亭值班，趴着窗户正往这边张望。

琼不理他，快步朝厕所走去。

我要回家了！

饭店里，刘宇宙含糊不清地说，带着含糊不清的酒气。他喝了酒。

啊，刘哥，你要回家啊？桃花在一边故作惊呼，惹来琼的一瞥。

是啊，辞职报告都写好了！刘宇宙笑嘻嘻地说。

琼，跟我回家吧！我父亲是镇长，家里很富足。

琼有些恍惚。刘宇宙的话依旧很遥远，像风一样从耳边掠过。

几天没看到杨智勇了，琼有些焦急。鼓起勇气，跟仓库的一位老乡打听，才知道杨智勇的父亲出事了。终于在一个黄昏，看到杨智勇从外面急急进来，脚步太快，以至于身影有些倾斜。

嗨！琼迎上他，但又装作无意中碰到的样子。

嗨！他有些心不在焉。你好！他说，随即便要离去。

这段时间怎么不见你？怕他走掉，琼急急说。

我父亲出事了。杨智勇停了停脚步。

在哪个医院？

长安医院。声音已经很遥远了。这是一楼洗衣台，地面很干净，连水渍也是。男孩踩着水渍拐进楼梯，转眼间那咚咚的脚步声传来，响在琼的心里。

嗨，你在想什么？两根手指在琼眼前晃动。后面是刘宇宙笑嘻嘻的双眼，那双眼窝深情地望着她。

对于刘宇宙来说，琼永远是一个谜。这是青春的谜，不知道刘宇宙能不能破解。

夜已经深了。琼有些担心，十二点工厂大门会关。

没事，有我在。刘宇宙满不在乎地说。能和琼多待一分钟也是好的，虽然身边有个灯泡。

我喜欢你，琼。

刘宇宙似乎真的醉了，口音有些含糊不清，伴着浓浓的酒气嚷道。桃花好心的要搀扶他，被他甩了一下。琼，你是不是喜欢那个小白脸啊？夜色中，男孩的声音里带着一丝凉，和伤，故作倔强的走在前面。琼手插在口袋，和桃花默不作声跟在后面。工厂门口的大道上，已经空无一人。只有夜风，清冷清冷。

回到宿舍时，已是深夜。宿舍还有人没有睡。是那个叫霍凤的江西品检员，站在窗前望着夜色，那背影有些消瘦，失去了素日的飞扬跋扈。琼有些诧异，目光往还没睡的人脸上一掠，她们都在心里说，她又流产了。

第二天工厂休假。难得的清爽早晨，同宿舍的人都抓紧时间沉睡，琼早早起来。

十点钟，琼赶到长安医院。在外面小店的电话机上，打通杨智勇的 BB 机。不一会，他就回过来，声音里有些惊讶。病房里，是扑鼻而来的消毒水味道，和一色的白，这情景让琼感到陌生。中间病床上，躺着杨智勇的老父亲，左腿绑着吊带，打着石膏，被高高吊起，一脸痛苦。杨智勇站在旁边，白衬衣似乎几天没换了，头发老长。在交谈中，琼才得知，杨智勇的父亲在附近工厂做清洁工，在一次外出时，被一辆卡车撞翻。

车呢？司机逃了，现在还没音信。杨智勇有些沮丧。

那怎么办？琼觉得天要塌了，对她来说，工厂生活已经是全部世界。

我已经又催促长安交警了，希望他们快点解决。他似乎在安慰她。

伯父买社保了吗？琼故作老练。

厂里有社保。他说，望了望她。

气氛有些缓和。琼想起早上特意赶到市场买的豆腐脑，赶紧拿出来，还有些温热。

给你带的。

我不爱吃豆腐脑。杨智勇的脸上有些尴尬，又有些不好意思。在父亲面前。

伯父吃吗？琼没有探望过病人，也没有这方面的经验。

我不吃，你吃吧！父亲看着儿子，脸上流露出一丝难得的笑意。

在琼的注视下，和父亲的催促中，杨智勇吃完了那份豆腐脑。不知道是不是很甜，琼看着店主挖了两大勺白糖放进去。

很多很多天以后，琼才知道，杨智勇说的是真的，他不但不爱吃豆腐脑，更不爱吃甜的。此时，琼已经坐上去湖南的大巴，和刘宇宙一起。他们准备回去结婚了。

时光慢慢流逝，就如琼的青春。然而青春是一支烟，你吸与不吸，它都会老去。刘宇宙只是在琼需要盛开时，恰巧出现在她身边。刘宇宙家住在公路边，经常有来往的汽车，疾驰而过。琼喜欢坐在路边，望着远去的汽车。在她记忆中，也曾停留这样一辆车。只是，那辆车上的主人公是她和杨智勇。

那个下午，杨智勇送她回来。顺便理理发。临走时，老父亲加了一句，目光转向琼，流露出一丝笑意，然后是痛苦。

他们慢慢走着。南方的街道很干净，路边的榕树垂着长长胡须。琼伸出手，轻触。两个人都没有说话，两边的风景缓慢地向后掠去。看，那边。琼扬起下巴，手指顺势指去。

那里是一家理发店。店面很小，但看上去很整洁。那你等等我。他说，嘴角露出笑容，竟有几分羞涩。琼的心一下子热了起来。好。她微笑着。

男孩出来时，琼正站在大榕树下往这边望。看到琼，男孩有些不好意思，头发已经很短，手足便有些不知往哪里放。琼注视着，只是微笑。等到男孩的手放下来，脖子里很多头发渣，琼说。她很想用手帮他拂去，但头发渣太多，脸颊和脖子里都是。

前面就是长安公园。那你再等等我。男孩好像终于有个借口离开，匆忙跑进去找洗手间。琼仍旧立在大榕树下，一片叶子落下，咻的一声。琼吓了一大跳，循声去找。周边出现一个小贩，推着一个锅炉，上面是摊开的蛋饼，还冒着热气。

男孩出来时，琼还立在原地。看着他快快走过来，顶着一头刚剪短的头发，很清爽。脖子里的头发渣已经不见，只是左边脸颊上还有几根。

远处就是草地，很诱人的样子。但两人停住了。男孩望了望天空，琼也望了望天空。夕阳已经西下，周边一片金黄。

回去的中巴车上，人很多，他们只能拉着吊环，挤在一起。好容易空出一个位子，你坐吧，琼说。

男孩不坐，示意琼坐。两人还在推让，座位已经被刚上车的一个大胖男人坐下。于是两人目光都转过去，手更紧地拉了一下吊环。一个急刹车，琼的身体有些控制不住，向斜刺里冲去，男孩的身体闪了一下，往旁边挪两步距离，给琼留出空当。他友好地给琼笑了笑。车里的人都沉默着。琼默默注视着前方，前方，是男孩单薄的肩膀。

下车的时候，真的是黄昏了。两人站在路边告别，中巴留下一屁股烟，疾驶而去。

琼掏出一块纸巾。左脸颊上还有三根头发渣。琼说。

男孩慌忙接过。琼走很远，再回头，只看到男孩蹒跚而行的背影。

刘宇宙就要回去了，希望带琼一起。琼很有些捉摸不定。桃花说，刘哥对你一往情深，追了你两年，就从了吧！这个小妮子，来工厂才几天，就学会油嘴滑舌。再想想，还能遇到更好的男人吗？在桃花的眼中，似乎刘宇宙已经是最好的男人了。琼很有些痛心，桃花，你别跟罗台干走得太近。她有些答非所问。

婚期已经定下，一周后就要举行婚礼。琼有些心慌。我很想再回厂看看。刘宇宙看出她脸上的怅然，以为是留恋旧地，爽快答应陪她一起回去。其实琼想自己回去，但又不忍拂却刘宇宙的好意。再说，将来在这块异乡，刘宇宙将是她终生依靠的人了。在这之前，琼征求过老家父母的意见。其实快嘴的桃花早就将情况通告。什么刘哥人很帅，父亲是镇长，老家很有钱等等，把父母高兴得合不拢嘴，嘱咐他们婚后回来探亲。

工厂还是一如往常。只是再看不到男孩那羸弱身影，似乎一切都没变，似乎一切都变了。琼没有勇气再问杨智勇的消息。只是趁一个空隙，打了他的 BB 机。号码还在用。等了许久后，回电话的是一个女孩。

杨智勇呢？

他不在这里了。

他将 BB 号留给你了？

是呀！

琼有些心痛，为什么他不将 BB 号留给自己呢？那个女孩肯定是他最亲密的人。刘宇宙再见到琼时，琼正站在一块草地前，样子有些失魂落魄。咱们结婚吧！

是啊，婚期都定好了！刘宇宙好奇地盯着琼，似乎琼的脸和鼻子都脏了。

举行完婚礼后，琼带着刘宇宙回老家探亲。自然，父母是满意的。一表人材，身材高大的刘宇宙很快赢得父母和亲戚们的欢心。

晚上在吃饭时，父亲似乎无意中说起，一个男孩老往这里打电话，像是一个蛮子。在父亲眼里，不说河南话的人都是蛮子，自然，刘宇宙例外。

琼有些奇怪，家里的电话号码只有原来工厂的人事科有，会是谁呢?

今天晚上可能还要打。父亲肯定地说。

果然,电话响了。琼起身,拿起电话,这个电话,她等了有一个世纪那么久,然而,已经迟了。

是我。

你好。琼说。

你回老家了?

是,在老家,正吃饭呢!琼说。

那天接电话的是我妹妹,她从老家来照顾我父亲。我已经辞职了,准备考海关员。

哦!

你呢?还好吗?

我结婚了。琼的身后,是一桌酒席。坐在主席的刘宇宙正在和父亲碰杯。喝,喝,他们说。嗯,在声音里一饮而尽。

电话里有些迟疑,短暂的停滞。那,祝你生个大胖小子!

好!谢谢,也祝你工作顺利!

一切就这样落幕了。就如琼的青春,短暂得亦如同刘宇宙的爱情。

若干年后,生了女儿又离婚的琼,再次来到南方。2013 年的南方街道上,已经物是人非。红颜如烟,弹指灰暗,那闪亮的时刻,才是记忆中最难忘的火焰。只是那点燃火焰的人,早已不知身在何方。夜色里,一个声音响起:你再等等我……

原载 2017 年 10 月《打工文学》

木棉花开

一

初春，木棉树还没开花。

几辆公交车停在惠鑫公寓站，人们鱼贯而出。映春推过别人的肩，挤下车，拽了拽衣服。已是黄昏。

公寓门口的大探灯把附近照得雪亮。摊鸡蛋饼的女人熟练地把鸡蛋磕在锅上，葱花香味四溢，摊位前贴着：摊位转让，免费传授技术。水果摊前，穿短裙的女孩正在弯腰挑选苹果，露出长的腿。穿西装的男人提着鸡蛋饼，投下背影。

走进公寓，便看到两面贴满招租、急转租、转卖家电的广告墙纸，或大或小的字体，被风掀动一角。

映春住在三楼。每家铁门都紧闭着，传来映春空荡的脚步回声。才进屋，就听到手机短信：映春，我要一个人结婚了。大武。

映春怔了怔，发了几个字：祝贺你！大武是她大学三年的男友，她要来深圳前，两人分了。走到窗边，楼下的喧嚣声升腾开来。餐馆的生意永远是那么好，可见人的肚皮是人之欲望。可是自己要的到底是什么？何苦要过这样一种三餐不继的生活！想起大学三年两人的温馨甜蜜，酸楚浮上心头，她哭了起来。揽着被子睡了一觉，醒来脑子还是空荡。惦起明天早上要到新公司报到，这是一份她找了仨月的业务员工作。爱情没了，生活还在继续。她把手机闹钟调到八点。

映春是肖阳招聘过来的。今年肖阳刚升主管，就遇到映春这样的手下。上班没几天，肖阳就发现，这姑娘一脸的聪明劲，可没想到人那么单纯，跟客户吃饭，连喝酒碰杯都不肯，这不过是逢场作戏嘛！

一天下班，肖阳叫住映春："看你整天心事重重，怎么了？你这样子，等不到一个月实习期，就得被开！"

映春抬头，打了一天电话，口水都快干了，可是对方不是开会，就是不需要。快半个月，一个单都没签，即使她把自己伙食压到每天 10 元，可还有房租要交。这些天，她也不敢外出，深圳的公交车费贵得吓人，要在老家，一块钱可以坐到终点的。

"映春，这里不是老家，这是深圳，你想要养活自己，就得适应这座城市。走，今天晚上我请你吃饭！"

华强北路霓虹闪烁，车辆川流不息。一群西装革履的男女，谈笑风生从他们身边走过。肖阳回过头，"别看他们西装领带，每天早上只吃三块钱的炒粉。每个人都有自己的苦，有时候，脑子的弦都快崩断了。但没办法，生活就是这样残酷，谁也不愿被淘汰，你说对吧？"

映春叹气，想想自己在学校时，真的太单纯了，把现实看得那么容易，来深圳几个月，才体会什么叫残酷。

"城市的富人很多，一顿饭钱上万元都有。很多事情都是在餐桌上敲定的，大家喝喝酒，交了感情，又签了单，更何况，又积了人脉。朋友越多，生意越好做。"餐厅里，肖阳侃侃而谈。映春用心记着。

"你别看我现在跟你讲这些，刚来深圳时，我也吃了不少苦。2000年来深圳，我在火车上被挤成笋。当时住在泥岗村，280元的房租，还得整天躲着房东。人啊，就是贱，放着安稳的生活不过，非要跑到这里，又能证明什么呢？"

在肖阳的话中，映春才知道他原来在老家是一名中学教师，为来深圳，女朋友都分手了！映春骤然感到一种亲近。

在肖阳的指导下，映春的工作慢慢上路，她学会和客户交谈，懂得场面上的交际。一个月下来，虽说没签到大单，可也签了几个小单。

这天下午，肖阳从老板办公室出来后，显得很兴奋："映春，你的实习期通过了，同来的三个女孩你被提拔为我的助理，祝贺你！"

"要感谢肖主管呢！没有您的帮助，我可能到现在还没业绩。"映春一个劲地笑。

"这算什么，我是你上司，帮助是应该的。晚上出去吃饭，祝贺一下！"肖阳诚意邀请。

"啊，今天先不了吧，等哪天我签到大单，再专请肖主管吃饭。"映春想起房租又快交了。

肖阳掏出一千块，瞅着映春："是不是没钱交房租了？给，你先拿去用，发了工资再还我。"

映春感激地望着肖阳，没有他的帮助，自己这段时日真不知怎么熬过。

这天早上起来，映春感觉昏昏沉沉，一摸额头，有点烫，可能是昨天液化气快没了，洗了冷水澡，再加上连日劳累，就感冒了。想起今天，还有一个跟踪了好久的客户要拜访，他的公司刚开业，需要大批办公耗材。她挣扎着打电话："肖主管，我可能是生病了，今天还约了黄总，怎么办呢?"她知道肖阳很忙，今天晚上也约了一个客户吃饭。

"你先休息吧，黄总那边我去说。"没听出肖阳口气中的不高兴，映春又昏沉睡去。一室的静寂，泪珠悄悄沁出眼角。"砰砰砰"，映春开了门，外面站着肖阳。

"打你电话一天也不接，担心出事，过来看看。"

映春拿起手机，上面显示几个未接电话。"可能是睡得太沉了，不好意思。"映春歉意地笑。

"啊，你脸怎么通红，是不是发烧了?"肖阳的手搭上她额头，"这么烫，吃药没?"

"没有。"映春这才感到浑身无力，又倒在床上。

肖阳转身就走，很快就给她买了消炎退烧药。吃完了，映春感觉呼吸有些平静。肖阳说："你睡吧，我不打扰你了。"

待再醒来，已是夜里十二点。肖阳还没走，坐在她的床头看书，见她醒来，笑了一下："不放心你，现在好点吧?"又摸她的额头，"烧退了，好了，我该走了。"

映春坐起来："肖主管，今晚你不是还约了客户吗?"

"哦，我推掉了。对了，你的那个客户黄总，我跟他解释了，他说让你明天去签约。这可是你的第一个大客户！"

映春望着他，感激得不知说什么好。

"都是一个人漂在城市，同事之间不关心，还能关心谁？"肖阳说。

"这么晚了，还有公交车吗？"

"我住潜龙公寓，就在附近，没事，只是你这边环境挺一般的。"肖阳看着屋内的简单摆设，脸上有些难过。

映春的眼圈有些红。她笑笑："会好的！"

肖阳伸出手去跟她握了握，问："映春，你男友呢？"

"他在老家结婚了。"

映春的眼泪终于掉了下来，肖阳一把将她拥住。她红着脸，却找到了一种久违的温暖。

"映春，你这么好的女孩！搬来和我一起住，这样既省了房租，两人在一起还能互相照顾。"

映春摇头，虽然很想找个人倚靠，但她要证明自己。

"那这样，你想我了就到我那去，我想你了就来你这里。现在你好好休息，记着明天还要签单。"肖阳走了，房间又静寂下来，外面的声音显得更加喧闹。

和肖阳在一起一段时间，映春仿佛又回到大学时代，有着和大武在一起时的甜蜜。这天周末，早上肖阳约她，映春说一个大学同学来了，要去招待他。肖阳说那好吧，我只好孤家寡人了！

映春刚准备上车，想起相机在肖阳那里，到时无法给同学拍些照片，就打他的手机，却是关机。好在她有肖阳房间的钥匙，匆匆赶过去。那个让她难堪的场面从此在脑海盘旋：肖阳正和一个与她年纪相仿的女孩在房间亲热。

"你是怎么回事，不就是逢场作戏嘛。"面对映春的质问，肖阳轻描淡写的。"别以为这城市有多么单纯的爱情了，人与人之间都是利用，你不也是利用我才签了单吗？"

映春吃惊了。这几个客户都是她辛苦跑下的，肖阳作为一个上司，有责任帮助她。面对肖阳，映春有种说不出的苦感。

映春说："那我辞职吧！"

"你辞职可以，但客户不准带走。"

映春终于明白肖阳靠什么当上主管，这个人已失了心窍，没了做人的本质。映春冷笑一声，推门而出。

找工的日子又开始了。好在这次映春有了经验，很快找到一份项目助理的工作。这是一家房地产公司，正在开发商场，需要跟各色商户打交道。每天映春都忙到很晚，到深圳各区拜访客户，打消他们的疑虑，约好一起去看商铺。一天下来，脚都走肿了。她渐渐习惯这座城市快节奏的生活，每天就像屁股后面有根鞭子在抽着走。

二

对于记者江岸来说，那是一次正常采访，特区成立三十周年纪念日。对于这座城市，以前没过多的印记。这次正常的采访他没想会遇见映春，改变了两个人的生活。

那天他本来约好下午四点，《羊城晚报》的记者从南山开车过来，然后一起去市民中心的庆典现场。可他在南油大厦等到日落西山，才知道由于堵车，那个记者过不来。眼看着烟花在空中升腾，他只好自己打的过去。当他好不容易拦下一辆的士、准备钻进去时，他看见了不停地对着大街挥手的映春，她一头齐耳短发，面目清秀，极像个学生，洁白的上衣，乳房轻颤，牛仔裤，拖鞋，休闲爽利的打扮。江岸忍不住喊她，"喂，这时候打车很难，你到哪里，咱们共一辆吧？"

"我要去市民中心，你去哪里？"映春的声音很清脆。

两人一起坐上车，相视而笑。江岸掏出张名片，递给她，映春也摸出张名片来。这一交换，便有了故事。

当晚的烟花姹紫嫣红，挤过人群，隐隐约约便看到四处绽放的五彩烟花，虽然奇妙，却不能真正打动江岸的好奇心，因为此前见多了这样热闹的场景。他心里唯一的念头便是怎样选好角度拍一两张照片，完成此次出行的任务。

就在此时，手机响了，是个短信，就着路灯，他看清楚是映春发来的，想让他帮她拍几张照片。江岸回短信时，心里便有了打算，再见一见这个当时没看够的女孩。眼前便又呈现出一张清秀的脸，及白上衣下边隐隐的两个小乳来。借着短信的交流，他们终于在茫茫人海中找到对方。

回去时路上的人太多，出租车过不来，他们只好步行，把映春脚都走疼了。他们终于打到了一辆的士回到南油大厦。第二次约会时，他们把这个地方称为"老地方"。

江岸喜欢看映春穿着双红色拖鞋，露出小巧的脚趾来，说话时嘴唇轻启，眼睛勾人，极性感的一个女人，江岸没敢再细看她的胸。

"我请你吃饭吧，感谢你帮我拍照。"

江岸虽然说吃过了，但还是随映春一起走进一家餐馆。他们点了一盘猪肝炒白菜，一碗蛋汤，一份回锅肉，还有一份酸辣白菜。江岸一边拨拉着米饭，一边偷眼看映春，发现映春的手又细又白，像透明的树脂，当时就有种冲动，想摸一摸。再抬头，发现映春竟然使筷子的手与他一样，一个手指直指旁人，映春好像也发现了江岸使筷子的姿势，于是不约而同地笑，这算是最初的共同语言。

映春没咋吃饭，江岸不客气地把她的饭给要过来分了一半，这在以前，江岸是绝不这样干的，因为他怕脏，一碗饭充其量也就一块钱。可不知为啥，那晚，江岸就这么轻易地放下架子，在她面前，简单的几句话，他就把她当自己人了。

吃完饭，江岸就邀请映春到他住的宾馆去坐坐。映春有些犹豫，可最终还是架不住江岸诚恳而又坚决的眼神。一进房间，江岸先把手提电脑打开，开始从网上搜索自己的名字，马上就有了一长溜作品的链接，映春边欣赏着边有一搭没一搭地与他闲聊。

不知不觉已至午夜，隔壁传出的关门声突然提醒了映春。她站起来说："不早了，我该走了。"口气不置可否。其实江岸当时心底里也挺矛盾的，一方面希望她留下来，尝试一下一夜情，然后各奔东西；另一方面又希望她走，希望她不是那种轻浮的女人。这样才有发展成恋人的可能。

待到真正把映春送上的士，江岸又感到空落落的。好像一夜未眠，江岸起身冲了个澡，然后忍不住给映春发了个短信，约她一起到仙湖植物园游玩。其实早在约她之前，他已约了另外一个报社的记者。

映春接到江岸短信时还没起床，因为今天是周末。她想了想，让江岸到公寓门口等她。江岸赶到时，映春还在煮早餐，就发短信问他要不要来房间坐坐？

江岸上来才发现，映春住的是个很窄很小的房间，一床一桌一部电脑。江岸坐在床上，床头放着一摞书，他胡乱翻翻，大多是与销售有关的，还有一本《圣经》，难道她也信基督？江岸随口说："我妈也信主。"映春看着江岸笑，眼中随之多出几许亲近。江岸问映春是哪里人？映春说是安徽人。

"安徽也出美女啊，真太不公平了?!"江岸故作忿忿。映春忍住笑问："安徽咋的就不能出美女?"

这时小板凳上的电饭煲冒出一股热气，眯着眼的映春一边用嘴吹着一边细心地拿勺子搅动里面的粥。那只手又细又白，在上窜的烟气里愈发显得透明，吹弹即破的样子。江岸都看呆了，以至于不知道映春说了些啥。

"在想什么呢?"映春一个劲儿问。

江岸被映春逼着喝了两碗绿豆稀饭，豆有些不熟，硬硬的。然后映春收拾碗筷，边洗刷着边听着江岸说话，她那时不时发出的笑声透着一股天真和无邪。

看着映春换好了衣衫，江岸怕没了与她亲近的机会，便装作去帮给抚平上面的皱褶。她的身上散发出一股好闻的味。江岸狠狠地吸着，直吸到心里去。映春有点尴尬地说："谢谢了，我自己来。"

两个人出门，搭车到仙湖植物园去。走进仙湖植物园的一个正门附近，江岸带头踩着路中的绿化带强穿过去，映春批评了他，别再踩草地了，大自然的绿色就是这样被一点点糟蹋了。江岸当时就说映春唱高调，他是个俗人，粗人，并开始耍赖拉她的手一起穿越绿化带。映春只好做出一副无可奈何的样子。

随游人走过去，在收费处，江岸拿出记者证耍特权。看门的小姑娘又不让映春进去，江岸再三解释："我们是一个系统的。"并坏坏地朝小姑娘眨眼。

小姑娘不认账："一个系统的也不行，没证得买票。"江岸便又笑，要映春去扮学生去买张半价的学生票。映春不敢，江岸看得出，这个女孩太老实了，在城市里太老实了容易吃亏，不过江岸对映春又多了些好感。

江岸和映春虽然分开两地，好在广州与深圳相距很近，两人的约会越来越频繁。在报社看多了勾心斗角，尔虞我诈，江岸恶心那样的工作环境，但又不愿放弃他热爱的新闻事业。只有与映春在一起，江岸才能感受到一种平时所没有过的轻松。

四月，映春去广州看他。走在路上，江岸指着一棵树："小姑娘，知道这是什么花吗?"那花呈红色的五瓣，鲜艳似火，光秃秃的枝头兀地绽放满树花朵，拼命绽放，颜色单调却不低调。映春仰头看着说："不知道，只是觉得好美。"

"这叫木棉树，是广州的市花。也叫英雄树，拼命成长，超过身边的树。人就要像这木棉树一样，努力，向上，艳艳地盛放。我要你与我一起向上，盛放。"

木棉树下，江岸抱住了映春。

"怎么盛放?"映春吃吃地笑。

"请你嫁给我，好吗?"

映春看着江岸，泪水一下涌出来。这个春天属于她，属于她和江岸。

江岸答应映春，他要争取调到深圳工作，如果一切稳定，两年后就结婚，他实在厌倦了那种东奔西走的生活。

很快就要到约定的日子，一大早，映春就收到江岸快递送来的鲜花。十九朵玫瑰，还沾着水珠。一张卡片露出头：你的白马王子，爱你。

映春今天签约很顺利，原来预约的三四个客户都过来了，一下忙得不可开交，连江岸的短信都没时间回。五点才看到江岸短信："小姑娘，七点我在'老地方'等你，不见不散。"

"岸，今天客户太多，忙得没时间看短信，我下班就赶过去。"

"哈哈，他们知道今天是我们的纪念日，特地赶来祝贺!"江岸在短信里打趣。

六点半时，映春才收拾完桌上文件，打了一辆的，很快融入车海中。远远的，看到江岸站在对面招手，映春刚要走过斑马线，一辆红色轿车从江岸身后斜冲过去，将江岸掀翻在地。

映春发疯般冲过去，血色环绕了整座城市。江岸吃力地伸手，握住映春："小姑娘——"声音戛然而止。他昏厥过去。

映春在医院陪了三天四夜，还是没能挽留下江岸。那个司机因为喝醉了酒，将会受到重罚，可是自己最亲爱的人呢？他是无辜的，他热爱生活，期望爱情，可是却意外地命丧轮下。早知道结果如此，她宁愿他当初拒绝了她，宁愿他留在广州，与别的姑娘结婚生子，健康、快乐地过完此生。

事隔多年，当映春每一次经过南油大厦，都会驻足回头，想多看一眼这个地方，它究竟有什么魔力，让大千世界中本无任何牵连的男女，成了相亲相爱相拥相依的爱人，它是不是有着电影《七仙女》中土地化身的老槐树的神奇？如果是，那为什么不让江岸留在自己的身边？多少次她怔怔立在"老地方"，恍惚间她看见江岸面带微笑向她招手，这现实与梦幻的交替将永远地折磨着她的心灵。为此她写下了这样的诗以缅怀她的爱人：

亲爱的，我把你丢了。

初见到我时，

你便拉着我的手，唠家长里短。

你告诉我父亲年轻时的暴躁和年老时的谦逊；

也会说起母亲年轻时的慈爱和年老时的白发。

你跟我行走在黑夜，讲你成长路上的坎坷与平坦。

跟我讲检察官和女友的凄艳故事；也讲四川开县井喷事件里那路边求救的小羊羔。

那一天，你静静躺在我身边，带着黑黑的脸膛，和软软的头发。

醒来后，告诉我这一觉睡得真甜真香啊，连梦也不会做。

你还会在异乡的城市，带着相思的煎熬和无言的痛楚，

告诉我说：想你的感觉，是一种想哭的感觉；有你在身边，那是一种家的感觉。

我和你一起穿行深圳的大街小巷，

也和你一起静静注视身边走过的恋人和夕阳；

我和你一道走过仙湖路，也曾一同笑卧松杉树；

我问你"当你面对死亡的时候，你会怎么办？"

你说："执子之手，相伴阴间。"

可是，亲爱的，
我却把你丢了。
我把你丢在通往天堂的路上，
我一个人守在这，
人间的地狱。

我还想听你讲故事，你的故事还没讲完，不管是好的坏的，长的短的，耐烦的不耐烦的；

我还想跟你一起走山过海，看夕阳瞧月亮，看挑夫挑水拍村妇洗衣；

我会告诉你木棉的花都开好了烟花还在绽放可是我的蝴蝶却飞了；

我还想和你各拿一串糖葫芦芝麻粒沾满了我的脸可是我的鞋带却开了；

我不会再虐待你让你半夜饿着肚子写稿饿着肚子做爱我会给你煮软软的面条和香香的青菜；

我不会再自己只买一份肉夹馍了而让你赌气在以后的每餐饭中都要先吃两个肉夹馍；

我不想让你一个人孤单上路在陌生的城市游走像飘荡的灵魂；

我想让我的音容笑貌依旧充盈在你的脑海，不要刻意忘记我的存在，我的呼吸；

我等不到你年老时一个人坐在夕阳里嗑瓜子，我还想等到

年老时依旧和你坐在街道边让你一脸坏笑一脸依赖的问我"小
姑娘，又在想啥哩?"

我不会再带着阴郁的心情生活了我会忘掉以往生活的阴郁
和不快乐，

我想让我的快乐成为你的快乐，你看桃花都开好了李树又
绿了竹子又青了木棉花开了新的春天又来了可是亲爱的你又在
哪里?

此刻我的亲爱的，

我不知道你有没有看到我的话，

如果你们在通往天国的路上看到一个人，

他是有着黑黑的脸膛，亮晶晶的眼睛，和软软的头发，

哦，那就是我亲爱的，

请你们告诉他，不要孤单，不要害怕，

我是他永远的家。

三

江岸还是走了，不管映春心中有多少留恋，多少痛楚。生
活还是会继续，无管常人悲喜。上班后，老总叫她到办公室，
说公司现在有几块 LED 广告屏，想成立一个新公司，让映春打
理。老总很欣赏这个女孩的敬业精神，在作出决定前，他已经
私下观察映春几个月。如今，是让这个女孩独当一面的时候了。

映春又投入新的工作当中。制定方案、招聘人手、设计广
告内容和画册等工作，她的心每天都填得满满。她不想让自己

留一丝空隙，一旦停下来，痛楚就会涌上来。本以为即将到来的幸福，却在一瞬间千变万化。那一刻，映春的世界都变了颜色。没有东西，能够永存。快乐是，痛苦也是。可是痛楚明明还酿在映春心里，把她的心磨成茧，硬得谁也进不去。

入了秋，木棉花凋尽，复又满树绿色。每次映春从树下走过，都会想起江岸的话：你就像这木棉树，努力成长，超过身边的树。映春，我要你和我一起盛放。

可是身边的人呢？她的爱情是不是也如这木棉，开到荼靡，然后散尽？那不是她想要的，她要的是相守一生的幸福。

新公司渐渐上了轨道，广告画面也在 LED 屏上滚动播出，映春看着，心里有些欣慰。只是刚开始，虽说路段较好，但此处刚好在修地铁，不知道有没有客户意识到这里的价值，愿意在这里投放广告？

这天，接到一个电话："请问是映春小姐吗？你们的 LED 屏是不是要做广告？"

映春的心都"怦怦"跳了，经联系，得知客户是家生物公司，想为新产品投放半年广告。和客户约好时间后，映春带着资料前往，地点在绿岭咖啡。

一路上，恍如隔世，这座城市已经悄悄改变了模样。木棉花的季节已经过去，梧桐叶在街道上飘零，如踏上厚厚的秋。映春从来不知道，这座城市里竟然到处点缀着老年人的微笑。那些和江岸在一起时的木棉花，那些粉红那些舞蹈呢？

推开厚厚的玻璃门，听到一阵熟悉的萨克斯，吹的正是《卡萨布兰卡》的电影旋律。咖啡厅里人不多，一个戴着眼镜的男士正侧身向这边看来，映春快步走过去，正是客户方向。刚听到这个名字，映春很奇怪。方向爽朗的笑："爸爸姓方，妈妈姓向，没办法，他们非要结合，我就成了方向。"

映春拿出一份报价单，方向看也没看，便说："我问过华强北的价格，那里比这里贵好几倍。我想这里地段不错，地铁修好后，人流量会较大。你就给个实惠价格，就当多交个朋友。"

映春也笑起来，感觉面前这个人很让人接近。她就把公司的价格和折让告诉方向，并说公司现在刚开始投放广告，合约结束后还可以再送一个月。这是第一个客户，一定要抓住，这是公司的起步。映春告诉自己。

方向沉吟了一下，价格确实不贵，由于是新屏，不知道质量画面如何？映春看出他的顾虑，诚恳地说："专业的公司有专业的团队，请方总放心，我们的 LED 屏广告也绝对是专业的。方总要不到我公司去看看？"

"我前些时日已经看过，才约你出来面谈。感觉你很诚恳，咱们应该可以合作。"

在映春的努力下，第一单合约顺利签约。这些天，映春直到看到方向的广告在 LED 屏上播出，才松口气。按照规定，她还要把播放后的效果，发给客户。虽说公司有业务人员，但由于是第一单业务，映春想一切自己先打头阵。

映春发了个信息："方总，我现在给您发广告播出效果，能否告诉一个网上电邮方式？"

"可以，你加我的 QQ 吧，82538×。"

映春加了 QQ，片刻后，一个猪头像出现在她的 QQ 上。映春好奇地打开这个名叫花果山的 QQ，首先看到签名词：你先迷茫着，哥在春暖花开的地方等你，一起去寻找那婀娜的诱惑。

"婀娜的诱惑？"映春打了一句话过去。

"哈哈，我想等到在深圳挣够养老钱，五十岁就退休，归乡种田。"屏幕上迅速传来回话。

一直以为方向是个专注事业的人，没想到他的心底也有乡园情结。映春坐在那里出神，她想起江岸，想起江岸曾经说：两年后你得嫁给我，有时间了咱们去西藏看蓝天白云。

想什么呢，木棉花开？QQ 上的花果山又叫了。

没什么。映春的情绪突然低落下来。发完邮件，关上电脑，她走了出去。穿过商场，夜色正好。她下意识地抬头，一弯月正悬挂在对面大厦的顶层。这多少让映春的心里生出些凄凉。她默默站了一会，夜风吹拂着秀发。不时有行人匆匆，车辆的喇叭起伏。街头传来歌声："我和你吻别，在这无人的街……"

映春想，我的生命里再也不会有春天再也不会有花开的痕迹了。江岸，他差一点点燃了我的盛宴，他是我生命中最好的季节。

春去了秋来，夏过了是冬，也许人生本就没有收获，有的只是虚无。所谓生命的盛宴，终也抵不过命运的苍凉一笑。

映春每天忙碌着，恨不得一天二十四小时上班。她的心还是在萎缩下去。

这天接到方向的电话，说要给她介绍一个客户。地点约在"老地方"。"老地方"，映春的心里又是一动。

此刻咖啡厅响起的是萨克斯的《回家》，方向还没来。旁边穿着桃红裙的服务员微笑着问：请问需要什么吗？

映春摇摇头。突然眼睛一亮，方向已经站在面前："对不起，木棉花小姐，我来迟了。"

方向穿一件白 T 恤，短短的头发覆盖着宽阔的前额，明亮的眼睛如湖水掠过映春的脸。映春微微低下头去，第一次发现他的英俊。江岸说，她低头时最惹人爱怜。

方向看着映春的眼睛："映春，你要快乐起来，不要这样憔悴下去。任何事情，你为什么不能换个角度，换个思维呢？把心胸开阔起来，学会遗忘学会理解学会容纳学会领悟。"

映春笑："方总，我不是智者。您请的客人呢？"

"他有事不能来了，约在改天。"映春听到他低低的叹气，"是的，你不是智者，可是你有爱情。"

"我的爱情已经死去了！"泪水慢慢涌出映春眼眶，默不作声，悲伤却想肆无忌惮。秋天的阳光下，恍惚看到江岸熟悉的身影。她曾那么接近幸福，可是她却丢了他。

方向站起身，慢慢地说："小姑娘，我们回去吧，过去的，毕竟回不来了。"

"我，看了你空间的所有日记。"他又慢慢说道。"知道木棉花的含义吗？珍惜身边的人，珍惜身边的幸福。没有什么东西，能够永存。映春，你是一个聪明的女孩，你懂。"

透过泪雾迷蒙的眼睛，她看到他一脸的真诚。那眼神那么温暖，让映春的心如熨斗般烫过，泪水漫过脸颊。

他们走出去，站在阳光下。方向说，映春，我给你朗诵一首诗吧，是一位波斯诗人写的：

虽然，世间万物从你手中逃走，

也不必为此悲伤，因为它们一文不名；

虽然，世界在你手中，

也不必为此高兴，因为世间万物毫无价值。

既然，更美好的世界已赋予你，

那么，过去的事就让它过去吧，

因为它毫无意义。

这已是三月，木棉花开了一树，满街道清香的味道。映春和方向走在人行道上，身后的木棉花慢慢飘落，掉了一地，粉红了背后的风景，和即将竣工的地铁线。回过头，映春又看到木棉花盛开的春天。

原载 2011 年 8 月《打工文学》

你在车公庙

1

　　沿着青石板路，一直往里走。刚下过雨，路面还有些打滑，你要小心地踩着脚，才不会滑倒。路两边是民居，黑色瓦面上，透着微微的润，在古树遮蔽下，泛着青光。路有些曲曲折折，越往深处，越有青意。渐渐的，看到一个学校大门，再然后，是一个书店，躲在大门左边，多像羞涩可人的新嫁娘。这时候，你走进去，迎面全是书。呵，书店里除了书，还有什么呢？还有一个男人，大概三四十岁年纪，黑黑的脸庞，额头上有颗黑痣。他一边翻看账本，一边头也不抬地说。哦，他当时说了什么，大概你全都忘了吧！只记得你说，你是来应聘营业员的。他这才抬起头来。

　　书店很小。正中间的书架上放着玄幻书籍，这是你不爱看的。可是当时正流行。我忘记说了，那是 2006 年，你在深圳，一个叫作车公庙的地方。你走进车公庙，走进这个书店，开始营业员生涯。

　　雨越下越大。这个季节，总是多雨，到处都是白茫茫的，像一群刚死去丈夫的寡妇。你无动于衷地坐着。雨天，客人很少。你坐在柜台后面，这是一个玻璃柜台，上面陈放着城市的各类报纸。还有一些流行的杂志书籍。你想起刚来时，书店老板娘意味深长地说：在我们这里上班，可以提高素质，还能培养书卷气。你默默笑了。呵！书卷气。要它做什么呢？

　　一个人影冲进来，披着蓝色雨披，弄得木质地板上到处湿淋淋。你有些不舒服，望着他的动作。等到他除去雨披，你这才发现，他是书店老板。你看到他取出怀抱的一大叠报纸，伸手要接，他已经把报纸放到柜台上。尽管他小心护着，上面几张还是湿了字迹。这时你才看到，外面还停着一辆同样湿淋淋的电动车。老板冲你微笑一下，期期艾艾地开口：今天雨下得真大，来晚了。你看了时间，上午十点。

　　日子一切照旧。不下雨的时候，书店里总是不断来人。有临时起意路过的顾客，也有附近居民，还有学校的学生。书店生意还算不错，当然要托这座学校的福。这是个周末，从早晨到现在，你连一杯水都没有喝过。不断有学生来借书、还书，你要打开账本，记下那些日期。翻开账本，密密麻麻的行行字里，签名处隔一段时间便换了一个陌生名字。老板看你这么忙，有时候也会歉意地说，也饱含着诱惑：过段时间我们装个电脑，记账就不会这么辛苦了。你想起老板娘说的，在书店工作可以培养书卷气。是了！这夫妻俩可真像夫妻俩，串起伙来忽悠员工。

　　老板来的时候，一般很准时。他在别的地方还有一个分店。

他总是先到分店，再到这里。当然，是顺路呗！老板教你叠报，把新来的报纸一沓沓按照版面夹进去。他还交代你，每天早上，装好第一份报纸后，送到公路对面的酒店里。那个酒店开得很大，似乎也不是很大。你总是有些恍惚。那个老板穿件黑色 T 恤，平头，头也不抬地点点头，示意你将报纸放在桌子上。你有时候有些奇怪，为什么要托小店送呢？你也并不想问，世事对你也没有那么多的好奇。你总是沉浸在，自己漫无边际的思虑里。

天色慢慢地过着。一天又一天，仿佛永远不会再黄昏了。你坐在柜台后面，双手支着下巴，默默望着越来越黑的路景。那个兵哥又来了。哦，这是他第几次过来？每次来，不是要盒烟，便是装作翻看书架上的书。实际上，他是打量书店没人空隙。直到这次。

我带你去海边，好吗？他终于鼓起勇气。你沉默着，装作没听懂他的话，双手依然忙碌。他站了站，离开了。你抬起头，望着那个背影消逝在夜色。

夜很漫长，然而总有路灯照亮。城市里，五颜六色的灯太多了，它们不能照亮你的心事。你的心事，只掩藏在一个长长的梦里，那个梦，只有你自己才能走进去。哦！哦！让我说你什么好呢？说什么好呢？

你睡在出租屋里，这是七楼，仍然能听到下面人声沸腾。这座不夜城，总有一些人睡不着。像你一样。多少个夜晚，你总能梦到他的脸庞，那些缠绵的场景，那些惊悸的心事。你到底做了什么？

2

这家书店很小，坐落在一个叫作车公庙的地方。它躲在学校的角落，但总有人能找到。书店生活照旧。你已经弄懂了书店的流程，每天有条不紊地记账、收钱，找钱。你正在忙碌，一个高大的男生走进来，递给你一张钱：这张是假的。你看了看，面额二十元，有些熟悉，也有些陌生，有钱的味道。它在外面转了一圈，你已经不认识它了。你脑袋有些蒙，极力回想，是在哪个瞬间收下它。你看着这张钱，它张着嘴，沉默地看着你，连同那个男孩。你似乎意识到，周围的人都在看你。你慌张着脸，从自己钱包里抽出一张二十元，递给那个男孩，有一种生怕被老板发现的惶恐，这是你上班第三天。他转身离开。你记得他是经常来你这里买香烟的男孩。但这已经不再重要。他已经离开，连同身影，融在人流里。你忽然有些受到愚弄的感觉。

一张脸清晰可见。只晃了晃。你心头一热，眼角就有两行泪下来。你慌忙擦去，背转身，装作整理书的样子，甚至没听见老板进来的脚步。这时候，人很多了。不断有学生来借书、还书。你越来越弄不懂这些学生了，怎么会喜欢玄幻小说？那些支离的情节，虚幻的空间，你看了头都要痛。可是人还是很多，他们不断来来去去。借书的，还书的，在你眼前纷纷扰扰。你已经有些忙不过来，可他们还是站在你面前，手里拿着书。老板伸手帮你。他是好意，你有些不安。这些熙熙攘攘的人流快要让你窒息了。在这些人流簇拥下，你忽然有了开口的冲动。

你以为他们没有听到，其实他们全都听到了。事物在你开口那一瞬间便凝滞了。你说：我伤害了他，真的。你像一个祥林嫂般喋喋不休。你说：我是不是伤害了他？你问着自己，问着所有活的生物。都静止了，那些看书的人，路过的兽，奔跑的车，连门口的大榕树，都停下动作，全神贯注倾听你的心事。是的，那个午夜，你欺骗了他。你以为你真爱他，实际上你是利用他，报复了另外一个人。可是你是真爱他的，可是你不知道，你什么都不知道。这是一个多么错位的故事。你摇摇头。

他是我的上司。你轻轻说。那一瞬间，如梦如幻。回忆起他来。

他很英俊，口才也很好，实际上，我很喜欢他。你心头有些羞涩，连话语也迟滞起来。你还停留在那个梦境里，迟迟不愿醒来。

夜很深了，就像往事，一直停留在最深的夜。你回忆着过去，回忆着往生。一连串的梦境把你带到地狱。

下班的时候，你打量空无一人的店。从外面的夜色里踏进来一个人。

我们去海边，好吗？是那个兵哥。他换了一身绿色军装，英姿勃发。你一脸木然的笑。去海边？去海边？你有些茫然。

一个人影逼进来，是那个你连梦都不愿回想的人。是他。他走进来，恶狠狠地走进来，沉重的脚步让兵哥回过头。你这才看到，门外停了一辆军用越野车。但海边，与你又有什么关系呢？你是一个有身份的人，甚至无法赴一场即兴的约。兵哥悄悄退了出去，你知道，他不会再来了。尽管他与你双眼中的少女眸色无关，那只为一个人闪亮。但你还是有些遗憾。你毕竟是一个女人。

他是来泡你的！泡你这个老妇女的。一个恶狠狠的声音在耳边响起。

你极其厌恶，但又无法甩掉，像一长串一长串的蛆虫，在附你之身，嚼你之肉。

蛆虫也是要吃饭的。

你们坐在酒店里。附近，只有这一家酒店，恰恰是你送报纸的这家。但此时，别人认不认识你，又有什么关系呢？你木然坐在桌边。脱离尘世太久，又被眼前这个人拉回。

一盘黑鱼热气腾腾，摆在桌子中央。你没有食用欲望。往事不断沉浮。

往事，你多想摆脱的往事，此时又重浮眼前。如果是场噩梦，也总有醒来瞬间。可是此刻你像被捆住似的，绑在椅子上。你身上有一条无形绳索。是往事。你摆不脱往事。正像现在，你摆不脱眼前这个人。

是的，你们有婚约之说。但是。

那个午夜，你从医院回来。钥匙打开门锁。看到你的床上，你熟悉的粉红色床单上，你亲手缝制的棉被里，他咬着她的头发。这些天的疯言疯语，终于有了一个落脚点。你踉跄着奔出家门，风拂着你的头发。你坐上一辆出租车，可是要往哪里去呢？是呵，往哪里去？风那么凉，夜又茫茫，你要往哪里去呢？

有一个美丽的小女孩，

她的名字叫作小薇。

她有双温柔的眼睛，

她悄悄偷走我的心。

小薇啊！

你可知道我多爱你。

……

你坐在出租车里，泪如雨下。你始终记得，在那个难过的夜，有一个好心的出租车司机，为你放了一遍又一遍的小薇。

小薇，你要去哪里呢？

3

你来到深圳，这个叫作车公庙的地方。这家书店躲在学校后面，你躲着你的人生。你也有过一段灿烂的日子。实际上，你来深圳的第一站，不是书店，而是坐落在泰然工业区的一家公司。你很庆幸，没有文凭，没有身份证，还是应聘到一个文员的工作。

是那双眼睛打动你吗？他那么斯文，那么儒雅，甚至连说话语气，都生怕吹跑你。你对他的好感与日俱增。而你相信，他也是。你们在一起时，总是浅浅的笑，有无限喜悦，在彼此眼中缠绵。你越来越陷进去，他充满温情的动作弥补了你心头裂痕。每个下班黄昏，你都要望着那个办公室的窗口，看灯是否亮起。一旦灯早早熄灭，你就会胡思乱想：他在做什么呢？即使你不加班的夜晚，你也要来到那个窗口，痴痴望着灯光发呆。呵，真是个傻女子。你知道，幸福泡沫总有天会烂掉，但你就是不愿醒来。你终于听到一个可怕消息。

他来了！他知道你躲在哪里。哈哈，你躲不过去了。是的，你总要与他对招，与他对质往事。是吗？是吗？

那个午后，你走进他办公室，脚下仿佛踩着一朵祥云。他没有惊讶。命中注定你们有一场无法躲过的赴会。

你是一个太过敏感的女孩子。他的叹息犹在耳边。犹如他的手，充满怜惜和柔情，抚过你每一寸肌肤。

你利用了他。一个心念闪过，你颤抖了。眼睛闭了闭。不要去想。不要去想。

不，这不是爱情。

事后多少个午后，你都在回想。那个瞬间，你只是利用一个人报复另外一个人而已。这不是真的爱情。但是自责和悔恨你在心头日益滋生。你像一个发狂的小妇人，平静的外表下掩藏着一颗纠结不安的灵魂。

每天与书相伴。你的手指抚摸一张张书页，为它们抚平折皱的页角。有的书借出次数太多，封面已经有些裂痕。你拿出胶布，细心贴上，就像你抚摸自己伤痕。光阴，就在你指间一寸一寸流走。闲暇的时候，你望着那棵古榕发呆。那一片片叶子，仿佛都倾听了你的忏悔。那些长长短短的树须，多像调皮孩子打的秋千。光滑的玻璃柜台上，清晰地映出你时喜时悲的脸容。

自从那个午后，你自语般说出你的秘密。他的耳根子都红了，但你犹自沉浸在那个忏悔的梦境。第二天来送报的老板，恢复了以往神色。他包容了你的秘密。

日子总是那么平静。这座城市，该有多少秘密被隐藏起来呢？你每天踩着青石板路，小心翼翼地防着脚底板打滑，生怕一不小心摔倒。有时候你也往人群里张望，看是不是有那个人的影子。

他走了，恶狠狠地走了。说只要你回去就解除婚约。

他也走了，你始终找不到他的行迹。你一有空就去办公室窗口下，但那盏灯再也没有亮起。你拦住一个旧同事，鼓起勇气问他的消息。得到一个惊讶的笑，那种全然陌生的眼光，上下打量你：哦，你也是一个有故事的人啊！你的脸红了。你这才得知，他也走了。

你的心头有一个洞，但又找不到补愈的解药。你只想逃离，逃离，逃离一切。

老板很舍不得，期期艾艾地望着你：本来说，你在这里做下去，将来买房上户口，我和我老婆都可以帮上忙。

你也望着他，望着他额头上那颗黑痣。眼前浮现出一个女人的模样。那是他老婆，在一家公司任高级助理。你曾经看到过他们对话，琴瑟和鸣。他们的生活，一定也很和睦吧！这才是人世间夫妻该有的模样啊！

有多少个时日，你在回想，这段难得平静的日子，书店的一切事物，是如何安抚你曾经浮躁的灵魂。也许，你的身上真的有了书卷气呢！

你奔波在寻找下一个工作的路上。

有时候隔着公交车的窗口，路过这里，你猛然瞥见繁茂的古榕，看到那些垂下的树须，心会瞬间安静下来。那些长长短短的树须，该倾听过你多少心事。你曾经在这家书店上过班呢，那里的每一面书页，都有你手指抚过的痕迹。但那时的世界，与你的现在已经很遥远了。远远的，你看到书店换了门面，装上推拉玻璃门。一切都改头换面。你却没有。

你的思维沉浸在那段长长久久的苦恋。你很想找到那个人，跟他说一声抱歉。至少要问个明白，但要问什么呢？你负了他？他负了你？你们都错过了。也许你们的相逢，只为成全那段错缘。城市这么大，又上哪里找那个人呢？即使找到，又能给千疮百孔的生活弥补些什么？也许那真的是爱情，就当作爱情，也没什么不好，它毕竟让一个女人有了最美丽的模样。往事在风风雨雨中浸润，就像打了滑的青石板路，一不留神，就栽进去了。

这个雨夜，你从一家公司面试回来。你很想走进来，于是你就走进来了。

书香依旧，隔绝了外面的风声雨声，你的心瞬间沉静下来。你合上雨伞，望着这个站在柜台后面的男人。他依然穿一件青色的衣服，低着头正在记账，趁着灯光，你看到他额头上那颗黑痣更加闪亮。你忽然有些感激，感激在那段心绪不宁的日子，他用他的大度包容了你，他倾听了你的秘密，然而一个字也没有吐露。往事慢慢走远。你忽然发觉，已经离开往事很久了。一瞬间，觉得一切都不再重要，都可以风轻云淡。没有人要你原谅，你也没有要原谅谁。你原谅了所有事物，看到生命中本该有的样子。

你微笑着，他也微笑着。

他忽然说：呀，我买了车，等会我送你回去。仍然是那种期期艾艾的声音。

你往外张望，顺着他手指的方向。门外静静停着一辆白色本田。

雨色滂沱。路两旁古榕，湿了树干，叶上雨水在车灯映射下，颤巍巍发着反光。路面湿润，雨刷不停挥动。外面雨色茫茫，你坐在车里，心如古井。周围与你，已是两个世界。

到了！前面路口停下就行。你指着一个小巷。那是一个叫作车公庙的地方。徘徊这么久，你依然没有走出这个地方。

你走下车，轻轻关上车门。忽然觉得自己是不是关得重了，他会心疼呢！新买的车，那么注意的人！

你回过头，看到他从车窗中伸出手，向你摆摆手。你也挥挥手。你知道，以后不会再见。

你撑开伞，走在雨中。眼前，是茫茫雨雾。还有古榕，小巷，青石板路。

身后的雨越下越大。你迎着雨，走往家的方向。

原载《新青年》2016 年 2 期

红的玫瑰，绿的王二

一

红认识王二，是一个阳光很好的下午。

她站在人才市场台阶前，看着王二气喘吁吁，推着自行车跑来。看到红，他习惯性推了推眼镜，眼睛里似乎有亮光闪过，拍拍自行车，对红说："我们走吧，先找个地吃饭！"

王二是她老乡，在一次上网时认识。王二才情很高，常常在网上高谈阔论，大发诗兴才情。红在网络这头静静听着，回些由衷话语。王二说：你是一个很有灵性的女子。

当然事先红并不知他是位博士。后来几次跟着他在那所知名高校出出进进，红才猜出他身份，在一次谈话时王二证实了身份。

这时他们在一个饭馆门前停下。饭馆名字很好听：避风塘。王二把自行车放在门前空地，那里已停好一些形色各异的车子。王二锁好自行车上的锁，又拿出车篓里一把大锁，锁在后边车轮。王二一边往饭馆走，一边说："这个城市自行车丢失的频率太厉害了，这个月都已经被盗了三辆自行车。"红惊讶地笑笑。

餐馆里一色黄色桌椅，戴米黄色帽，围同色围裙的服务员，正在客人中穿梭。红对着餐单上琳琅满目的名字发呆，王二已为她点好碗面。等待面端上来时，王二问："今天找工作怎么样呀？"

红有些不好意思地笑，抬头，对王二说："我今天来得太晚，工作人员都撤了。"

王二宽厚的笑笑，说："没事，明天早一点过来！"

实际上红知道，自己只有初中文化，哪敢到人才市场，与那些手持大学文凭的男女竞争呢？

说话时，面已端上，旋着热气腾腾的蒸气，雪白面条上，浮着几根青菜，贴着几片香肠。王二递过筷子，说："饿了吧，赶快吃吧！"

红接过筷子，低头吃面，眼睛便垂在热气缭绕的碗上，她的心也如这碗面。

实际上红想回老家了，那是在经过一次次找工作艰难之后。她想念家乡父母，想念那个宁静村庄。而被丈夫在街头暴打，踢她的一幕还在心上铭刻，那时婆婆正站在自家商店门前冷笑。

就在这时她认识了王二，王二对她说：现在回去明显是不明智的，那只能是场失败的人生。她只能与以前的人生挥手，然后寻找更高的起点。

这时王二已吃完饭，结好账，两人起身。

王二说："我已为你找好一个住所，就在北风路，离我也不远，我来看你也方便些。"

　　王二带她看房子。房间很干净，地面铺着粉白色瓷砖，靠窗户有张桌子。红跑过去，抚摸桌子，她想，以后可以在上面放些书籍。窗很大，打开，便看到前排邻居家后壁。红好看的眉毛轻轻皱了一下，说："房东阿姨，可不可以帮我装个窗帘？"红想，有了窗帘，整个房间就飘逸起来，生动起来。

　　房东是个干净利落的中年妇女，爽快答应。红心笑，为什么刚才跟她讲租金时，就不能爽快点呢？

　　她们说话时，红注意到王二正在晃动那张床，那是张宽而大的木板床，用手轻轻一晃，便开始"吱吱咛咛"。红的脸莫名红起来。

　　红在这里住下，白天早起，到小摊买几份报纸，对照上面招聘职位，看有没适合自己的工作。王二答应帮她在网上发些简历。

　　终于找到一家科技公司的记账员工作。也许有个稳定的心态，比什么都好。单位就在学苑路，离她住的地方有十分钟步行路程。

　　工作很清闲，听同事说这个职位原是个女孩，后来跟领导发生冲突，一气之下辞职走掉，所以今年招两个。红想，难怪这么清闲了，可是这不也是浪费吗？

　　下班时，红就在家里看书，或者是到街道随意走走。

　　城市风景很美，两旁店铺林立，街边桂花树，还有那闲散的人群，无一不在透露城市的舒心。

　　只是红的心随意不下来。她常在晚上，默默躺在床上，盯着空寂的房间，出神。以前的事仿佛离她都很远了，可是妈妈忧伤的眼睛，父亲严厉的声音，常会藏在她脑海深处，在不经意间出来，咬她的心。可往往这个时候，丈夫那无情的脸庞，凌厉的拳脚，同时也会在她眼前闪动，让她绝望而不安。同时闪烁的，还有婆婆那冷笑声。

红默默哭了，泪水很快浸湿头下枕巾。

那枕巾是王二跟她一起买的。那是个晚上，王二陪她买床上用品，还有生活用具。还记得他们从街上回来，经过一个垃圾箱，一只流浪猫"嗖"地溜过。王二说她就像那只小猫。树荫遮住了红的表情。

而今身下这张床单就是那次买的。印着细碎小花，衬着淡黄色底，显得有些家常。

王二对她很好，一般会在深夜看她。王二说学校里科研任务太重了，白天抽不出身陪她，只能晚上来了。

王二来时往往会提着宵夜，他说工作到深夜，会很饿。他说很想念北方老家，那里有家的温暖。他说很怀念家中老母亲，想起童年挨饿岁月，吃百家饭长大的日子。一次，他和五岁的妹妹，在雨地推着装满红薯的捞车，在路上反复陷入泥泞，村人漠然经过，只有一个叫作"哑巴"的平素没人搭理的人帮他们艰难推出沉重的车子。王二说只因童年充满苦难，长大后才对苦难的人充满怜悯，那次，让他对那个叫哑巴的人心存感激。唯明了苦难的意义，才对人生有更深理解，人们在外生存不易，对尤其是处在苦难仍坚强学习的人更是钦佩，因为生存实在不容易。王二说他每年回次老家，就是想告诉家里老母亲他还在活着。

王二说这些时，红就坐在床沿静静听，好奇地问："那你父亲呢？"

　　王二的眼光闪过一丝避让，"他一直很好，供我上学，供我读博，不时给我钱，现在老家养老。我说自己可以做家教挣钱，但他还是要给我钱，唉，父母都是为子女啊……"王二的话没说完，脸上的肌肉有些痉挛，想抓自己头发，手伸到半空停下，转而伸向红。

　　其实红还想问下去，这些话她有些懂了，有些不是很懂。比如王二说生存不容易，红想：生活怎么不容易了，一个人只要有高深的学问，稳定的工作就好了，为什么要让脑子充满那么多压力，折磨自己？但红还来不及问，王二已把她压在身下，房间里那张木板床便响起欢快的"吱吱咛咛"声，而这时红的脑海却闪现出父母苍老的眼神。一滴冰凉的泪悄悄从她眼角滑落。

　　日子一天天过去，红内心越发孤寂。工作还是那么轻松，工资准时发放，除了交掉房租，支出生活费之外，便所剩无几。

　　红想再这样下去，怎么风光回村呢？

　　一年一度的情人节快到了，满大街都充斥着鲜花的气息和情人们愉快的笑脸。

　　红默默望着街上那些环抱大束玫瑰的情侣，心里不知是羡慕还是伤感。

　　就在这时，手机响了，一看是王二打来。

　　王二说等他晚上一起吃饭。地点依旧在避风塘。

　　他们还是吃面。王二吃面时仿佛在想什么。吃完面，他望着还在咬片香肠的红："红，今天情人节了呢，我们这些人平常都是不过节的，你想要什么呢？"

　　红摇头："什么也不要。"

王二笑："那怎么成，如果你是我女朋友，我就送你铁锅。"

红的心莫名痛了一下，但什么也没说，只低头吃面。

吃完面，王二推着自行车，和红在街上慢慢走。王二望了望身边默默想心事的红，说："红，我知道你的心思。可是我们家培养出一个博士不容易啊，如果我娶了你这样一个初中文化，还离过婚的媳妇，你让我怎么站在亲友们面前？就算你很贤淑，品行也很好，我能说服我的家人。可是你知道在一个大城市生存是多么不容易啊，买所房子都要一百多万元，还不带车库，光靠我一个人的工资，连填饱肚子都不够啊！"

王二的口音带着北方的明显特征，一股股一浪浪向红耳边扑来。红感觉冷了，紧了紧脖上围巾。整座城市有了黄昏的样子。

凉风吹来，王二骑着自行车，红坐在后面，搂着前面男人的腰。男人哼起电影《手机》中的插曲"吕桂花"。红眼睛湿润，做梦都想成为他的吕桂花。

经过鲜花铺，王二停下。鲜红的花瓣到处都是，被他们踩在脚下。

王二问："大姐，玫瑰花怎么卖的？"

老板娘说："一百块一束，不过现在差不多都卖完了，就剩最后几束，便宜一点，打折，三十块卖给你吧！"

红看那花，花瓣已经垂下，有些无精打采。

王二说："好，就来一把吧！"

王二刚要掏钱，红拦住他，好看的眸子定定地看着王二，说："算了，玫瑰花我不要了！"

王二说："哎，这么便宜，就买一束吧！"

红坚决摇头，说："不，我不要，我想等着让你给我买铁锅!"

王二笑了，那朗朗的笑声让老板娘诧异。

王二说好，我等着给你买铁锅。

夜色中树叶在微微晃动。

情人节过后，这座城市到处都是苍翠的颜色。随着春的到来，人的脚步也轻盈起来。

二

日子一天一天过去，城市渐渐燥热，仿佛涌动着不安分的气息。

王二很久没来，他说学校科研任务太重，现在吃住都在学校宿舍，每次到深夜才睡。他还说红你要多读书才行啊!

又一个深夜，红躺在床上看《现代文学选集》，床头边还有摞厚厚的书籍，那是红跑到书店买的，想通过自考完成文化补习。

这本书已被红看去一大半，但今天晚上红的心好像没在这上面，只把书无意识掀过一页，却不知自己看的什么。

夜深了，先前吵闹的小院开始安静。忽然红听到些奇怪的声音，好像是隔壁房间床板晃动的声音，还有莫名的女人哼唧声。红觉得这声音很难听。

然后红觉得自己房间竟也微微颤动，身体莫名发出一声轻轻的呻吟，仿佛是男人在上面晃动。

红吓了一大跳，再看看房间，空荡荡的。只有房东换上去的那张带着花儿的窗帘在微微抖动，被风悄悄掀去一角，仿佛在窥视红在房间做什么。

红的脸，莫名的燥热。想起农村老家的谚语：二八月，人怀春，狗打圈。难怪二月和八月的强奸犯那么多！红眼前又浮出婆婆端着饭碗，坐在院里，自言自语的情景。

红觉得很难受，不由得拿出手机，给王二打电话。

一遍、两遍……电话里发出熟悉的嘟嘟声，没人接电话。其实红以前很乖，给王二打电话，往往第一次不接，第二次红就自觉不拨打。

王二对红说那是有学校老师在旁边，或者他是在参加同学聚会。

可是今天晚上不知怎么了，那个熟悉的号码被红一次一次拨弄。

电话终于接通，红听到一阵恼怒声："你怎么在这个时候给我打电话？"

红想，你以前不也是这个时候来看我的吗？

然后红还来不及说什么，手机里传来一阵女孩子清脆的轻笑。再然后，电话被切断，只有手机上的屏幕在红眼前晃动，再然后，变成黑暗。

红觉得自己的心有根针穿过，那针还带着细长的线，在心间轻轻拉过。

人们都睡了，这座城市终于安静下来。红没有睡着。

夜半的时候，听到敲门声。红轻快地跳下床，默不作声拉开门，外面站着王二。依旧是黝黑的脸，在走廊灯光的映射下，显得越发圆壮，加上齐额黑发，让他像个大男孩，尤其是那嘴巴还噘着，仿佛跟红赌气：你不是让我来吗？我就来了。红看着他，心里一下欢快起来。屋内的灯光亮着，映射出一个男人粗壮的身影，这房间顿时拥挤起来。

王二一屁股坐到床上，那床发出重重一声“吱呀”。

红打来一盆热水，放到王二脚边。她蹲下来，解开王二脚上鞋带，帮他脱掉袜子，把那双大脚放到盆里，用手细细揉搓。那脚后跟是细嫩的，没经过路途打磨。两个人都上床了，灯拉灭了，床边静静躺着一双男人的皮鞋和女人的拖鞋。

王二躺下就睡着了，很快发出轻微鼾声。红躺在他身边，手触到他粗壮的手臂，忍不住起身，趴在他宽阔的胸脯上，这身体让她觉得厚实，心亦充盈澎湃，手悄悄移滑下去，却摸到一手黏滑。那东西平常经了她的手，便兴奋得上蹿下跳，而今，却软巴巴地趴在那里。

红一夜没睡，睁着眼到天亮，伴着王二的均匀鼾声。早晨，红睁开眼睛，发现王二已经醒了，把手枕在脑后，仿佛在思考什么。外边已经有踢踏的脚步声，那是旁边出租屋的人们起床信号。屋子里的人都沉默着，黎明的光线透进来，照在地板上，清亮亮的。终于，王二开口了，带着尚未洗漱的气味：“红，跟你在一起，我的压力很大。咱们之间不清不白的关系，让我老是在想，和你在一起，本想找轻松，可是现在……”王二没有再说下去，从旁边桌子摸过眼镜戴上，因了眼镜的衬托，使他的面目有了睿智的色彩。

王二走后，红开始莫名的消瘦，眉眼越发轻灵孤寂。睡不着的夜晚，她就摸出一枚硬币，上面带着一朵嫣红的玫瑰。那玫瑰还是老家房屋落成时，妈妈烫印塑料花，准备挂到堂屋大梁下。那花甚是精巧，红好奇，就拿硬币印了一朵，没想到再洗不掉。时间长了，红把它看成是家乡的记忆，一直放在钱包里。此刻，那玫瑰就在红眼前闪烁，让她想起多少童年的美好。正是这美好唤醒每个重生的清晨。

红在办公室养了盆仙人掌。同事笑她为什么那么多好看的花不养，偏要养盆带刺植物？红抿着嘴角也笑，自己也不明白为什么要养仙人掌。有次在网上，无意中看到对仙人掌的说明，说它是沙漠中绿色象征，极其耐旱，蕴含大量丰富水分，尤其适于干燥艰苦的环境生存。一次上街，红把它搬回来，虽然它带着身细小芒刺。红想，连玫瑰那么好看的花儿也带着刺呢！

深夜，女房东总能听到院里某个房间，有隐隐的啜泣，然后是那盏亮到很晚的灯。有风的日子，灯光便在窗帘上映出女孩读书的背影。

又一个上班的日子，红无意识地走在街道。人们依旧如往常般闲散。平常卖早餐的小摊夫妇在吆喝鸡蛋饼。开内衣铺的女人，穿着睡衣打着呵欠坐在自家铺里发呆。一个只有完整上半身还拥有臀部和一条大腿的乞丐在地上匍匐，旁边盘里放着稀拉几个硬币。一个装束齐整的女子，带着幽香，提着还在冒热气的鸡蛋饼，从乞丐身边经过。

红经过乞丐身边，拿出钱包，里面只有一枚硬币，正是那枚带玫瑰的硬币。红犹豫一下，此时乞丐抬起头来，那目光透着求生的意志，还有苍老的坚毅，让她想起父亲。硬币终于落到盘里，伴着一声清脆的"叮当"。

到公司，同事早到了，一抬头，好像才认识红，说："红，你瘦了呢！"

红嘴角轻轻抿一下，笑着回应了同事。

坐在办公桌前，她对着仙人掌发呆。好些日子没浇水，它好像还是刚来时样子，几根茎上附着细密芒刺。茎的顶端，红看到几个鼓鼓的花苞。

仙人掌花开时，红向公司递交了辞呈。老总很诧异。

临走，红把仙人掌送给同事。同事接过仙人掌，颇有些不好意思，说："红，你比以前好看了呢！"

那时仙人掌已经开花，淡黄色花朵，有隐隐清香，香虽细小，却长远。

红又一个人走在街道。浓绿已弥布整座城市，每片叶子都蕴含希望和生机。

红眼前又出现父母慈爱的笑。她把双手插在口袋，快步向前走。

深秋的城市，到底有着大都市风范，任谁来往，一如既往热闹繁荣。它是不理会一个人的荣辱悲欢。如同红在这个城市的日子。

红找到新工作，公司名字叫"凌风科技"，营销办公耗材。底薪一千元，提成千分之一，红开始业务员生涯。

没有客户，怎么办？红采取最老土办法，把城市街道按区域划分，拜访每座写字楼。大的写字楼根本不让进，上面明闪闪写着：谢绝推销。还有坐在一边的保安员，像警犬似的用目光查询可疑人。即使进去，又能怎么办？红还是想办法溜进去，其实她知道背后保安员的目光有叹气的成分。

规定自己每天拜访三家客户，风雨无阻。路近的走路，远的挤公交车，公交卡还是刚见王二时，他给她办的。有时红也会想起王二，只是被生活涌来的波波浪潮涨满心扉。

日子一天天过下去，树叶飘荡在路，到处都是戴手套的恋人。红心里有些酸酸的怅。王二好久不联系了，不知他的"吕桂花"是不是还在唱。

一天快下班，经理把红叫进办公室，说，最近公司有新计划，准备在新区成立业务分部，那里有几个大客户，经过慎重考察，觉得红是最理想人选，希望红能把新区业务分担起来，公司也会安排人协助。

红有些激动，一时手足无措。

走出公司，夕阳在树梢发出耀眼的光，余晖笼罩整座城市。街道上，风吹过红的发，像是谁的手在抚摸，让人的心充满无限温情，多渴望有人分享她的快乐。这个城市，她能认识谁呢？给王二发了一条短信：公司准备派我去新区任业务经理了。那号码她早已删除痕迹，却在心里烂熟。

红快到家时，接到一个电话，是王二打来。红嘴角微微上翘，弯出一抹笑意。王二约她在街口见面。

红站在桂花树下，看着王二推着自行车走来。她想起刚见他时，他也是推着一辆自行车。王二看到她，习惯性推了推眼镜，镜片里闪烁出一抹亮光，却是带着讶异，"红，你变得我不敢相认了，看上去真有气质，像我们学校的女大学生。"

红也笑，有些矜持。这些时日给予她的，不止是外貌上的改变，还有内心。

王二拍拍自行车："走吧，咱们找个地吃饭。"

红坐上车，轻触王二的腰，不自觉保持一份距离。一路上风景闪过，牵手的情侣，过路的老人，人人都带着笑，让红觉得这世界明亮极了。一股浓郁花香传来，红瞥见那鲜红的花朵，嚷道："快停，快停。"

"吱"，王二一脚支地，一脚悬空，回头，红却跑到鲜花铺，拿起一朵玫瑰嗅着。那玫瑰上镶着晶莹的露珠，映着红的笑颜。"我要买朵玫瑰。"她扬起玫瑰嚷道。

"我给你买。"王二爽快地掏出钱包，一边问老板娘，"多少钱？"

"一朵十元，现在打折，便宜一点，五元卖给你了。"老板娘也很爽快。

王二拿出五枚硬币，递给老板娘，一枚硬币滑落，滚到红脚边。红弯腰拾起，猛然怔住，那硬币上印着一朵嫣红的玫瑰，不正是她给街上乞丐的一枚吗？很多回忆在她脑海串连成线，"他一直很好，供我上学，供我读博，不时给我钱，现在老家养老。我说自己可以做家教挣钱，但他还是要给我钱，唉，父母都是为子女啊……"

哦，她终于明白事情所有始末，又一次微笑起来，这笑容让王二惊诧不已。"红，你还要不要玫瑰，赶紧把钱给老板娘。走了！"

"不，你走吧！玫瑰我自己买。"红望着王二，心中一阵莫名的快乐。

原载《青海湖》2012 年 11 期

月圆之夜

　　苇子 17 岁那年，回了一趟老家。

　　这之前，她在东莞一家鞋厂打工。苇子很小时候就出来了，虽然自幼丧母，但阻碍不了她的发育。她的漂亮，跟别人不同，是让人在人群中一眼就能发现的。比如说干净。是的，苇子长得很干净。

　　苇子和同村几个姐妹，在远房表哥带领下，坐上一辆驶往湖北麻城的长途客车。车子出了广东，一路飞奔。晚上，坐一天车的人们都累了，开始昏昏沉沉打瞌睡。朦胧中，苇子听到表哥嘟囔：到岳阳了。苇子感到客车在减慢速度，在一个收费站停下。她把身子坐直，往外面看，四周是青黝黝的山，只有收费站亮着灯火。苇子看到一个工作人员跟司机在说话，然后车门打开，上来一个抱小孩的年轻女人。或者不是小孩，只是一个大包袱。客车在黑漆漆的夜里，继续向前行驶。等到苇子再醒来时，车内气氛已经完全不一样了。一种紧张压抑，在人们身上弥漫。一个歹徒，现在可以这样叫他了，正拿着一把尖利匕首顶着司机后脖。另外两个歹徒，都很高大的样子，逼着前排人们从口袋掏钱。一个都不放过，他们说。苇子有些紧张，同座的女人捏了捏她手心，示意她把钱藏好。苇子看了看表哥，他也一脸紧张。苇子的口袋有几十块钱，留着路上吃饭用，其余的几千块钱装在皮箱里，皮箱在卧铺的行李箱。那些歹徒完全搜不到，想到这里，苇子稍稍有些心安。当搜到苇子时，她赶紧把口袋的几十块钱全部掏出来，放到歹徒伸过来的大手上，那手合起来时，苇子看到手腕上有一颗鲜红欲滴的草莓。猛然触到歹徒的眼神，她低下头。

歹徒笑了一下，作一个手势，招呼另外两个人过来。"小妹妹，跟我们下车吧!"苇子有些惊恐，不知道这些歹徒要干什么。她死死抱着前排椅背，表哥就坐在那里，此刻那身影稳如泰山。"去，去，后排的人都坐到前边，省得你们受不了。"后排的人们一窝蜂涌到前面，车子颠簸一下，很快又恢复平稳。

快黎明时，客车停在一个路边客栈。四周依旧是荒凉的山，和裸露的岩石。人们鱼贯下车，洗脸、入厕，吃饭，该干嘛干嘛。此刻饭店的卖票窗口，被异乡人挤得水泄不通。一个操着湖南口音的男人跳上车，看到车里还有一个人，骂骂咧咧："下去吃饭，不吃饭就交十块钱。"车下一个人拉住他，嘀咕一句什么，湖南口音的男人看了车内一眼，骂骂咧咧下车。

苇子一个人躺在后排，身体如撕裂般疼痛。她瞪眼望着外面，山头上有一轮圆月，黄得如鸭蛋黄，像小时候妈妈煮给她的鸭蛋。虽然苇子总舍不得吃，把鸭蛋黄剥离出来给妈妈。苇子总是很小心的，把蛋青和蛋黄完全分离，但妈妈还是离开了。苇子盯着如鸭蛋黄的月亮，两颗晶莹的泪珠干涸在她十七岁的眼角。

十年后，苇子再度飘泊到了惠州。这十年中，她谈了第一个男朋友，是工厂的翻译人员。但他们的关系只是进入到搂脖子、亲吻，就分手了。苇子的脖子上还带着翻译的齿痕，她忘不了他吃吃地笑："听说你不是处女了！我可是要找个处女当老婆的。"

"我们去开个房好么？不过我可不负责。"他吮咬着苇子白嫩的脖颈。

苇子默默松开紧紧搂着他脖子的双手，小小的身影融入夜色。

后来苇子回了老家，开始下一段恋情。是姑妈介绍的。男孩很斯文，一见到洁净的苇子，羞涩得脖子都红了。苇子很想告诉他一些往事，但男孩堵住她的口，说我只相信你，别理会那些流言蜚语。结婚的时候，双方家长把婚礼办得很热闹。就是嫁妆上路的时候，出了一点问题。不知是路太颠簸，还是押送的村人太大意，一张桌子的腿被压断了，陪嫁的茶壶、梳妆台的镜子，一切带有玻璃性质的器皿都打了个粉碎。老人说，碎碎平安。但事实不是这样。也许结婚那天，一切事物就带上悲剧色彩。不到半年，苇子离了婚。男孩说，苇子在床上很怪异，总是盯着月亮。男孩说，他受不了，苇子在床上像个女神。女人就该有女人的样子，是不是？

苇子带着女人的样子来到惠州。先是在一家饭店打工，过几个月，饭店老板怜悯她，把她介绍到一家混凝土公司，作了一名技术科的资料员。技术科的科长叫贩二。苇子的爱情就这样开始了。

　　这家混凝土公司坐落在西山梧桐镇的一个角落，说它是角落也不为过。按照贩二的说法，混凝土公司带有开垦的性质，越是荒凉，它们越开在那里。等到那里变得繁华，它们也该搬走了。说这话时，苇子正坐在电脑前打资料。聪慧的苇子，在前任师傅带领下，很快将电脑软件掌握得溜溜熟。师傅谈了一个小男朋友，肚子鼓起来，两人商量结婚，这才有了资料员的空缺。要不然，不是一般人还进不来呢！贩二用牙签剔着牙缝，他刚吃过午餐。午餐是一份外卖。师傅一走，办公室就剩下贩二和苇子，自然，他们的午饭也拼盘到一起。这样，两人各叫一份菜，能吃到两份菜的味道。

　　工作清闲，苇子的身体很快丰腴起来。生活开始按部就班。每天宿舍、办公室、洗澡间，三点一线。也许所有的混凝土公司都是这个样子，因陋就简，抱着随时搬走的打算。草草盖几排房子，草草加盖洗澡间，划出办公室、试验室、男宿舍、女宿舍，OK，这就是一家像模像样的混凝土公司了。自然，调度室的站台不能马虎，因为混凝土得从那里出来。苇子站在二楼走廊里，看着一辆圆滚滚的搅拌车开进来，灌满混凝土，再由一个工人拿着水管把车冲得干干净净。司机爬进高高的驾驶室，把车开出去，那姿态很威风。苇子觉得掌握了方向盘，就握住了方向。苇子落寞的眼神，被贩二收进眼底。

　　苇子从洗澡间出来，不经意撞到贩二身上。贩二戴着一副眼镜，不知怎么，脸就涨红了。

　　"苇子，你洗衣服?"

"这不是明知故问嘛!"苇子的心情好得很,笑嘻嘻,露着一口好牙,牙齿很白。

苇子把肥皂打上衣服,贩二就在旁边洗手。水嘀嘀嗒嗒流着,很快从洗衣台蔓延下来,滴到苇子的脚趾上。"贩科长,你还没洗完,不怕浪费水?"苇子有些嗔怪。但嗔怪的苇子表情还是可爱的,贩二的心扑通扑通跳起来。

贩二说:"苇子,你知不知道在哪里晾衣服?"

呀,苇子自进公司,认识了技术科办公室、人事科办公室、站长办公室、男女宿舍,厕所和冲凉房,还不记得晾衣台是什么模样。

"看吧,我就说你不知道吧,等会我带你去。"贩二有些洋洋自得。他正计划把这个司机们都惊慕的目标弄到手。

苇子抱着一盆衣服,内衣和内裤被她搁到最底下,还是遮挡不了贩二偷偷望过来的眼神。苇子觉得自己的心也扑通扑通跳起来。

从楼道拐个弯,苇子看到一架短短的铁梯,直通天台。"啊,这是通往哪里?"苇子说。

"上来你就知道了。"贩二把一只脚搁在铁梯上,伸手来拉苇子。苇子有些不好意思,身子躲了一下。

"没事,我可以上去。"苇子躲开贩二,盆子和衣服却没有躲开,贩二接过,雄健的身姿蹬蹬蹬几步就看不见。

苇子爬上天台,这里是一个完全不一样的世界。凉风吹过来,所有风景一览无遗。从这个角度看过去,可以看到梧桐镇的全景。一条修建好的公路,驶过来一辆公共汽车,正在一个站台停下。贩二告诉她,"下次出去玩,回来时要记得到梧桐货运站下车。"苇子有些恍惚，于是贩二的话全被风刮走了。

"喂，苇子，喂，苇子，"

苇子不搭话，只顾晾衣服，风太大了，吹得头发直往后坠。她单薄的身子晃在狂野的风中，仿佛再有一阵风，就可以把她刮走。

风看出贩二心思，加大风力，把苇子刚晾到衣架上的胸罩吹下来，在水泥地上翻弄几个身姿，送到贩二脚前。贩二有些脸红，俯下身子，伸出手。月白色的胸罩上，此时仿佛有一双眼睛，瞪着他。"苇子，你的衣服，苇子……"苇子几个步子冲过来，捡起那件胸罩，扔到洗脸盆里，头也不回走下天台。剩下贩二独愣愣站在那里发呆。四周全无遮挡，风越来越大。苇子挂到铁丝绳上的衣服鼓了起来。贩二就望着这些衣服，出了神。

混凝土公司的工作总是那么单调，每天早上八点半到公司，九点钟出资料。心情好的时候，苇子会下楼，蹬蹬蹬跑到调度室，把封装在文件袋的资料，放到调度员那里。他会分发给驶往各个工地的司机。调度员是个年轻男孩，经常戴一顶鸭舌帽，还习惯把帽檐压得低低的。此刻，调度员就从压得低低的帽檐下，跟苇子说话。

调度员说："喂，苇子，你从哪里来？"

"我从来处来。"苇子噘噘嘴。

"耶，你是出家人呢？"

"身体没有出家，心已经出家了。"苇子丢下一个耐人寻味的笑，转身扶着梯子扶手，走下第一个阶梯。此时一辆搅拌车从外面驶进来，司机停好车，打开车门，跳了出来。苇子待要细看，那个身影已经迈进司机休息室。

这天是中秋节，也无处可去。公司的人事员妹妹早去会男朋友了。苇子一个人留在空荡荡的宿舍，百般无聊翻着往事。有些还很远，有的很近。

有人敲门，刚开始是很细微的声音，再然后是咚咚咚。苇子不耐烦起来，"谁呀？"她提高声音。

"是我，贩科长。"门外传来一个男人声。

苇子打开门，看到贩二一脸笑嘻嘻，站在她面前。看起来像是刚刚淋浴过，穿着白色 T 恤衫，整齐地扎在蓝色牛仔裤的裤腰里。贩二晃着手脖上明晃晃的手表，说："苇子，今儿八月十五，你也不出去玩？"

"有啥好逛的？"苇子倚在门框上，一脸慵懒。

贩二伸头往宿舍内打量一眼，看到半掀开的被窝。"走，我们上露台赏月去。"苇子这才注意到贩二右手提的东西，塑料袋里装着瓜子、苹果、牛肉干之类。大概他跑到镇上买的。

"还露台呢？就顶楼那破地方。"苇子扑哧一笑，这男人大言不惭。

"走嘛，走嘛！"他忽然扭捏起来。苇子有些心动，想了想说，"那你先去，我换衣服。"苇子关门，套一件长袖衬衫，和等候在外的贩二，上了顶楼。

"苇子，你知道吗？我好中意你。"

苇子和贩二坐在楼台上。风把地面吹得很净。四周一片静悄悄，只有远处镇上的灯火在风中时隐时现。一辆公共汽车在站台停下，一个人上了车，车辆又疾驰而去，驶进灯火繁华处。附近茅草丛里，传来草虫的啁啾声。

贩二等了半天，没见苇子说话。他偷偷打量苇子，看到一脸漠然。苇子抱着膝，也许望向远方，也许停在近处。但实际上，苇子听到贩二的话了。她是一个女人，又不是一个聋子。

但聋子也会看懂男人心思，更何况苇子是一个发育完整的女人。

贩二自顾自的说下去。

你知道，我 1997 年来惠州，那时候，公司还开在远田，到处都很荒凉。尤其是我们这个行业，每天都闲得蛋凉。就是在这个时候，我认识一个卖首饰的女孩。首饰店是我朋友开的，我便借看朋友的名义，常去和她搭话。那女孩是湖北人，长得很俏丽。一来而去，我们就勾搭上了。

苇子瞥了他一眼。贩二没接住，仍然沉浸在往事的快感中。

你知道我对她有多好吗？她要回老家，买不到票，急得直哭。我排了三天三夜队，帮她订火车票。等她再从老家回来时，我们俩就好上了。

贩二停顿一下，似乎有些难以启齿。

那年秋天，我和她先回她老家，她父母对我很满意。然后回我老家，她对我父母不是很满意。这些都不重要，我又不可能改变我父母是种地农民的出身。更何况，他们还培养出我一个大学生。那时候，我一门心思都在她身上，不顾一切和她结了婚。婚后的甜蜜日子过了一段时间，很快的，我就发现她不忠。

　　跟你说，她很爱慕虚荣。看到别人买车，撺掇我也买车。那时候，我刚贷款买下老家县城房子。可是她说，将来还不知道回不回去住呢？于是我将房子低价转给别人，买了一辆车，就为盛得下她的虚荣。她很快学会开车，自从认识我后，她就不上班了。我们在镇上租了房子。你知道，男人在那个事上是很难满足的，尤其还处在新婚。但我很快发现她的异样。她经常心不在焉，一个劲催我：快点，快点。

　　男人在这方面也是很敏感的。我开始跟踪她，当然不让她知道。那天我"上班后"，她打扮得漂漂亮亮，从房间出来，开着车，在镇上兜了几个圈子，最后停在一个大酒店门前。她走进酒店，我也进去了。看着她进入房间，我开始敲门，一个秃顶老头伸出头，问，你找谁呀？

　　我他妈揍死你。没等他说完，我就把拳头落在他牙齿上。她冲了出来。

　　一段长长的沉默。苇子看着身边这个男人，他正埋着头，夜色澄亮，能看得到他痛苦的脸色。也许这痛苦是装的，苇子想。

　　后来我们离婚了。是她提出的，我给她四万元青春损失费，那辆车子也给她了。

　　苇子身边这个男人的脸色终于平静下来，他弹了弹烟灰，一段灰白色的痕迹落在水泥地上。苇子抬起头，看到一轮圆月正停在他们头顶。月色澄亮，里面有树影晃动，也许是吴刚在伐树哩。

时间一天天过去，贩二的追求攻击愈来愈猛烈。在一个很寻常的晚上，调度室戴鸭舌帽的男孩，看到对面女生宿舍里，走出来穿着睡衣的苇子，走到男生宿舍前，轻轻敲了敲门，门很快拉开一条缝，苇子闪了进去。

两人都有些经历，青涩早已被剥去。但贩二床上的青涩是苇子始料不及的。他拥着苇子，一遍遍亲吻她，一遍遍征求她意见："这样好吗？这样好吗？"

苇子含含糊糊："好。"

他是那么温柔，温柔得让苇子掉泪，尤其在进入她身体时。那股男人的力道，足以摧垮苇子所有的防备。她开始泪如泉涌，泪涌出来，濡湿男人胸膛。

贩二有些慌乱："苇子，我弄疼你了吗？"他捧着苇子的脸，急切地问。苇子哇地哭了起来，边哭边说："我好久没有梦见妈妈了，我太想念她了。"

渐渐入秋了，然后是冷的冬天。冬天一来，年就即将来了。贩二开始和苇子商量，春节回老家探亲，顺便商量他们的婚事。苇子总在推辞。贩二对她那么好，她没有理由拒绝这么好的男人。但她的内心深处总有一个声音在喊："不，不，不。"这股力量在每个午夜牵制她，让她的身心都快要发疯了。她开始拒绝贩二的进入。时间长了，引起他的怀疑。有时候苇子端坐在电脑前，埋头打资料，一转头，便对上贩二的眼神。那眼神里有询问，有懊悔，似乎还有其他，苇子猜不出来。

快近年关，所有的工地都在加紧进度，因为一过年，建筑工地的工人们就要放长假，工地上有很长一段时间开不了工。

　　这天调度室的男孩打来电话，让苇子赶一份资料，有个工地要用。苇子赶好资料，匆匆跑下楼，一抬头，就看到调度室的男孩在向她挥手，把手张成喇叭状："把资料给搅拌车的司机。"

　　院子里停着一辆搅拌车，已经装好混凝土，冲好车身，一副整装待发的样子。有一个头从司机室伸出来，然后是一双胖手。苇子将资料递上去，男人接过资料，直起身子。苇子瞥到一颗鲜红欲滴的草莓，就刻在男人手腕上。苇子想要细看，司机已经开动车子，留下一屁股烟气。

　　调度室的男孩伸出头，看到苇子站在地上，怔怔望着开走的搅拌车。风吹过来，吹动她脖上丝巾。男孩觉得苇子似乎很冷，奇怪，太阳那么大。男孩望望天上。天是灰蒙蒙的。

　　苇子说："贩二，你喜欢我吗？"

　　"喜欢，喜欢得不得了。"贩二很欢喜地笑着，笑得脸上也有了光。

　　苇子望着贩二脸上的光，说："春节咱们回老家，先回你家，再回我家，如果双方父母都没意见，开春咱们就办结婚证。"

　　贩二大喜，继尔狂喜，他快乐得举起苇子，全然不顾那单薄的身子在瑟瑟发抖。贩二的怀抱似乎很温暖，但还是制止不住苇子复仇的脚步。

　　是的，她已被仇恨折磨得快要发疯了。一想到那可恶的身影，苇子恨不得把全世界的仇恨都灌到他体内。

　　苇子打扮得漂漂亮亮，走到调度室送资料。戴鸭舌帽的男孩问她："苇子，你不怕冷吗？"

"这年头，温度哪有风度重要？"苇子笑嘻嘻地，露出一口好看的牙齿。

"苇子，你怎么这么勤快了？"

"来感谢这些司机师傅啊，帮我送了一年资料，真是太辛苦了。"苇子瞟一眼驾驶室的司机。那司机憨憨地笑着，将头伸出来，眼睛盯到苇子身上。

这天，苇子的同学来了，苇子要到镇上去。贩二有些奇怪，跟她在一起的日子，从没听说有同学啊？苇子说，是刚来惠州时寄居在人家家里的同学，人不能忘本。

不能忘本的苇子去了镇上，留下一阵幽香，充盈贩二胸膛。

苇子约了手上刻草莓的司机男人。苇子把约会定在一个酒店。关上门，就什么也听不见了。那个午后，调度室的男孩看到苇子前脚出了门，贩二后脚出了门。他们一前一后上了停在公交站台的公共汽车。一个从前门进，一个从后门进，彼此看不到对方，当然，调度室的男孩此刻已经看不到了。

他看不到的还有很多。比如说，贩二接住了苇子那声怒吼。那时候，男人已经溜出去了。房间里只有苇子的哭声。贩二说："苇子，你别哭，我还会娶你。"

贩二说："苇子，你知道吗？其实我前妻并没有和别人私通，是我冤枉了她。我一直心怀歉疚，这次终于在你身上补偿了。"

"苇子你别哭，春节咱们就回老家，见完父母就打结婚证。"

"你不想回老家也行，咱们就在这里结婚。我们在镇上租房，不住公司宿舍。"

　　苇子和贩二回去的时候，路已经全黑了。四周静悄悄的，唯有草虫唧啾声。那辆公共汽车停了又走，留下一屁股烟。

　　苇子抬起头，看到一轮圆月，如鸭蛋黄的脸色。苇子想，现在是冬季，月亮还那么大？苇子擦干泪，风刮过她脸庞，清冷清冷。

　　这年苇子27岁，但苇子觉得自己已经很老了。

夏薇的季节

　　梁子说："我们做情人吧，我每周去看你，你想我了也可以来看我。"

　　说这话时夏薇正在挑起一根长长的粉丝，送进嘴里。她的嘴巴呈一个半圆，张在半空，仿佛一条正在水中呼吸的鱼，跳到岸上。桌上的羊肉火锅还在冒着热气，几丝烟气袅袅而升，飘过来蒙住夏薇的眼睛。

　　待到那根粉丝在嘴里纠缠，夏薇才含糊不清地说："哈，好啊，你可真坦率！"

　　梁子唧唧咕咕地笑，说："我是绅士呀！"一边笑一边用眼睛撩她，夏薇正低头努力咽下那根粉丝。

　　梁子一直认为自己是绅士，他说，欺骗是可耻的，不是绅士所为，坦率才是美德，他从不欺骗女人。

　　梁子说，我们做情人吧。

　　情人。

　　夏薇来这个城市已经一年多，将近三十岁的女人，有着深深浅浅的寂寞。只是她不知道这种寂寞来自何处，也许是上次情感的失败，一直让她找不到安全感。后来她遇到梁子。

第一次遇见时，梁子穿着咖啡色外套，背着黄色小包，站在一棵榕树下，微笑着看着夏薇走过来。那天的夏薇有些窘迫，穿着黑毛衣，黑仔裤，加上一双运动鞋，显得有些臃肿。

梁子说："嗨？"

夏薇说："嗨。"

然后两个人并肩，走在深圳的林荫道上，紫荆花在身后落了一地。

精品店的橱窗前。梁子从后面抱着夏薇，将头俯在她肩膀上摇啊摇，一边轻笑："夏薇，我们像不像一对恋人？"

夏薇也笑。里面映照出两张生动的眉脸，男的剑眉星目，鼻子高挺；女的弯弯的眉毛下面一双桃花眼。真像是一对恋人呢！可是，梁子是个绅士，他不欺骗女人。梁子说，这个冬天太冷，我们做情人吧！是的，情人。

梁子从夏薇的眼睛里发现她不快乐，一边低低地问她，一边在她耳边缠绵。

每当这时，夏薇就抵制不住梁子的诱惑，早笑得打成滚儿到床上。梁子跟上来，躺在她身边，一边搂她，一边吻她，吻得她喘不过气来，两个人开始纠缠。

梁子今年二十七岁，在一家公司做企划，在这个城市打拼四年，早就嚷嚷着要买房。夏薇问："现在楼市低迷，为什么不买？"

夏薇在私立学校做教师，在心中已经计划好梅林关口的房段。梁子笑嘻嘻地说，他没找到合适的女朋友，找到了，两个人一起付房款，这样压力少些。夏薇听着，心中黯然，于是便不再说什么。只是梁子对她的身体越发缠绵起来。

每到周末，梁子开了车来看她，她那时租住在梅林关口的单身公寓。在夏薇二十平方米的房间，两个人做饭，做爱，看书，聊天，倒也快乐。那天晚上他们竟然奋战两个多小时，梁子在夏薇的身体里依然轻轻的笑，抑制不住地快活和呻吟，像个快乐的小男生。

怎么会呢？夏薇想。他说他在这个城市里曾经认识很多女人。她们都像她一样，让梁子在自己的身体里快活的笑吗？

早上醒来，阳光灿烂。夏薇的心有些雀跃，她推推梁子："今天我们去笔架山公园好不好？"

笔架山公园离他们只有一公里。梁子翻了个身，说："亲爱的别吵，我还在睡呢！"夏薇温柔地吻了吻他的脸。中午，她到超市买了排骨和胡萝卜，这是梁子爱吃的。

梁子还躺在床上，看到夏薇回来，有气无力地说："亲爱的，我生病了，好像感冒了。"

夏薇摸了摸他的头，有些热。梁子又看着她轻笑："可能是感冒了，亲爱的，昨天晚上你太贪了。"

夏薇猛然想起昨晚情景，脸腾地红了一下。把东西放到厨房，急急的又到楼下公寓门口医药房买药。

药店的医师有一抹浓黑的小胡子，一口夹杂着港味的普通话，像极了香港剧里的男人。夏薇说："朋友感冒了，买药，是男性。"

她把男性这两个字特意叮嘱一遍。穿着白大褂的医师深深看她一眼，问什么症状。

　　夏薇想了想，却说不出来，"他好像是嗓子有些痛吧。"

　　医师递给她一盒双氯芬酸，叮嘱她晚上两片白天一片。夏薇点点头，付了钱匆匆离开。回到楼上，梁子还在床上躺着，身上蒙着厚厚的被子。夏薇倒了一杯开水，梁子嚷嚷："你还没给我买杯子啊？"

　　夏薇不好意思地笑，"梁子，你先用我的杯子好不好？"

　　梁子扭过头不理她。夏薇颇有些歉意，不是她忘记了，只是她不想买。她的房间不想有属于男人的物品，而梁子，或者只是一个过客。

　　夏薇在案板上努力地切着胡萝卜，把它们一齐丢在电饭煲里，香气窜出来，弥漫整间屋子。

　　吃饭时有电话打过来，是胡春的。胡春是夏薇同事，杭州人，有爽朗的笑和洁白的牙齿，一直对夏薇有好感。只是不是夏薇喜好的对象，她对胡春有种莫名的排斥，她不喜欢他那种一本正经的模样。这是为什么？夏薇想不出原因。

　　胡春问她，在家里干什么呢？夏薇说，正在吃饭。

　　胡春哦了一声，说周末了，也不出来玩？

　　夏薇说懒得出去。自认识梁子后，她变的越发懒散。每到周末只想待在房间，看时光静静流退。有时候两个人谈起杜拉斯，梁子说，杜拉斯写得多好啊，两个人就在房间里做爱，连城市外的喧嚣也听不到。夏薇，我们也关在房间里做两天两夜的爱好不好？

　　夏薇正在出神，她在想，假如父母知道她这样跟男人交往，会怎么想呢？她跟梁子做爱时往往会想起家人。一这样想的时候，她的身体就拼命起伏，迎合梁子。而梁子在这个时候会兴奋地大叫，一边叫一边在夏薇的身体里做剧烈运动。这让夏薇产生无可抑制的快感。

放下胡春电话，夏薇看梁子正把一片鸡蛋壳小心的夹出来。那是一片小小的，呈三角形的，似小拇指甲一半大的鸡蛋壳，不小心弄到汤里。

梁子说："这种鸡蛋壳不能吃，上面带有细菌呢！以后做饭的时候不要放进去。"

夏薇觉得有些委屈，不过她并没说出来。她走到厨房，把垃圾篓端过来，放到梁子脚边。看梁子慢慢吃着，细心的夹出骨髓。

梁子说："我很慢哦，吃排骨最麻烦，怕里面有剁碎的小骨髓。"梁子一边说着，眼睛一边盯着电视，正在播放新闻半小时。夏薇往电视里瞟了一眼，播音员正一本正经地说近段时间有流感来袭。

夏薇没好气地想：边看电视边吃饭，怎么没卡住啊？

待到夏薇洗完碗筷出来，梁子又躺在床上，手里拿着一本《该中国哲学登场了?》。夏薇轻伏过去，捧着他的脸，想了想，还是说了出来："亲爱的，胡春向我求婚，或者，我们要回杭州结婚了。"

梁子的眼睛仍旧看着那面书页，说："好啊，你什么时候走?"

夏薇说："春天来临的时候。"

梁子说："那我继续陪你，这个冬天太冷，亲爱的。"

房间的光线昏暗下来，罩着室内两个男女。

寒流来了，深圳的温度骤然降下来，空气中开始有冬天的味道。

　　夏薇百无聊赖的待在房间，不停地转换着电视频道。闪烁的电视屏光反射在昏暗的墙面，像一尾上岸的鱼。

　　梁子几个周末没有过来，也没有给她发短信。或者是找到合适的女朋友，两个人开始一起付房款了吧！夏薇嘴边划出抹嘲讽，想了想，给梁子发了一条短信：甚是挂念你，不知什么时候再见面？没有回音。

　　岁宝超市。夏薇在琳琅满目的超市，推着辆购物车。拎箱牛奶，又放回去，新闻上说中国牛奶标准被指最差。顺手拿起一个杯子，一双小人儿在上面微笑，正犹豫间，手机响了。她以为是梁子打来，慌忙摸出手机，手机一滑，"啪"，掉在地上，犹自打转，"我能想到最浪漫的事，是和你一起慢慢变老"，手机铃声在狭仄的货柜上空回荡。她蹲下去，不觉好笑，是谁打来的呢？一看，却是胡春。

　　"小薇，我在你公寓楼下。"

　　"哦，你有事吗？我在超市。"

　　"那这样，我打车过去，我想见你。"

　　夏薇走出超市，阳光直射过来。在广场上转了一圈，方才看到胡春朝她走来，手里拿着一份花花绿绿的消费周刊，依然是那口洁白的牙齿，朝她笑了笑。夏薇也笑笑。胡春接过她手中的购物袋，说："我们先去吃饭吧，今天中午我请你喝汤。"

　　餐厅是新装饰的，几对情侣，低头看着菜单。夏薇想我们算什么呢？朋友？情人？她摇摇头。

　　服务员走过来，递给他们两份餐单。

　　胡春示意夏薇点菜，低头研究那份打折的消费周刊。他老早就说过要请她喝汤，福田区有家餐馆的汤很好喝，大概就是这一家吧。

夏薇点了一道松仁玉米。

胡春问她为什么不点汤，今天打八折呢，要不要也来一个？夏薇摇摇头。

两个人静静吃着。餐馆里有音乐，在两人身边流动。看着对面这个低头吃饭的男人，连吃饭的动作也那么慢条斯理，这样的人，倒适合做老公呢！夏薇的心头泛起些奇妙的感觉，那是梁子不曾带来的。胡春拿起一张纸巾，低头沾沾嘴角，再抬起头，望着她忽然咧开嘴笑了。夏薇瞪着他："你笑什么？"

"我就喜欢看你啊，你的眼神像迷路的小鹿。"

夏薇的脸红了一下，莫名有些恼怒，再看向胡春，他正低头喝汤，发出"吧嗒吧嗒"的声音。夏薇终于明白自己不喜欢胡春的原因。原来不喜欢一个人，连他吧嗒嘴也不喜欢啊！

她笑笑，刚要说什么，却见胡春拿出一张请柬，"小薇，我要结婚了。这是给你的请帖。你也赶快找个人，嫁了吧！"

夏薇一时没反应过来，茫然地看着放在桌上的请柬，烫金大字那么显眼。两人都没说话，空气开始有些尴尬的味道。胡春又低头喝汤。

正在这时，手机响起，是梁子的号码。夏薇赶紧起身，带住桌上台布，半个桌上的东西被挪到桌边，夏薇匆匆说声对不起。走出去接电话，眼泪就想掉下来，但是没有。手机传来一陌生男声："你好，你是夏薇吗？"

"我是夏薇，你有什么事？"夏薇还在想胡春喝汤的模样。

　　"我是梁子的哥哥。上午看到你发来的信息，因一直忙着梁子的后事，所以没回。"

　　有如一阵霹雳，直击夏薇心底。她"啊"了一声，颤抖着，"梁子他，怎么了?"

　　"他前些时日染上流感，加上身体一直处于亚健康状态，已经于前天离世……"

　　夏薇不知电话里还说些什么。她的手无力垂下来。想起那么优雅的梁子，连吃饭都那么精细的梁子，怎么会突然离开这个人世? 第一次，夏薇感到人生荒凉。生活是什么，无非是卿卿我我，生生死死的事。

　　再回到餐厅，胡春还坐在那里等她，服务员正在收拾桌上碗筷。东西脏了可以清洗，心若有尘该如何拂拭? 夏薇无力地坐下来，仿佛刚参加完万米跑步。胡春说："我还以为你走了，不回来了呢!"

　　夏薇没有方向地笑了一下，勉强说了句："我说过我出去接个电话!"想起梁子，眼泪终于流下，她掩面而泣。

　　春天，人们看见夏薇和一个小胡子男人一起去笔架山。那个男人说一口带港味的普通话，轻揽夏薇的腰。

原载《短篇小说》2012 年 12 期

家宴

卢嘉氏已经过了 73 个春节。

她的年夜饭上，人一年比一年少。

先是她的大儿子走了，接着是她的丈夫。

但日子还得接着过。眼看就进入腊月，各项事情都得按着规矩办，一样也不能少。天刚麻麻亮，卢嘉氏就从床上醒了，摸着黑穿上衣服，穿过厅堂。大女儿今天从杭州回来，她得准备中午的饭菜。院子后面，是一片杨树林，树枝头上挂着一两片叶子，迎着晨风瑟瑟发抖。隔着杨树林，可以看到老房子。如今门前是一个鸭圈，篱笆上停着几只麻雀。几只老母鸡踱着方步，在地上寻找食物，间或抬起头，看到卢嘉氏，纷纷跑过来。卢嘉氏来到菜地，那里原是一块荒地，新房子建好后，被人们辟成一方方菜地，种些小葱小蒜，方便来客人时使用。

深冬的早晨，菜地里都蒙着一层白白的霜，还没有结冰。菜地尽头，是两座坟墓，坟前长着荒草。卢嘉氏弯着腰，在菜地里拔了三棵葱，心里盘算着中午的饭菜。冰箱里还有肉，是昨天在村里的副食店买的。自从国家要建设新农村，生活方便多了。村民们在路边建起新楼房，原来开在村庄深处的代销点也挪到路边，改名叫副食店，衣食住行，一应俱全。卢嘉氏的房子，就建在副食店对面。虽说如今的房子都建得相似，但自家房子好认。门前竖着两根电线杆，上面架着配电箱，刚好跟两层楼房一样高。房子建好后，小女儿青青回来过一次，看到偌大的配电箱，整天嗡嗡响，就说对人体有辐射，从风水上讲也不吉利。当时卢嘉氏的丈夫还在世，吃着早饭，什么也没说，还是能看出一脸不高兴。

这块宅基地是他选的。当时村委批了两块地。卢嘉氏两个儿子，一个儿子一块。按理说大儿子大学毕业后在县城参加工作，属于国家公职人员，户口也已调到县城，但卢嘉氏的丈夫依着权势，硬是给他在农村保留了户口和田地，这在后来也一语成谶。邻居对此颇有微词，但面对一个当了几十年村干部的人，村人也只是当闲话说说。另外一块宅基地原来是一个池塘，后来被填埋了，分给卢嘉氏后，被原来的邻居秀秀家买去了。现在的新房子是两年前建的，两层小楼，外面贴着白色瓷砖，室内一色水泥地面。卢嘉氏倒是怀念老房子院里的红色地砖，那是她的丈夫一块一块铺上去的，雨水天也不沾泥，当时村里人都来看稀奇。她丈夫一时兴起，还在院里垒了两个长方形的水泥浇筑的花池，分别种着一棵柿子树、一棵无花果树。她喜好吃香椿，又在打水井的地方种了一棵香椿树。她的大儿子生病后，被儿媳送回老家，每天坐在堂屋门前，盯着这三棵树，事实上他什么也看不见了。有人来过院子，说青气太大了，恐怕对人不好。后来她的大儿子走了，她不大再到堂屋去。许是因为忙，因为她的丈夫也生病了，她要每天照顾。再后来，路边的新房子建好，她和丈夫都搬过来了，老房子就做了鸭圈。每到春季，便有燕子飞来，在穿堂的天花板上做窝，倒也无人打扰。也经常会有成群结队的麻雀，停留在平房顶，对着窜到房顶的枣树们叽叽啁啁。

太阳已经很高了，冬日的阳光暖洋洋的，从对面别人家的楼顶，直射到卢嘉氏门前。一辆灰色的轿车从马路上开过去，腾起一阵尘土。坐在副食店门口的老头，手揣在袖子里，目光随着轿车远去，又看回马路。马路两边种着几棵冬青树，叶子们都灰头秃脸。一个穿西装的男人，骑着摩托车，后面驮着穿红衣服的女人，女人腿上套着一双齐膝深的靴子。摩托车开到前面路口就拐弯了，卢嘉氏定睛一看，是邻居家的秀秀回来了。眼睛再一花，还以为是小女儿也回来了。如果小女儿没离婚，此刻应该也是坐着轿车回来。卢嘉氏眼角滑了一下，拿着一把葱，在院子的水龙头下，冲掉根须上的泥土。一辆摩托车突突突开到厅堂。紧接着是几种声音的喧嚣，一个小身影跑过来，叫着“外婆”。再接着是大女儿青云壮实的身影。一年不见，青云又胖了，也更富态了。

“跑慢点，慢点跑，小心摔着。”卢嘉氏赶紧叫道，一边慈祥地笑着，搂住向她跑过来的娇红，摸着她身上的衣裳，问穿得冷不冷。青云走过来，接过母亲手里的葱。葱已经洗净了，连根须也干干净净，抖着水珠。青云把葱放到厨房的案板上，走出来找围巾。通常这个时候，都是青云主厨。

院子里跑进来一只狗，摇着尾巴看着大家。“又是小生家的，一身腥味，撵出去。”卢嘉氏没好气地说。娇红却从外婆怀里挣脱出来，拿着手里的香肠逗狗，狗仰头看着她。幼翠也起来了，惺忪着双眼，趿拉着拖鞋，站到庭院里。卢嘉氏没好气地叫道："又睡到这个时候才起来，看看，你大姨和娇红都来了。"一边骂，一边拖过一把椅子，"坐下来。"幼翠听话地坐下来，任奶奶梳着她一头凌乱的长发，她的眉眼有些细长，随母亲。幼翠和娇红同年。都是父母在杭州打工时，怀上的孩子，刚好那时候国家放开了二孩。娇红也随母亲，生下来就胖。幼翠刚生下来时，像一只小猫。她妈妈满月后又去杭州打工了，幼翠就跟着奶奶。去年春节她妈妈回来时，看到幼翠，刚一抱住，眼泪就刷地下来了。卢嘉氏看在眼里，当着面什么也没说，只在儿子儿媳走后，跟邻居说了一句：有本事接到杭州去。但她也知道，凭儿子儿媳打工仔的身份，是不可能将孩子接过去的。开春的时候，儿媳小菊打过电话，说想把女儿送到镇上的寄宿学校，卢嘉氏又舍不得了。等到真正行动时，她的丈夫又去世了。儿子晓风怕她一个人在家胡思乱想，又将孩子接回来，每天走三公里，还在村里的小学校上。

　　两个孩子很快就玩开了，坐在门口，头靠头，对着手机窃窃嘻笑。青云已经在厨房里，将案板剁得梆梆响。院里院外顿时充满过节的气氛。卢嘉氏从橱柜里摸出一把蒜，坐在灶头的椅子上剥蒜。一边问青云："咋真早就回来了？"

　　"帮你做饭呗！"青云一边爽朗地笑着，手里的动作依然不减慢。剁完青葱，熟门熟路的又跑到另外一个房间，"排骨还在冰箱里？"

　　"还在，你爹住的房间。"话一出口，卢嘉氏就意识到，"她爹"前年已经去世了。

青云装作毫不在意，"噢，还在我爹住的房间里啊！"

她从冰箱拿出排骨。里面塞得满满的，一包粉条、几颗土豆，青云顺手拿出一块豆腐，转眼看到一袋香蕉："妈，这香蕉不能放冰箱，你看，都发黑了。"

"我忘记了，总想着没事。"卢嘉氏笑着，站起来，接过香蕉，掰下一根，剥了皮，露出雪白的果肉，递给娇红。又嘱幼翠自己去冰箱拿。

"青青今年还不回来？"青云将排骨放在盆子里。

"壶里有热水。"卢嘉氏仿佛没听到青云的话。

青云拎起一壶热水，浇到盆子里。热气袅袅上升，从厨房冲到院子里，很快就被冬气冲散了。

"几年都没打电话了。"卢嘉氏站起来，将剥好的蒜放到灶台上。

"你看，有液化气多好，你还要垒个锅台。"青云掀开锅，发现锅里还盛着苞谷糁。"妈，你早上还没吃饭？"

"一忙就忘记了。"

青云赶忙洗了两个碗，又将娇红和幼翠叫回来，陪着外婆一起吃早饭。

"妈，没菜我不吃。"娇红看了一眼，嘟囔道。

"你这孩子。"青云拍了一下娇红的头。

"那里有黄豆酱。"卢嘉氏赶忙拦道。

"没事，我来弄，随便吃一点，很快就晌午了。"青云从冰箱拿出豆腐，切成块，拌上小葱，浇上香油和盐，端到桌子上。

这时候，门外传来嘀嘀声。几个人都端着饭碗往门口瞅，只见一辆白色轿车停在门口。"谁家的车停错地方了。"自从丈夫去世后，昔日风光不再，门前便清冷起来。卢嘉氏一手端着碗，另一只手抹了一下嘴巴，准备走出去问。这时候，二儿子晓风从车里走出来，一脸的笑。后面跟着媳妇小菊。紧接着是幼军。幼军已经上高中了，一放暑假就直接从学校到杭州，在妈妈工作的工厂里，找了一份寒假工。幼军的身形随他父亲，长得高高大大，就是瘦。幼翠看到父母和哥哥，呆了一下，接着便向哥哥身边跑去，连母亲叫她也不理。

院子里真正热闹起来。几个孩子在院里跑着、叫着，被各自的父母教训一通后，又挤在一起叽叽喳喳看手机。太阳暖洋洋地照在他们身上。卢嘉氏忙里忙外，又拿出零食给孩子们吃。晓风蹲在地上剖鱼，手上沾满亮晶晶的鱼鳞。青云和小菊烫好鸡后，正在拽鸡毛。卢嘉氏提着水壶，问还要不要再浇点热水。鸡毛很快便拔光了，被青云绑上鸡腿，头朝下挂到院里的绳子上。这时候，又听到外面在杀羊，一个邻居走进来，问他们要不要羊肉。晓风笑，这个季节吃羊肉火锅多好。卢嘉氏便走出去，要了半个身子的羊肉，血淋淋的提进来，也挂到院子里的绳子上。卢嘉氏自幼吃素，但孩子们要吃肉，也从来没说过半个不字。除了有一年春节，不知谁把一块肉放到她的素菜碗里，她咬了一口才发现是肉，恶心得一个年都没过好。丈夫把孩子们狠狠训了一顿。

青云是把厨房好手，小菊便给她打杂。晓风干完活，不知跑谁家串门去了。自从父亲去世后，他不自觉的担当了家长的角色。一回来，便去走人情。隔了几家，便是一个茶馆。他父亲在世的时候，经常去茶馆喝茶，有时候人都走光了，他便一个人坐着，空荡荡的房间里，电视机在响着，茶壶在炉上滋滋冒着热气，他在打瞌睡。晓风走进来时，见里面坐着几个村人。一年光景，他们脸上的年轮都深了一圈。晓风情知自己也是。他抽出烟，给每个人发了一根，寒暄几句，又走出来。一只小土狗走过来，嗅了嗅他的裤管，发现确实是这里的味，便摇了摇尾巴。

等到饭做好时，晓风已在邻居秀秀家拿起筷子。小菊找过来，笑着抱怨道："你看你这个人，说来串个门，自己先吃上了。"秀秀一家都笑道："在哪里都是吃，你们轻易不回来。"

"那算了算了，你就在这里吃吧，吃完赶紧回来，下午还有事。"小菊一走回自家院子，就高声叫道："人家已经吃上了，咱们吃吧！"

青云和卢嘉氏都笑："晓风还是那个性格，走哪吃哪，去了杭州几年也没改变。"

桌子上都是肉。卢嘉氏端着一碗饭，走到里屋，又拿起手机，给青青打电话。那端通着，但没人接。青云走进来："咋，给青青打电话？来，用我的手机，我刚换了新号。"

电话通了，传来一个女声"喂"，青云大喜，忙叫："青青呀！"

那边迟疑了一下，电话挂断了，再打，仍是没人接。青云不死心，又让幼军打，还是没人接。卢嘉氏叹了一口气："算了，不接算了，听到她的声音心里都是美的。"

青青自从再婚后，已经几年没回来了。青青的婚姻，始终是卢嘉氏心里的一块痛。卢嘉氏生了两儿两女，青青最小。因自幼长得好看，被大人们宠着，养成娇纵习性。一有不从，便蹦着跳着，那姿态，恨不得蹦到房顶上，非要别人依了她。青青十六岁那年，突然从学校回来，说不上了，连桌子都退了。当时卢嘉氏的丈夫还在当村干部，正在堂屋里跟一个村人谈事。卢嘉氏钻在厨房里烧饭，一身的汗，一听到青青嗫嚅着说退学，掂起手里的烧火棍，朝她打来。青青也不跑，伸手来挡，手腕上便多了一道青黑的印迹。卢嘉氏一边骂，一边哭："你咋不跑哩，你咋不跑哩？"青青也呜呜咽咽的站在门后哭。

"那你说吧，到底为啥不上？是不是在学校谈恋爱？"

"不是。我不想每次交学费都要去借，我想去打工挣钱还债。"青青用手背擦了擦泪，手腕上仍带着淤青。卢嘉氏心里咯噔一下，新屋建成后，接着便是大儿子晓国结婚、二女儿青云出嫁，确实欠了一些债，但没想到青青如此上心。

哭了半晌，卢嘉氏心疼小女儿，便说道："我是不管你了，你去跟你爹说去，只要他答应就行。"

青青素来最怕父亲，但那天是铁了心的要退学。她在堂屋里，低着头，搓着衣角："爹，我不想上了。"果然，父亲大怒，吼道："你想去哪里？"

"我想去打工。"青青嗫嚅着。

"你想去天堂。那么多黑厂，你进了黑厂怎么办？"父亲不顾外人在场，咆哮着拍着桌子。

"秀秀的表哥在那里。"

"那也不行。"父亲顺手摘下墙上挂着的皮鞭，那是用来打牲口的。青青亲眼见过，因为二哥晓风在学校偷别人东西，被父亲吊到梁上绑起来用皮鞭打。

此刻，父亲用那根皮鞭指着她："说，你到底上不上？"

"不上。"青青眼中噙满泪水，嘴巴仍然倔强。

"你不上学了能干啥，给你说个婆家，凭你那性格，嫁过去三两天就离婚了。"

"我才不说婆家。"青青扭着身子，内心又慌恐又害臊。

"那你到底上不上？"眼看皮鞭就要落下来，说事的村民赶快过来拦："哥，算了算了！"

慑于皮鞭的淫威，青青含着泪说了句："上。"她哭哭啼啼地跑开了。

最终青青还是没上，她去了南方打工。当时差半年才满十六岁，卢嘉氏托自己娘家的侄子，在派出所找了一个人，为青青办了身份证。

去了南方的青青，信件一封一封寄回家来。青青说，坐了一天一夜火车才到广州，又坐大巴到东莞，中途还被人当猪仔卖到另一辆车。刚站到东莞的土地上，连脚都是抖的，但看天，真蓝啊，路上栽着绿树，干净得不得了。公路被山包围着，山脚上搁着一个个骨灰坛子。

她们刚从中巴上下来，几个骑摩托的男仔就围过来，操着半生不熟的广味普通话："靓妹，系边度啊？坐车嘛！"

青青和女孩子们惊恐地躲开，男仔们开始哄笑。一个男仔笑着说："好好笑哟，都九月份了，还穿冷衫。"虽然说的是白话，但青青还是能听出来，她看了看身上的毛衣，觉得一身燥热，南方的太阳，真是太热了。

托表哥的福，青青很快就进了厂，躺在宿舍上铺的木板床上，青青觉得床怎么还在抖啊？几个老乡来看她，说起这个问题，她们都笑起来，说她是坐火车坐的，几天后就好了。

工厂的生活千篇一律，每天上下班都要打卡。车间、饭堂、宿舍，贯穿了整个生活。青青在信件里，说很想家。卢嘉氏不识字，信都是丈夫拆的，念完后也不告诉她。卢嘉氏追问得狠了，他会说几句：青青说想家了。

每年一度的春节探亲假，青青却没回来。听秀秀说，她在厂里谈恋爱了，对象是一个湖南的小伙子。卢嘉氏慌了，赶忙跑到镇上的邮局，托人发了封电报：青青不要谈外地的。按理说，青青那个倔脾气，如果在家，肯定又会蹦啊跳啊，哭着让卢嘉氏不要干涉。但那次青青居然肯了，再回来的信件里，便说和湖南男孩分了手，又寄回来一张照片，清瘦了许多。据后来听同厂的邻村一个回来探亲的女孩说，那个湖南男孩又爱上了四川的一个女孩子，把青青抛弃了。青青那么好看，竟然还让我们分手。卢嘉氏又愤愤不平起来，如果那个湖南仔在她面前，她一定要打他一顿。

青青好久不写信来。再收到她的信，是让家里给她说媒，定一门亲事。青青在信里说，自己不想再漂泊了，想有一个安稳的家。她渴望结婚，渴望嫁人。也许女孩们长大了，都该说门亲事定定心。卢嘉氏这样想着，便真的有媒人上门来。

男孩是镇上的，家世极好。爷爷是老红军，粮店的第一任主任。托了他的福，一家三代都分在粮店，户口也办到县城，属于公务员身份。特别是二叔，炒股发了一笔大财，娶了一个洋妞，连家也真正搬到县城去了，据说洗衣服都是请人。给青青说媒的人，是一个村庄的，又是那家人的表亲，一家人都很尊重她的意见。亲事很快说成了，自见过青青的照片后，那家人便很盼望她回来。年底的时候，青青回来了，个子长高不少，脸蛋和身姿更加精致了，惹得相亲的男孩，眼神未离开她片刻。

看那男孩白白净净，举止斯文，自有一身贵气，跟在工厂打工穿牛仔衣的男仔不大相同，青青有了几分好感。

看着他俩对上了眼，说媒的人开玩笑道："这家人啥都好，就是爱打架，有时候逢年过节还在吵架，前几天小兄弟一生气，把他妈的秤砣都砸了。"男孩的母亲叫紫兰，在镇上开了一个粮油店，生意好得不得了，人又精明，每天从早忙到晚。男孩是老大，还有一个双胞胎弟弟。"他们家没女儿，紫兰说把青青当女儿看哩。"媒人嘻嘻笑着。

青青很快嫁了过去，怀孕的第一胎，却流掉了。说来也怪卢嘉氏。那时候正是小麦成熟季节，晓风和小菊去了杭州打工，后来青云和女婿也跟了去，家里只剩下卢嘉氏老两口。青青心疼娘家，扯上女婿回来割麦子。第一天便见了红，青青不懂，问卢嘉氏。卢嘉氏也不懂，青青说，再割一天看看，如果再见红，就去医院。第二天大儿媳云霞从县城回来，一听卢嘉氏说青青这种情况，马上叫道，别割了，赶紧去医院吧。胎儿已经保不住了。卢嘉氏后来甚是自责，她打自己的脸庞，埋怨不该叫青青回来割麦。再后来，大儿子去世，卢嘉氏没事的时候，便会在想，这会不会是报应呢?!

所幸青青身体复原后，又很快怀了孕，生了女儿甜甜。但日子却甜不起来，真如媒人所说，那家人也都是暴脾气，整天撕扯着过日子，一言不合就开打。男孩叫大红，表面斯文干净，实则也是一个暴君，仗着家庭优势，整天吃喝玩乐，不思进取。青青甚是忧心，不甘心一直吃公婆的，那会让她抬不起头来。在大庭广众之下怼了男孩一句，男孩觉得甚没面子，把青青按在地上暴打。青青哭哭啼啼跑回了家。卢嘉氏永远忘不了那一幕，青青穿着一双拖鞋，披头散发的样子。她马上到茶馆找回丈夫，让把青青彻底送走："这打过一次，肯定还会再打第二次，说什么也不能再这样过了。"青青被连夜送走了。后来大红还带着甜甜找过一次，他以为已经把青青十拿九稳握在手心，没想到青青这次吃了秤砣铁了心。当他找到杭州的时候，看到青青冷漠的神态，拒不和解。两人也曾坐下来谈过，青青要求大红给她几个月的时间，哪怕半年，双方都冷静一下。但大红甚是无赖，丝毫不给青青喘息的空间，整天痴缠，青青怒极。两年之后，两人离婚了。

听到青青说手续已经办完，卢嘉氏心里咯噔了一下。她觉得对不起青青，只想着把她送到杭州，让她过几天清净的日子，但没想到青青如此倔，竟然真的同大红分手了。但看着青青好看的脸庞，即使生了女儿，仍如少女般纯净，世上好男儿那么多，又哪能找不到好人家。

卢嘉氏这样想着，但青青的命运就是多舛，大红很快再婚，连甜甜也不让见。卢嘉氏看着青青的脸一年年老下去，再也没有了少女的气息，眼神变得茫然空洞。卢嘉氏有些心疼，但她什么都不能说，她说不出来。有一年，青青打回电话说，这个春节回去，带上他一起。卢嘉氏高兴起来。那时候幼军还小，还跟着她在村里上小学。卢嘉氏说，这个春节你小姑肯定回来。幼军说不信。卢嘉氏说那咱们就打赌。

结果卢嘉氏输了。春节的家宴上，依然没出现青青的身影。大年初三的时候，青青打了一个电话，哽咽着说，两人分手了。原因是青青到他家过年，因为风俗的不同，两人争吵了几句，青青一气之下跑到汽车站，男孩也没追过来。大年三十的晚上，青青一个人回到广州。卢嘉氏哭着说："这真是要打我的脸啊！"

再后来，青青真的嫁人了。那个家宴上，卢嘉氏看到那张脸，心里咯噔一下，那么好看的青青，竟然找了一个这么丑的男人。男人倒也老实，坐在院子里，操着半生不熟的河南话，跟卢嘉氏说现在房子还没买，手里还有一些股票。卢嘉氏的丈夫正蹲在地上修锄头，摆摆手说，你不用说了。那个春节过得格外沉闷。青云特地从杭州提前赶回来，说要帮他们办几桌酒宴，但看到男人长那个样子，青云什么也没提。青青两人走后，卢嘉氏又哭了半宿。

青青生女儿的时候，是在男人家乡生的。当时很想卢嘉氏过去。卢嘉氏也早早准备了礼物，和丈夫商量着，是否包个车过去。但一打听路费那么贵，就想坐火车去。正值盛夏，青青的男人心里还存着当年被人看不起的阴影，借口说怕老两口路上中暑，不让去了。青青便没和父母见上面。这成了她的心病。

这也是卢嘉氏的心病。生完女儿的第二年，青青回来了，抱着孩子，神态举止沉稳了不少。卢嘉氏甚是高兴，连久病初愈的丈夫脸上，也带着笑，又去了茶馆喝茶。半个小时过后，他被人从茶馆叫回来。青青正在收拾东西，挂着一脸泪水。卢嘉氏坐在院子里，拍着大腿，扬声嚷道："你杀了我吧！你拿刀杀了我吧！"青青看到父亲，也不说什么，包好东西抱着女儿就走了。后来卢嘉氏在想，只因为第一次婚姻的失败，青青怪罪自己，怪罪那几年宝贵的青春，怪罪现在的生活不如意。但一切的一切，真是自己的错吗？

卢嘉氏的丈夫去世的时候，青青回来了。那个雾蒙蒙的早晨，青青从出租车上走下来，村人们刚把空棺木抬到家门口。

遗体盛放在一个冰柜里。青青不言不语，看着冰柜里的父亲。大哥去世的时候，她也是这样看着冰柜。亲戚们都围过来，扶着棺木痛哭。当遗体挪到棺材里的时候，青青仍旧一滴泪也没掉，她只是坐在棺材前头，把黄纸一张张的丢进火堆，大拇指上有灼伤的姜黄色。父亲下葬后，卢嘉氏又坐在地上闹了一场，因为娘家兄弟指责自己的二儿子晓风远在杭州打工，让她一个人在家照顾病人，晓风当然不依，喝了几杯酒后，让她的娘家兄弟们走人。青青觉得甚是丢人，她搀着卢嘉氏到了里屋，说，如果你觉得儿子不能养你，我们养你，但父亲刚下世，不要再在外面哭了，让别人看笑话。卢嘉氏哭一场，也是觉得要给娘家兄弟们一个面子，此时觉得青青说得有理，又笑逐颜开起来。

只是青青再也没有回来，连电话也不打了。亲人们打过去，她也是切了电话。她过得好不好呢？有没有过上她想要的安稳日子？卢嘉氏这样想着，院子里的一顿午饭就过去了。待到吃了饭，下午还有事。他们要去祭拜父亲和大哥。

门后的路许久没有人走了，很快就生了荒草。附近堆满垃圾，飘着五颜六色的垃圾袋，还有一个尿罐扔在小路边。坟地就在菜园尽头，那里长满荒草，埋着卢嘉氏的大儿子和丈夫。

卢嘉氏的大儿子是得了癌症去世的。曾经是村里的第一个大学生，当年风光无限，到生病后期，几乎瘦成一把骨头，眼睛也看不见了。医生说再治无望，被妻子云霞送到老家，说家里空气好，利于养病，便和孩子黄鹤一去不回头了。晓国回来一个月后去世了。他不知道在地上躺了多久，卢嘉氏进去时，晓国还有一丝气息，拉着母亲的手说，真的还想活呀，还想看着孩子上大学，还有许多心愿未了。

卢嘉氏经过老房子，门栓着，仍能看到老堂屋。隔着门缝，卢嘉氏觉得晓国仍然坐在堂屋门前，看着院子里的树，听着时光流逝。她的丈夫，生前喜欢拄着拐杖，从那条小路上经过，他一手建造的老房子，如今已垂垂老矣。他慢慢走到麦田，站在地头，一立就是好久。卢嘉氏眼睛晃了一下，好像地头前面就是丈夫在那里立着。再看时，人已经消失了，只是一棵榆树。田野里四下无人，乡村是寂寞的，连风也是。

她擦了擦眼睛，看了看前面。青云和小菊并肩走着，一边谈论着杭州的事。娇红和幼翠的红衣裳在田野里格外惹眼。幼军扛着一把铁锹，晓风提着一袋火纸，早已走在前面走了。

生的人还要活下去，日子还得继续过着。拜完了坟，她还得准备晚上的家宴。

古子的一九九二

第一次见到古子，他穿着一件黑色的皮衣。我静静地站在路边的草地上，看见他从一辆公交车上走下来，高昂着头。

古子高昂着头，眼睛向下朝我看着，一对长得挺凶的眉毛，斜插额头。我微笑着，不说话，并排和他前行，心里在嘀咕：这个人的眼神，怎如此狡猾？

古子老早就说要来看我，当他终于从中山来到深圳时，已经是冬天了。跟古子相识，缘于古子的初恋。

古子有一段很美好的初恋。他为了给我讲述这段美好，用手写板在电脑上划出了三千多个的汉字。古子不懂电脑。

古子在网上跟我说，如许，你不知道她那时候是多么可爱，垂着两条小辫儿，穿一件黑色的圆领 T 恤，套着白色纯棉裙子，背着一个大包，穿着一双拖鞋。她就穿着一双拖鞋，走到我面前：解放军你去哪里？

我和古子并排走在深圳的小镇上，阳光暖暖的洒到我们的身上。小镇不大，树上飘的红灯笼，闲散的人群，映出了小镇的一角。我们走进一家火锅店，古子点了一份酸菜鱼。

鱼端上来的时候，红鲜鲜的辣椒覆盖了整个鱼身。我有些歉意，古子，好抱歉，忘记跟他们说一下了，你正感冒，说过少吃辣的。古子爽朗的笑，不要紧的，我平时也很能吃辣，只是这两天嗓子有些痛。

古子认识燕子的时候，是在一九九二年的三月十八号，古子探家回部队，在广州火车站的候车室，燕子走进了他的视线。他没想到，这个多灾多难的丫头就这样在他面前打开了她短短二十六岁的一生。

小店刚开张，有些安静，电视放着，并不显吵，服务员在店里慢慢穿梭。

古子不停的跟我夹菜，我的碗里总是堆满白色的鱼肉，我也用汤勺给古子布菜，想怎么会有相敬如宾的感觉。

古子说，古子说，古子那天说了什么呢？我得好好想想。

哦，古子说，他小时候吃了很多苦，因为家贫早早放弃学业，给人背包，在工厂打工，十五岁那年他去当兵，在军营里很努力，后来当上排长，被保送到桂林一所军事学院读书。可是那时候不懂珍惜，读了一年多就逃了出来。后来复员了，想去人事局，想去检察院，可是没有背景呀，就这样晃晃荡荡过了七年。在一位老朋友的提携下，这才走上做出口贸易的业务，一做就是七年。然后整天飞呀，家里也顾不上，结婚的第五个年头，妻子向他提出离婚。就在那一年，他遇上分别数年未见的燕子。

我问他：你是在离婚那一年遇上燕子吗？古子想了想，肯定地说：不是的。

　　二〇〇一年的四月份，他和一位朋友到武汉出差。在办完事吃庆功宴时，有一个经理说，要不要给你介绍个湖北姑娘？

　　古子当时一下子想起有一个江陵了，就说以前认识一个，但已经不知地址了。那个经理说，不如去找一下，到江陵买张地图。出于一种朋友的心态吧，也想去了解一下，心里想她现在怎样，结婚了吧，过得好吗？抱着这种心理，决定去一趟，第二天他们两个驱车六小时，在多处打听的情况下终于找到她的小山村。

　　古子点起一根烟，烟雾袅袅，笼罩在小店的上空。古子说，当第一次见到燕子的时候，这个十几岁的小姑娘，就那样垂着辫子走到他的面前，问他，解放军，你去哪里？

　　古子说：我要到长沙。

　　燕子说：长沙有去荆州的长途汽车吗？

　　古子好奇怪，就问这个小姑娘怎么回事？原来小姑娘是被人骗来广州打工的，她爷爷不幸病故要赶回去，但又买不到车票。买火车票又被人骗，花了二十块钱被人带进候车室。问明情况后，古子出于怜悯，想帮她，就把去长沙的车票给她。他那时穿军装，车站不查票。很顺利上了火车，故事就这样开始了。

　　在火车上，一路无言回到长沙。下火车后，他俩马上去汽车站，结果要第二天才有车。没办法，只好先回部队。到部队后他把小姑娘安排在部队招待所住。不用钱的，用她身份证登记就行。

　　古子和她吃了饭，就回连队，第二天一早就去招待所接她赶车了。

很顺利的，去到汽车站马上上车，汽车就出发了。

送走了她后，又担心她能否到家，才记起原来她叫什么名也不知道。出于关心和一种责任，他马上跑回招待所一查，才知道她叫刘燕，湖北江陵人氏。在责任心的驱动下他写了一封信过去，希望她能平安回家。

时间过了一星期，收到她的回信，说她已经平安回家。就这样信来信往交流了一年，他们在信中彼此倾诉着内心的心声，慢慢地产生了感情和思念。

一年过后，刘燕来部队探他。当时见面说不出的甜蜜，但是他们俩很纯洁。在四天的交往中只拉过两天手，已经好幸福了。

后来刘燕说要去广东汕尾打工，到酒楼当服务员，并相约海誓要等当兵的退伍一起结婚。就这样又是鸿雁传书，到了一九九四年七月，离退伍的日子还有几个月的时候，收到刘燕一封分手的信件。当时他发疯了，后面怎么写信过去她都不回信。一气之下，在退伍的前一天，他把与刘燕所交往的所有回信一把火全部烧了。那时候，刘燕正在酒店里受着非人的折磨。

就这样来往了两年，突然有一天燕子来信说，古子，我们断绝联系吧！

古子伤心地把两年的信全部烧了。当他在七年后见到燕子的遗物时，那一叠捆得整整齐齐的几百封信灼伤了他的眼睛。

小店的气息有些闷热，红鲜鲜的辣椒依然覆盖着整个鱼身。

古子说你喝酒吗？我说不喝。古子让服务员拿来两瓶王老吉，打开放到我的面前，我啜了一口。

古子说谈谈你的事情好吗？

　　我微笑，古子，我没有什么好说的。听你说吧！

　　古子那天就去了燕子的家，在当地岳阳朋友的带领下，这个地址在他的脑海盘旋了千百回。当他和朋友一路开车七个小时，终于赶到那个小山村来到她家门口，迎面出来的是她妈妈，一个善良的妇女。当问他从广东中山来时，一下子就知道他叫什么名字。马上拉他到厨房煮了七八个鸡蛋，一边煮一边说起刘燕的事。很不巧，十天前她又到汕尾去做事了。由于路途远，吃完了鸡蛋马上要往回赶。后面上了高速后又忘记留下双方的联系方式，真是无缘呀！

　　时间过了半年，二〇〇一年十月份的一天晚上，古子抱着试一下的心理，拨通江陵 114 查询台，结果被他把刘燕家的电话号码给查询出来。天啊好幸运地打通她家电话，还是她妈妈接。听她妈说她也老问你有没来，或有什么消息，问了半年。后面临收线时当兵的留下电话号码。三天后，接到刘燕的电话，在电话中互相诉说九年来的生活。

　　经过几次的相约，终于在二〇〇一年十月十二号，她……来中山了。

　　后来，怎么样了呢？

　　我问古子，后来怎么样了呢？

　　古子吐一口烟雾，烟雾很快又弥漫他的眼睛。

　　当在车站接的时候，第一眼的感觉，刘燕成熟了，再也不是当年天真可爱的小燕子了。他们共进晚餐，在说到为什么当时要分手时，总见她有苦难言。后面干脆不问，他开了间房让她休息，准备明天带她好好玩上几天。房开好后，古子把她送上房准备走时，她一下子抱住了他，眼里的泪水哗哗地流，苦呀！她告诉他，在一九九四年的五月份，她在酒楼当服务员。她被一个男人约去吃饭，喝醉后被那个男的骗了，醒后发觉很对不起当兵的。后面她想过去死，又被那个男的关起来，整整关了三个月，天天被那男的欺负，结果怀孕了，第二年就生了一个女孩。她尝试带着女儿跑，结果被男的发现，那男的把女儿带到深圳，答应养到十六岁才能给她见。更可耻的是那个男的已经有老婆。自由身的她马上想到报警。结果由于公安局有男的亲戚，只关了十天就放出来。无助的她只有靠打工度日如年。

后来，后来怎么样了呢？

当兵的很痛心地听完她的故事，安慰过后，刘燕拼命地抱着当兵的不让走，在那一晚上，他们俩终于在九年的分手后尝到相思和痛苦带来的幸福。六天，在刘燕到中山的六天中，他们没有出过房门，连吃饭也不出门……爱情就是能忘记一切。六天后，由于工作关系，他们又要分手了。双方答应过年时再见面。

送走刘燕后，思念之情让双方不能自拔。一个星期后，当兵的相约到汕尾见面。汕尾，一个海边小城，它将永远深埋一段初恋。

古子有些累了，他的眼睛有些湿润，他说，如许，讲讲你的故事好吗？

我依然微笑，古子，我在听呀！

到了汕尾车站，刘燕很开心地来接他，并把他介绍给他们的姐妹朋友认识。他们的朋友也很高兴，每家都请他们吃饭，晚上有位请他们去听歌。

　　在歌舞厅听歌时，古子点了一首难忘的初恋情人给歌手唱。歌手邀请他上台问为什么点这首歌。他把事情说了一下，全场都报以热烈的掌声。在歌声中，他们双双起舞，沉浸在爱的旋律中。

　　第三天，他们相约到遮浪镇，一个海滩。下午五点吃了饭，他们漫步海滩，高兴时他们追逐，奔跑。终于死神出现了。

　　她在前面跑，一下子掉进了浮沙之中，几秒钟不到人已经沉了三分之二。当时当兵的想去救，刘燕不让过来。当兵的拼命叫救命……闻讯赶来的农民拿来竹梯绳子，花了半个小时才把已埋沙中的刘燕救上来，在送医院的途中她已经死了……

　　在停尸间，当兵的痛呀，闻信来的她的朋友马上打电话叫她家人来。两天，在尸房两天，当兵的没离开半步。

　　她妈妈来了，也没怪他，只是默默流泪。

　　在火葬场，一个小时，捧出来她的一堆骨灰。不知道当兵的怎样回到刘燕的住处，无意中发现了古子写给她的二百一十二封回信，保存得很好。可惜的是，当兵的连她一张照片都没有留住。

　　九年时间，真正在一起的时间只有十五天，从认识到结束只有珍贵的十五天。

　　当兵的从来没有向任何人提起过此人，他把她深深地藏在记忆里。

　　前几天是她的忌日，每年的忌日他都心痛。这个心痛和美丽的回忆将伴随他一生，直到永远永远……

　　小店静静的，外面的阳光透进来，洒在地面上，地面上有两个影子。

片刻，我问古子，后来那个男人呢？

古子说，他跟那个男人谈了两个小时，能怎么样呢？

后来呢？

后来他和妻子离婚了。就这样，几年的时间又过去了。

古子久久不语，烟头早已熄灭，一团冷灰覆盖在白色的烟卷上。我问古子，为什么对她念念不忘？古子说，那是他的初恋。

再后来古子去了新疆。不知道新疆的春天，是否能承载古子的初恋？那驶往春天的列车上，是否会有一个小姑娘垂着小辫，背着背包，穿着拖鞋，用清脆脆的声音喊道：解放军你去哪里？

春天的列车已经走了。古子的一九九二，不会再回来了。

原载 2010 年 4 月《打工文学》

新叶之夜

　　已经是秋天了。新叶从村庄深处走过来。人们都用诧异的目光看着。

　　"都吃了吧!"新叶说。

　　几个坐在门口的男人停下交谈。一个男人把夹在手指的香烟送到嘴边,深吸一口,眯缝起双眼,说:"新叶,你也不帮你妈干活?"

　　新叶自顾自的,走到池塘边,坐到青石板上,把雪白的双腿伸进去,脚丫子晃得水波荡漾。引得几个男人很是看了一阵子。"我心口热。"穿着藕荷色短衫短裤的新叶说。

　　泡完脚丫的新叶,径直走到一户人家家里,坐到藤椅上。屋里的母女正在看电视。母亲招呼新叶喝茶。新叶不喝,抓起一把茶叶吃了起来。女儿低头打毛衣,轻声对母亲说:"听说新叶神经了。"母亲"嘘"了一声。电视声音放得很大,新叶看得很专注。

　　天黑了，新叶才回到家。这是一处久未修缮的瓦房，有几处瓦已经脱落，屋檐上的瓦缝里长着几根茅草，风一吹就瑟瑟发抖。紧挨着瓦房的是一间低矮的小厨房，上面的烟囱正在冒烟。新叶的娘听到脚步声，将头伸出去，一看是新叶，便皱眉："又跑到哪儿了？"

　　新叶不答。回屋搬一把椅子，放到门口，自己坐在上面。虽然是秋天，乡间的蚊子还是很多，不时爬上新叶的胳膊。她置若罔闻，看着房顶上那几根茅草。新叶的娘又探出头，看着新叶的神情，叹口气。"新叶，来帮我添把火。菜还没炒哩，等下你爹多就回来了。"她叫道。新叶不理。生气的母亲抓起一把柴火添进锅灶，红彤彤的火苗舔着锅底，映着她的脸膛。后来，她的泪掉了下来。她一边哭，一边唠叨："人家出门挣钱哩，你出门耍疯哩！"

　　新叶没有听见，她沉浸在自己的世界。那是一个很遥远很遥远的世界。新叶走进去，径直坐到工位上，桌上已经堆满皮料，它们是从一张完整的牛皮上裁下来的。新叶要把它们整理好，分成一打，贴上标签，放到蓝色的塑料筐里。等一会，便会有后段的人过来收。新叶从 16 岁进鞋厂时，便做的这种工作，名曰品检员。由于每天要用无名指和中指擘皮料，以看它们是不是有裂纹，以至于这两根手指再无法伸直，但不妨碍每天的洗衣，和其他日常生活，所以新叶也不在意，大家都不在意，都习惯了。有时候会有后段的人过来骂，说新叶检查的皮料有很多缺角的，怎么也放进去了，都加工了好几道工序，到备料处才发现。新叶觉得委屈，她那么细心地工作，还招来挨骂。但骂得再难堪，时间久了，大家也习惯了。

　　最厉害的一次，是成型车间送来几大筐半成品。鞋面上、后跟上，都是深深的裂痕。成型车间的主管气得嘴巴都歪了。那些天赶货，结果赶出来的货全是次品，还要返工。裁断车间的品检员们全被召集起来开会，班长站在前面厉声呵斥：你们这些八婆，是不是不想干了，不想干就自动离厂，或者滚蛋，不要在这里浪费表情。新叶偷偷抬起眼，想看一下班长的表情。不料感觉背在后面的手，被人挠了一下手心。她急忙回过头，却看到一个急匆匆经过的男孩，亮晶晶的眼神正回望向她。新叶认得他，那是生管课的一个生管员。两人眼神对接，那男孩调皮地伸了一下舌头，往班长的方向。新叶会心地笑起来，班长的眼神正向这里瞥过来，凌厉得像半空觅食的老鹰。

　　新叶又感觉自己的手心痒痒的，有多少次，和男孩约会时，他经常是这样挠她手心。她赶忙拉住男孩的手，却扑了虚空。她睁开眼，看到自己伸着的手掌心上，正停着一只蚊子，肚子饱饱的，快站不稳了。

　　新叶的父亲回来时，新叶已经睡着了。

　　桌上凉着绿豆稀饭。他捧起碗，呼呼噜噜喝了起来，嘴巴沿着碗的边缘转圈。新叶的娘看不惯这种吃相，认为是要饭的才这样吃。但这时已经顾不得数落他了，等空碗落桌，才问道："去看了没？"

　　"去了。"

　　"见着人没？"

　　"见了。"

　　"人咋样？"

"黑。"新叶的父亲吐出这个字，便不肯往下说了。夜色很快笼罩这座小院。整个村庄都在沉默。

新叶睡得很沉。她仍在做梦。男孩拉着她，新叶羞涩的，低着头。第一次被异性拉的感觉真好。要知道，长这么大，新叶除了父亲，还是第一次真正接触男性呢！新叶感觉这手软绵绵的，像海绵。她不由自主的，想要握紧一些，再握紧一些。可是一阵压抑的哭声传来，时断时续，是母亲的。新叶睁了一下眼，又沉沉睡去。

新叶睡着了。

父亲给新叶找了一户人家。男人三十六岁，大新叶十八岁。男人之所以到现在还未婚，是因为条件不好，一只眼睛看不见。但现在只有他能接纳新叶了。再说，新叶的名声很不好听呢！村庄的妇人们都这样说。她们在背地里议论，听那些也在东莞和新叶一起打工的妹子打电话说，新叶被一个男孩骗了，得了失心疯。有个男人治治就好了。她们都这样说。于是不断有热心的人上门劝说。她们给新叶找了一个男人。一个男人。

新叶的父亲蹲在椅子上，指缝里夹着一支烟，不时地吸几口，却没见吐出来。母亲围上围裙，把碗放到锅里，用刷子搅得噼啪响。然后，她停下来，撩起围裙，擦脸。电灯昏昏欲睡，还是可以看到她红肿的眼泡。

新叶要出嫁了，村里人都听说了。新叶走过去，人们说：新叶，要当新娘子了。新叶回头，笑笑。她仍旧坐在池塘边，把腿伸进去。"我心口热。"新叶说。

　　新叶和那男孩谈了两年。同居了两年。男孩第一次要她的时候，很小心。新叶也很新奇。那时他们在一个荒弃的公园里。青草茂盛地长着，就在那里，男孩要了她。新叶躺在青草上，看着男孩的脸一点点伏下来，伏下来。慌乱忽然袭击她的心房。"我这是在做什么呢?"但容不得她多想，男孩的身体已经侵入。她有些痛，不知所措的痛。人生的第一次，就这样，给了那座荒弃的公园。新叶不知道，还有很多人生的第一次，在等待着她。

　　就如同现在，新叶要当新娘了。

　　新叶要当新娘了，新叶并不知道。男人过来看过新叶，很满意。当时新叶正坐在门口的椅子上，她习惯坐在那里。依旧穿着短衫短裙，手里拿着一把茶叶吃着，"这样好吃。"新叶说。她甚至请男人吃。男人不吃。男人坐了一会就走了，临走前留下一万块钱，让新叶的娘给新叶置办嫁妆。男人家里条件不错，一直在建筑工地干活，有很多积蓄。新叶嫁过去会享福的。新叶的娘这样对别人说。

　　男孩过来拉新叶，"别生气了。"他说。新叶望着他笑嘻嘻的眼睛，觉得怎么也生不起气来。"那是我的表妹，从厚街过来看我。"男孩说。新叶便有些相信，可是明明看到他们嘴对嘴了。"我们小时候感情很好，经常玩过家家游戏。"男孩说。新叶又相信了。

　　工厂又在赶货，每天晚上都加到十二点。裁断手的速度也在加快，桌上不断堆满皮料。新叶不停地拣啊，攀啊，贴啊。有好长时间，新叶以为自己不会抬头了。

　　新叶下了班，急匆匆跑到四楼宿舍，拎了冲凉的衣物和桶，再蹬蹬蹬跑下来。有性急的，晚上加班前，就把自己的桶放到冲凉房里占位了。接热水的人不多，新叶赶忙去排队。现在比以前好多了，凌晨热水才停。记得刚进厂时，厂里用大锅炉烧水，定时定量，按饭卡打热水，而且到九点半就没热水了。接了热水，新叶去找冲凉房。推开一个门，潮湿刺鼻的空气喷出来，里面有桶。新叶又推开一个门，里面没桶，赶忙走进去，发现墙壁上挂着一包衣物。她失望地走出来，推隔壁的门，不开，撞到一个人的屁股，正往墙上挂衣服。下一个门，新叶敲了一下，"妈勒个比，敲什么呀?"里面传来一声怒吼。她正要走开，两个湿淋淋的女孩若无其事地走出来，耸着高乳，穿着短裤。那么密不透风的空间，一个人转身都困难，竟然挤了两个人。新叶正要将桶提进去，趁她弯腰之时，一个女孩冲过来，以迅雷不及掩耳之势，将自己桶挤进去，啪的关上门。新叶只好提着自己的桶，再去寻找冲凉房。都是满满的。新叶忽然瞥到成型车间的男组长，和品管课的记录员钻到一个冲凉房了。也在等待冲凉房的一个女孩，在旁边骂了一句："婊子! 明明人家有老婆还要跟着鬼混。"女孩扭了扭头，发现新叶正在看她，不以为然地扯了下嘴角。这个女孩是大底车间的，新叶曾经在饭堂里遇到过，当时女孩因为插队，被保安揪出来呵斥。女孩依然一脸不以为然的表情，让新叶印象很深。新叶可是那种被骂一句，都会难过三天的女孩。不谙世事，车间里的人都这样说。

　　新叶疯了！村里的人们都这样说。就在出嫁的前一晚。人们听到凌厉的哭声，赶到她家小院，看到新叶的娘坐在地上哭，拍着大腿，说新叶太命苦了。新叶的爹抽着烟袋锅，蹲在椅子上，愁眉不展。新叶呢？人们问。

　　池塘的青石板上，新叶坐在上面，把腿伸到水里。"我心口热。"新叶说。

　　新叶不知道自己即将成为新娘。她还想着男孩。那个要了她第一次的男孩。有了第一次，就有了第二次。再然后，新叶看到男孩和别的女孩的无数次。新叶的大脑一片空白。她站在他们同居的小屋门口，望着床上两个赤裸裸的人。这是她节衣缩食租下来的，为的是方便男孩上夜班了休息。那两个人也望着她。那个男孩拥着那个女孩。男孩说："新叶，你来了。"

　　"嗯。"新叶说。

　　"这是我表妹。"男孩说。

　　"这不是你表妹，你表妹我上次见过。"

　　"这是我姨家表妹，上次那个是姑家表妹。"

　　"你表妹挺多的。"

　　"是啊，新叶，你也是我表妹。"男孩笑嘻嘻地站起来，那个女孩在慢条斯理地穿衣，白花花的身子晃得新叶赶忙捂住眼睛，"别过来。"她说。男孩拉她的手，"来吧，我们一起玩。你不是很喜欢我吗？"

"嗯。"

"厂里很多人都这样呢！"男孩说。

新叶的脑子一片空白，她想起冲凉房里那股潮湿闷热的异味。

　　新叶慢慢走回厂。这天是工休，货赶完了，厂里要放假一天。工友们都出去玩了。宿舍里空荡荡的。新叶慢慢坐到自己床上，她住在下铺。宿舍里一共有八张床铺，上下都住着人。新叶摸摸自己衣服，是干的。又摸摸被子，也是干的。再摸摸被单，摸摸枕头，都是干的。可是自己的手心，怎么就像捏着一把汗，湿漉漉的，再也不会干了。新叶推开窗，看到高大的棕榈。天是蓝的。南方的天就是好，又高，比老家灰蒙蒙的天好多了。新叶想家了，新叶想回家了。晚上，她开始说梦话。枫，她叫道。那个男孩叫枫。枫，她叫道。

新叶发魔怔了。宿舍的人们说。

新叶发魔怔了。车间的人们也这样说。

新叶发魔怔了。保安们也这样说。都看出新叶的异样，她走路轻飘飘的，像失去灵魂的人。没有灵魂的人，走路都是这样的吧！她悄无声息的，站在裁断车间的工位上，站在裁断手的后面。机器咣当一声，裁断手正要按动开关，忽然看到旁边的新叶。"新叶，把手拿开。"他吓出一身冷汗，机器一下来，就会把新叶的手轧扁。新叶自顾自的，正把手伸到皮料上。这是牛皮，散发着好闻的味道。更重要的，它摸上去清凉无比。"我心口热。"新叶说。

十八岁的新叶进了洞房。她欢天喜地笑着，看着自己身上的红衣裳。三十六岁的新郎也笑着，用一只眼睛看着自己的媳妇。虽然有点神经，但长得很漂亮，皮肤又白。再说，又不经常犯病，有个男人就好了。新叶的娘和爹都这样说。这倒是真的。再看新叶，今天可一点都没犯病，临出门时，还给爹娘磕了个头。"多懂事的闺女啊！"新叶的爹和娘抹着眼泪。新叶的娘坐在床头数钱，她还没见过这么多钱。以前新叶也有寄钱，但都是零儿八碎的。这下好了，可以拉点砖头，将院子围起来。新叶的爹吸着烟袋锅，蹲在院子的椅子上，自言自语。

幸亏把新叶嫁出去了，幸亏女婿不嫌弃。要不一个神经女，谁要?!

我要。新叶的男人说。

成为媳妇的新叶，真的不犯病了。她再也不走到别人家里，抓一把茶叶吃。也不坐到池塘边，把腿脚伸到水里。她每天痴痴地坐在院里，看着天空。人们也望望天空，偶尔有几只小鸟飞过。有时候，她还会下厨给男人做饭。虽然做的一锅面疙瘩，但男人很高兴。

新叶的爹和娘也很高兴。新叶三天后回门，娘做了一桌好吃的。临走时，新叶又给娘磕了头。

新叶的日子慢慢好起来。男人很疼她，是那种疼到身体里的疼。每天晚上新叶都要忍受着身上的疼痛，忍受着男人给予的疼。各种疼。这种疼让新叶慢慢清醒过来。只是，她不再认识人。连男人也不认识了。每天男人一躺下，还没挨近她身子，她就疯狂地叫，凄厉的叫声传得很远。方圆几里的人们都知道，有个疯媳妇半夜会叫。

　　娘和爹来看她。新叶说："爹，娘。"爹和娘看看她。

　　"爹，娘。"爹和娘又看看她。

　　"爹，娘。"爹和娘面对面看着。

　　新叶被送回家里。她继续在村里游走，像失去灵魂的人。不分白天黑夜。"得把你家新叶关起来。现在这么乱，听说小孩在家门口都被抢了。"一个花婶说。"她一个疯子谁要啊?"新叶的娘半信半疑。但还是把她关了起来。新叶说热，热。娘，我想出去。她叫。娘上地了。新叶开始脱衣服，脱得精光。"来呀! 来呀! 枫，枫。"她笑道。窗户很破，那里老是有小孩来看。后来，娘在上面糊了一层报纸。"大娘，新叶这是精神病，把她送到医院吧!"村里一个上了中学的孩子说。听说歪头镇就有一家医院，专收精神病。娘跑了几里地，打听了一下，又作罢。精神病院太贵，她交不起。再说，她看到里面的病人情形，都寒心了。而新叶还那么好看。

　　春天来临的时候，好看的新叶走出了家门。花都开好了。地里长着绿油油的麦苗。新叶坐在田埂上，抓起一把土。土质很是松软，这下手心不会再出汗了。新叶高兴地想。可是身上还是很燥热。她开始脱自己的衣服。一层层，一件件。新叶站在田埂上，戴着一圈花环，田野的风拥着她，温柔地舔着肌肤。她张开双手，枫，枫。她轻声叫。太阳很暖和，照得远处的水库泛着波光。新叶走过去，将雪白的双腿伸进去，想洗净身上的燥热。水波咕咚几声，又恢复平静。田野里，人们都在低头干活。只有风看到了，它慢慢吹啊吹，将那圈花环推向水波深处，消逝在春光里。

天都黑了，新叶还没回家。新叶啊！新叶啊！是新叶的娘在叫。新叶，她去哪里了？

放羊的傻蛋说，新叶坐着一辆轿车走了。车上有个男人，长得很好看哩。他说。

原载《牡丹》2015 年 3 期

短信

"玉姐，好久不见，我现在在老家，很想念你——小翠。"

早上，手机铃声把我从朦胧中惊醒。这是条署名小翠的短信。在深圳，人们很少这么早打电话，更何况用发短信这么温情的方式。小翠的短信给我带来莫名惊喜，毕竟有人惦记，总是好的。

小翠是我老家姐妹，比我小一岁，我们一起扮过家家，吵过嘴。上学时她比我低一届，初中未毕业就辍学。大学毕业后我来到这座城市，和家乡保持着时断时续的联系。听家人说她结婚了，离婚了。

我回了一条短信，问她现在过得好吗？起床洗脸刷牙，离上班只有二十分钟时间。

匆匆洗漱完，拿起手机，上面静静躺着条短信：我在甘肃和大姐一起卖衣服，这次回老家办点私事。你今天上班吗？

我回了一个字：要！将手机塞到包里。

走出小区，我在早餐摊买了一份稀饭，提着往上班方向赶去。一路上在想小翠的短信，不时被红绿灯打断。

正上班，手机响了。我走出办公室，电话里传来一个女人的声音。她在电话里热切地说："小玉呀，我是你霞姐啊！刚小翠告诉我你的号码。你现在在深圳啊，是在工厂还是在啥处，一个月多少钱？"

我说："哦，我在深圳的公司做事，薪水不高。是霞姐啊，好长时间没见了！"

女人说咱们十几年没见了啊，可真想你啊！

电话里的声音有些苍老和尖锐，隐隐刺痛我的耳膜，我将手机远离了些耳朵。想着电脑上打开的那份报表。匆匆敷衍几句，走回办公室，我莫名有些烦躁，希望早上没收到小翠的短信。在电脑前坐下，同事李姐看了我一眼，我下意识挺了挺脊背。同事说她是老板亲信。我瞟了手机上的通话时间，3 分28 秒。

趁午休，我给彩霞发了条短信，意思是刚才在上班，接听电话不太方便，以后有事发短信。及一些祝福语。

其实彩霞跟我的关系，比我和小翠的关系更亲密一些。彩霞比我大一岁，小时候我称呼她为霞姐。我们虽然没在一起玩过家家，上初中的时候却经常形影不离，直到后来她因家庭变故辍学。也许我们的亲密，就是在那时候形成的。

彩霞的短信回复了，一如既往的亲热，仿佛十几年的距离不是隔阂，我是她亲如姊妹的姐妹。而时光，却在我眼前渐渐拉开序幕。

1990 年夏末，几个小孩在大河南渠洗澡。南渠离村很远，周围都是田地，水很深。正洗着，他们摸到一个麻包，鼓鼓囊囊。几个男孩以为摸到宝贝，齐心合力把它抬上岸，里面竟装着具被剁碎的人尸，还有几块大石头和一把斧头。男孩们一阵惊呼，几个胆小的吓得嗷嗷叫。正值中午，麦子刚割完，齐茬茬的根在阳光下有些刺眼。

事情后来调查清楚，死者是附近村庄村民，曾扬言要告村委贪污，被村委的人酒后密谋害死。这些村委的人，就有一个是小翠和彩霞的父亲，事后被判十年刑。

小翠的父亲倪志兴出事时，小翠十岁，彩霞十二岁。

倪志兴个子很矮，平头，脸上挂着麻雀似的笑，没出事时，到处在村里吱吱喳喳。出狱那一年，头发全白了。当年在村里，属我们两家家境最好。也许这是我和她们姐妹关系较好的原因。

那一年，彩霞已上初中，小翠还在小学，我刚考上初中。村里上初中的小孩并不多，于是自然和彩霞同路。我们住校，每周回来一次。当时还有一个叫晓风的女孩，她的父亲是小学数学老师。晓风悄悄对我说，你看，她发育得多成熟，胸脯多丰满！我看彩霞的胸，果然鼓鼓的，腰身细细，穿一件红色毛衣。那时候成熟在我脑海还是一种模糊的东西。我喜欢彩霞的皮肤，她的皮肤极白，很细，她解释说是干性皮肤。

一次在上学路上，彩霞问我将来想做什么，那时我一心爱着脚下的庄稼，就说，虽然别人认为农业没出息，我将来是要考农业大学的。那时候，大学，在我们的头脑，还是一个让人向往的遥远。彩霞听了我的话，欣喜的笑，说她的理想跟我一样。彩霞悄悄告诉我，喜欢上班里一个男孩。

她们父亲事发时，我经常看到彩霞的眼睛肿肿的，走路低着头，极少跟我们说话，也很少笑。

后来彩霞辍了学，说要上南阳打工，还可以照顾父亲。村人都夸彩霞有孝心。彩霞刚去时，在一家餐馆做服务员。做了一段时间，她认识了一个人，通过这个人，她到眼镜厂上班。在厂里，有一个大姐对她很好，她就认那位大姐为干姐，大姐让她住自己家里，亲如姐妹。这些，我都是听她娘说的。妈妈撇撇嘴，说小翠的娘嘴巴会说，就会吹。那时，好像说彩霞在南阳谈恋爱了，对方吃商品粮。

2006 年，我在东莞一家工厂做事。有一次，听同村打工的女孩说，我们那来了一批人，有个女孩要找我。我跑去一看，竟是彩霞。几年未见，她越发成熟了，胸部丰满得让人不敢瞧。门口值班的保安有意无意瞟着她的胸。彩霞一见我，就扑上来，好像还流了泪，说终于见到我了。至今我还记得她胸脯抵着我的感觉，软软的，像棉花，又像海绵。

小翠也来了，依旧是伶牙俐齿的俏丽模样，一见面亲热地叫我玉姐。几天后彩霞告诉我，说不适合这里的流水线。工厂做出口贸易，生产高尔夫球鞋和波鞋。分为裁断、针车、成型和大底。成型是流水线，很累。大底也是流水线，气味很臭。小翠分配在大底。彩霞在成型，常跟我诉苦，说受不了。那时候，我在品管课上班，分配在裁断。在鞋厂，品管人员不同流水线，是稍好的工种。听了她的哭诉，我也无能为力。被分配在好岗位的，都是干部的亲戚或同乡，一个底层的打工人，能帮什么忙？

有一段时间，我以为彩霞调到品管课了。那时，吃过晚饭，还未到加班时间，我趴在宿舍栏杆上看夕阳。彩霞来了，也趴在那里，笑嘻嘻跟我说话。一个干部走过来，我认识她，是成型课的品管组长，既矮且丑，姓康，是个男性化的女人，常跟流水线上的女工打情骂俏。彩霞娇滴滴唤了一声"康师傅"。她的普通话还不标准，带着家乡口音，仿佛捏着嗓子说话。"康师傅"嘴角翘起笑容，摸了下彩霞屁股。

一个月后，彩霞跑来告诉我，要回南阳，有人等她。那时刚发了工资，我记得很清楚，一共发了八百六十元，数出五百给彩霞作路费。上街称了梨子和香蕉，给她路上吃。回到宿舍后，彩霞说在水龙头下把梨洗干净，装在塑料袋，在火车上就可以直接吃了。

小翠依旧留在工厂，几天时间，谈了一个男朋友，广西人，三十多岁。在此之前，据说已经谈了几个女孩。听村里几个也分在大底的女孩说，小翠和男孩恩爱得不得了，在流水线上打情骂俏，互称"老公老婆"，深夜时躲在厂里的小窗口后一起吃夜宵，你一口我一口。

一天晚上，我正在熟睡，忽听寝室的人说：你们村的一个女孩自杀了，现在在保安室。我匆匆跑下楼，厂门口已经围了一堆人，小翠躺在保安室桌子上，眼睛闭着，脸色苍白。这时厂医来了，把了脉，气定神闲地说："不要紧，她喝醉了。"

厂医给小翠挂上吊针，说吊完后就没事了。说完打一个大大的哈欠。

老乡们在私语，说那广西的男孩不要小翠了，声称爱上别的女孩，小翠扬言要自杀，喝了啤酒和白酒，被人抬到保安室，还在伤心哭着，很爱他，舍不得离开他。

那时候，彩霞已经走了。我走出保安室，外面的风忽扇过来，厂房上空罩着块天空。

2006年春节，我回老家探亲，妈妈说，彩霞又去南阳了。当时在工厂时，彩霞曾邀我到南阳玩。刚好春节还有几天空隙，我到彩霞家问彩霞电话。她娘热情地让我坐，拴在门口的黑狗汪汪冲我嚷。没看到她伯，说是上地去了。彩霞娘说，彩霞在南阳住她干姐家，那家人对她很好，要我在那里也住几天。

我决定去南阳，看看彩霞的生活。到了南阳汽车站，给彩霞打了电话，电话里的声音很亲热，问我在哪里。我说了位置，一个多小时后，她骑着一辆自行车，笑吟吟站在我面前。依旧是一脸短发，脸更白了，近乎病态。

路上我买了一袋香蕉，彩霞说，她居住的地方，还有一个小孩。我又买了一个芭比娃娃。

彩霞居住的人家，是南阳的本地居民。一家三代，住在五楼。沿着曲折的长梯，彩霞敲门，我看到女主人。本准备好的话，又咽回去。彩霞耷着眼皮，叫了声李姐。李姐一脸清冷，脸上挤出笑意，给我们开了门，又回卧室。彩霞领我到她的住室，那是一个五平方米的杂物间，放着一张上下铺床。说话间，女主人的女儿放学回来了。彩霞拿出玩具，笑吟吟的说："看，给你买了一个芭比娃娃。"

小女孩抬起眼睛，无声的笑一下，把娃娃放到桌上，开始做作业。彩霞把香蕉拎出来，说给老太太。

吃饭时，我见到了一家人。这家的男主人，面相很忠厚，和女主人一样，在眼镜厂上班。老太太八十多了。那天的早餐，女主人烙了五张面饼，煮了粥，面饼很是香软。

吃过饭，我执意要走。彩霞留我不住，推出自行车，说送我到火车站。我们在汽车站边上一家饭店吃了午饭。吃饭时，彩霞告诉我，这次回来，准备和男人成亲。男人是她做服务员时认识的，在银行做事，有一个五岁男孩，那时已经离婚。后来她和男人吵架，一赌气去了东莞。再回来，男人复婚了。彩霞说，本以为，在南阳终于可以有个家了，没想到这次回来，家也没了，人也没了。彩霞淡淡地说着，太阳透过树枝，在她的脸颊上拂上一层淡淡的光。我不知说什么好，只低头吃面，大碗的牛肉面，冬天的季节，吃得我满头大汗。

从南阳回来后，妈妈说，小翠的娘来过，说把屋里的玉米卖了几百斤，凑了五百块钱，还上次我给彩霞的路费。我诧异，去南阳并没提这事。

再后来，我很少回家，只是在打电话时，陆续听到妈妈说起小翠姐妹。

彩霞结婚了，对方也在南阳眼镜厂上班。她娘说，男的家世很好，在南阳有些底子。后来小翠结婚时，我刚好在家，特地跑去她家看了看，主要是看彩霞的夫婿。彩霞见了我，面上淡淡的，说小玉来了。那天她们家很热闹，送礼的络绎不绝，一片喜气。彩霞的夫婿站在内屋，一米八的个子，面孔四四方方，一派俊朗。我想起中学期间彩霞暗恋的那个男孩。

而今一晃十几年过去了，彩霞离我愈来愈远，渐渐淡出我的视线。我甚至怀疑那天打来电话的，不是彩霞，而是别的女人。

深圳每天都是热热闹闹的，就像我的工作，飞奔而忙碌。短信也开始挤进我的生活，每天早上一睁眼，准能收到彩霞的短信。

彩霞说：小玉，我今天升为经理，每月收入几万！

我叹口气，想想自己每月数张人民币。

彩霞说：小玉，你也来甘肃吧，我推荐你为见习经理。你想想，十年打工还是工，十年经商风雨中，十年当官一场空，一年服装大富翁！

彩霞说：小玉，我们一定要改变自己的命运。等我们有了钱，就可以把爹妈接来一起住。

我的眼泪湿湿的，想起自己年迈的父母。

彩霞说：等我们有了钱，再不必靠男人生活。我们在全国发展事业，做到全球，到那时，就是总裁级。可以学三毛，学农业，我知道这是你中学时就有的梦想。

我很想问问彩霞现在的婚姻，却一直没问。

彩霞的短信让我重新思考自己的工作，它是否能成就我的梦想。我想，下次一定要跟老板提加薪的事。如果不从，我就上甘肃去！

上班时我的手机也总是悄悄响起，尽管我将它调成震动。李姐看着我脸上灿烂的笑，主动问："小玉，这段时间有什么喜事，看你每天春风满面。"

我忍不住告诉李姐，村里一对十多年没见的姐妹联系上了，她们在甘肃的生意很大。李姐哈哈笑，说，你要小心是搞传销的，别被骗了。

我心里有些紧缩。这时小翠的短信发来了：玉姐，我回甘肃了。我和大姐都很想你。我这次回去，把离婚手续办了，拖了几年。

我忙发短信问她：女儿呢，跟谁？

"先跟她外婆。玉姐，告诉你个好消息，我马上也要升为经理。玉姐，你一个人在深圳不容易，来甘肃吧，我们帮你发展事业，做你的靠山。"

我的泪登时有些想掉，忍着。想起小翠问村里小芳电话，我发了过去。说实在，小翠是个可爱的姑娘，彩霞的关切，总让我觉得有些城府。不像小翠，敢说敢为。而小翠的爱情，在我们村堪称传奇。

小翠嫁的男人叫刘强，是我们小学同学，比我小一届。

小翠从广东回来后，又谈了几次恋爱，每一次都惊天动地。有个晚上，邻居们只听"咚"一声枪响，伴随着狗叫。第二天小翠婶婶私下告诉我们，小翠谈恋爱，她男朋友半夜翻墙，住在前面的叔叔以为是贼，拿起猎枪，不知怎么枪走了火，伤了自己。

小翠的叔叔伤好后，召开家族会议，逼小翠跪在地上发誓，再不在外面随便谈恋爱。小翠含泪答应了。

当时的小翠，已是二十一二的大姑娘。虽及不上彩霞的丰满，却也有几分俏丽。小翠的男友，笨嘴拙舌，半天迸不出一个屁。当初经人介绍，两人正式订了关系。刘强来探亲，迷了路，进了一位老太太的家。趁老太太做饭的空，钻进屋子把礼品拎出来，才找到小翠家。这件送礼风波一直被村人津津乐道。

小翠结婚时，村人说，这个"是非"终于嫁人了。小翠在婆家也过得很热闹，仿佛她是耐不得寂寞的人。两个村隔得并不远，小翠的事依旧传回娘家。听说，有次和刘强打架，两人光着身子在里面打，外面围一圈小孩。后来小翠生了女儿，日子安息许多。一天两人又生气，赌咒发誓，这次一定要把婚离成。后来婚真离了，回到家看看不到一岁的女儿，小翠又舍不得了，坐在那里掉泪，刘强也垂着头。片刻，小翠哭着说："女儿这么小，你要给她找个后妈?"

刘强抱着女儿，一尺七的汉子痛哭起来。当天下午小翠和刘强就跑去复婚。婚是在镇上离的，工作人员说，复婚要到县城。两个人骑着摩托车，一路风驰电掣到了县城，把婚复了。

再过几年，终于再听不到小翠的消息。

而今，小翠的短信把我搅得无比伤感。同事说，搞传销的人招数很多，她们也是被逼没办法，才跟熟人打电话，旁边就有人看着。但小翠的短信并没说传销，我也不好证实。只是心里有些发慌，很想发短信问问她们，是不是在搞传销。

就在我心神不安时，小翠的短信又来了："玉姐，你什么时候来甘肃，我和大姐到火车站接你。在甘肃等着你。"

我有些犹豫。这几天老板给我加重工作，并许诺秋后给我加薪。我想了想，告诉小翠和彩霞，不去甘肃。可是每天早上一睁眼，她们的短信还是会准时发过来，滴滴滴，滴滴滴。从前被我期盼的真情短信，现在把我折磨得筋疲力尽。我快要爆炸了。

一天早上，还在睡觉，手机"嗡"一声在床头转起来。我慌忙拿起一看，却是妈妈电话。

妈妈说，小翠和彩霞被公安局的人遣散回村了。她们在甘肃搞传销，被人举报，骗了几十人，问小翠有没给我打电话。

我大吃一惊，嘴巴张着半天合不上。我问妈妈，彩霞的婚姻怎样了?

妈妈叹口气："这女子命也薄，生了个女儿，整天吵架，又生了一个女儿，也不知离了没离。"

放下电话，我的心里五味杂陈。毕竟是我儿时一起长大的姐妹。我甚至有些想掉泪，可是没有。

我终于可以睡个安稳的觉。想起老板许诺的加薪，我叹口气，自己的青春，看来要老在这座城市了。我不能改变生活，只能适应它。

生活又恢复正常轨道，手机短信再没响起。偶尔响起的，是"12580"的热情提示。我每天忙碌着老板的吩咐，和李姐的眼神作无声的较量，在网上更新自己的简历，这些才是眼下过的生活。走在深圳这座城市，挤在繁忙的人群中，看着城市的风景从身边滑过，天桥上的乞丐向我颤巍巍地伸手。网络上的新闻每天都在变化，我的生活没有丝毫改变。渐渐城市入秋了。

这天周日，我正在酣睡。嘀嘀嘀，手机又响了。朦胧中打开手机：

"玉姐，你现在好吗？好久没联系了。我是村里的小芳啊……"

芙蓉梦

　　芙蓉倚在栏杆上，目光落在下面。这是二楼男员工宿舍过道。楼下面是一排冲凉房，不时有人开门，先是腾腾的热气冒出，紧接着出来湿漉漉的人，拎着空的桶，一只手端着盆，里面放着换下来的衣服。这天是周末，下面冲凉的人不是很多。芙蓉将眼光收回来，放到萝卜条身上。萝卜条也倚在栏杆上，拿着收音机，听一个外国电台，很是聚精会神的样子。肩膀搭毛巾的男员工，从他们身后走过。有人从楼下蹬蹬蹬跑上来，很是好奇地看他们一眼。

　　芙蓉是美女，这点无可否认，特别是那一双长腿。此刻这双引人的长腿上就落了一个蚊子。萝卜条眼角一瞥，看到那只蚊子，却不说出来，故意抓了几下自己皮肤："这里蚊子真多！听说被叮了会有病菌，会传染的哟！"他穿着大短裤，露出长着毛茸茸汗毛的小腿。芙蓉心不在焉，有些恍惚，心思焦点并不在这里。有意无意注视着通道最里面那间宿舍，此刻出来一个男生，夕阳跟在他后面。芙蓉盯着光圈里的人看了很久，直到走近，才看出来，不是阿华。

萝卜条是一个老乡介绍给芙蓉的。那天芙蓉正伏在裁断车间班长阿华的办公桌上，查一个生产批次。老乡走过来，拍了拍芙蓉肩膀。这个小个子老乡芙蓉认识，是仓库的生管班长，在这个厂干八年了。他被提拔的原因之一，是因为记性甚佳，三年前的货放在仓库哪里，哪个批次，进货厂家，他都能细述上来，所以甚得台湾课长宠爱，几次辞职都不批。芙蓉跟他打交道不多，他总是拿着一叠文件夹，匆匆忙忙从裁断车间穿过，一副要事在身的样子。但今天他将目光落在芙蓉身上，而且态度和蔼，简直称得上亲切，以致让芙蓉有些受宠若惊了。老乡说："嗨，小老乡，给你介绍个对象。"

芙蓉一愣。旁边本来坐着填工作单的阿华也抬起头来。

"有个男孩很喜欢你，想托我当介绍人。"这个老乡是个单眼皮男生，皮肤白净。此刻芙蓉盯着他的单眼皮，脑波迅速一闪，想都不想，就说："你说的是萝卜条吧！"

轮到老乡愣了："你怎么知道是他？"阿华把头低下去，继续填写工作单。

仍记得那天，当听完这个巧合，一丝奇异感觉占满芙蓉身心。她脚步轻飘飘的，走到自己工作岗位。裁断员根本没等她，工作台上的裁片已经堆得乱七八糟，他也没有停下来的意思，依然快速拉动机器台，模刀放到牛皮上，摁动开关，机器升上去，再落下来时，一片裁片产生，扔到芙蓉面前。浓烈的牛皮味道散发出来，闻久了，便有些呛人。芙蓉来不及想心事，赶紧双手并用，抄起一片裁片，看有无破损、缺角，再贴上标签，数出来一打，用橡皮筋扎好，放到旁边工作架上。她十个手指

不断快速翻动，从抄、检、贴、绑，一气呵成。一会工夫，刚
才还被裁断员扔得乱七八糟的一桌裁片，就被芙蓉整理码好。
然后拂净身上皮屑，系上工作裙，静静等待裁断员再扔下裁片。
她是裁断车间的品检员，在这家工厂干了三年。这三年来，像
一朵默默无闻的夜来香，从当初的小不点，开始含苞待放，逐
渐吸引不少人注意。

其实芙蓉也想不到那个人会是萝卜条，这个工厂的英文翻
译。他们的办公室跟裁断车间相邻。有时候外国客户来参观，
便由他陪着，在一旁轻言细语的介绍，通常说得又快又轻，以
至于芙蓉只看到他掀动嘴唇。一次芙蓉上厕所，从品管课班长
那里换了离岗证，刚走到裁断课门口，看到萝卜条从外面跑进
来。两人打了个照面。就是那一次，萝卜条那一双圆眼睛给她
留下深刻印象，好像还未成熟，带着孩童的纯真。

芙蓉开始和萝卜条慢慢约会。他们约会方式很奇怪。每到
晚上，萝卜条冲了凉，便站到二楼栏杆前。女生宿舍在三楼，
芙蓉从楼上下来，看到他的身影，也倚在栏杆上。他们交谈不
多。不像工厂别的情侣那样，一旦开始约会就热火朝天，整天
厮缠一起。桃花看到他们的身影，私下跟芙蓉说："工厂要搬到
新厂，这些人在找处女当老婆呢！萝卜条那么脏，整天在外面
玩妓女。"芙蓉一愣，她才 20 岁，还不懂脏是啥意思，更没听
说过妓女。

15 岁那年，未等初三结束，芙蓉自作主张把课桌退了。即
使爹在后面拿着皮鞭要抽她，芙蓉也不肯再上学。学校对于她，
犹如一场噩梦。那个时候，正是琼瑶、岑凯仑流行的时代，在

同桌影响下，芙蓉爱上这些小说，甚至憧憬着遇上一个像《窗外》里的男老师。然而，一次代数抽考让她一切希望落了空。她语文、历史一直不错，这也是班主任坚持让她去参加乡里抽考的原因。但没想到，那次代数竟然考了全乡倒数第二名。代数老师是个老头子，气咻咻在黑板前，把教科书摔了又摔。芙蓉趴在课桌上，头一直没抬起来。从那天起，她的所有课程一落千丈，包括最拿手的语文。但不上学了又能做什么？爹说，照你这脾气，嫁个人三天两头不还得打架。芙蓉也整天闷闷不乐。当村里的姐妹桃花来找芙蓉，约她一起南下，找东莞工厂打工的表哥时，芙蓉眼睛一亮，顿觉眼前有了出路。不管爹的表情再生硬，芙蓉还是坚持这个目标：一定要去打工。爹在芙蓉的固执面前让了步。

她们来到工厂时，芙蓉刚满 16 岁，桃花 17 岁。工厂是个封闭的世界，每天从车间到饭堂，从饭堂到宿舍，从宿舍到冲凉房。这几个场地，把芙蓉的生活包满了。厂里每月休息一天，芙蓉便和桃花到镇上去看衣服。平常用的洗漱用品，厂门口的小店有卖。在芙蓉的世界里，爱情离她很遥远。当桃花和一个男孩走到一起时，芙蓉感到陌生。渐渐和桃花疏远。但再封闭的世界，也渴望有爱情的到来，更何况得到像萝卜条那样的高级蓝领垂青。

萝卜条说："芙蓉，厂里要调我到新厂去，我希望你也去。当然，我希望他们能让你当个干部。"其实在芙蓉心里，不在乎什么干部。她的青春像一张湿的纸，怎么也撸不平了。

喜欢上阿华时，芙蓉自己也不知道。阿华是个四川男孩，裁断课的班长，为人正直，长得也好，很多人暗地里喜欢他。

然后，芙蓉也喜欢上了他。喜欢上一个被很多人喜欢的人，这应该不算错吧！但别人的喜欢，可以流露出来。但芙蓉不，她越是喜欢，表面上越是冷淡，即使内心热得像火。芙蓉有时候也怀疑，怀疑爱情，她没见过爱情的样子，也不知道真正的爱情该怎样进行？她所了解的爱情，还是在琼瑶小说里，但那烟雨楼台的情节和人物，又怎能发生在像囚牢一样的工厂？

芙蓉的心里很苦涩，她也不知道什么叫苦涩。每天只是盲目地过着，随着上班铃起床，下班铃下班。每天到二楼栏杆处和萝卜条约会。但他们好像都各自沉浸在自己的世界，并不交融。

这天周末，芙蓉看到萝卜条早早地在二楼栏杆处等她，便赶忙冲了凉过来。果然，萝卜条说："我们出去走走吧！"芙蓉说好。默不作声的，跟在萝卜条后面。有时候两人肩膀碰住了，芙蓉便闪开。但两人的步伐行进目标一致，他们肩膀再次挨住时，萝卜条的手有意无意触到她手背，一种肌肤相挨的肉感传过来，芙蓉觉得很有些不一样。两人有时挨着肩膀，有时碰着手背，慢慢往远处走去。

这样的情形多了几次，有时候芙蓉几天看不到萝卜条，便有些想念。毕竟工厂那么单调，能思考什么呢？这天她早早冲了凉，到二楼栏杆处等待。过不多时，萝卜条从宿舍那头走出来，他和阿华一个宿舍。芙蓉将头扭过去，装作没看到。萝卜条像往常那样，头垂着，看也不看芙蓉，只是轻拍了她屁股，说，走吧！

走出厂门，他们到了一个小巷子。两旁都是铁皮小房，上面刻着出租房某某号字样。有穿着某工厂厂服的女人，坐在门前，用一个大盆洗衣服。还有个男人拿着鸡在宰杀，垂着的鸡脖子上，流着黑红的血。芙蓉踩着流过来的污水，和萝卜条走进一个小店。店里很干净的样子，老板和老板娘正在忙碌。看到他们，便是一笑。萝卜条仿佛对这里很熟识，走进去找个凳子坐下，手放在桌子上。芙蓉坐在对面，悄悄张望。这是她第一次走出工厂，在饭堂以外的地方吃饭。那天叫了一盘凉拌猪耳朵，一碟花生米，一瓶啤酒。萝卜条问芙蓉吃吗？芙蓉摇头，说自己在工厂饭堂吃过了。萝卜条不说话，拿起筷子吃了起来。看他吃得那么香，芙蓉也忍不住取了桌上筷子，夹了一小块猪耳朵。上面还有几根未拔净的猪毛，芙蓉犹豫一下，还是把它放到嘴里，慢慢嚼着，确实很香。芙蓉掂起茶壶，里面泡着浓浓的茶叶，给萝卜条的杯子续满了，给自己的杯子也添上。萝卜条头也不抬继续吃东西，他好像很饿，多像为情消瘦的模样。芙蓉很想问问他，这些天在做什么？但她一直未问。她想，男人是不喜欢女人多话的。

女人！多奇妙的感觉。经过这一晚，芙蓉觉得和萝卜条的距离拉近了。他们走出那个小店，踩着青石板路。这种南方特有的小巷，让芙蓉觉得很诗意。她喜欢这种感觉，特别是当萝卜条拉住她的手时。让芙蓉意外的，她竟然没有产生触电的感觉。

回到宿舍后，芙蓉睡不着，躺在床上想心事。这是一间十六人宿舍，放着八张铁架床，上下都住人。后来女工们的行李放不下，甚至为此发生一次打架风波。厂里这才下了规定，说上铺不住人，专门放东西。但有时候遇到厂里招人，上铺还是会安排住人。此刻芙蓉的上铺就住着一个人，是裁断课新招来的员工，准备安排到新厂。按规定，每个部门一个宿舍，但因厂快搬了，很多规定都凌乱了。再说，裁断课的女工宿舍确实住不下，芙蓉又好说话，舍监就把人安排到这里。此刻那个人在上面摇啊摇，先是床铺左右晃，再是前后晃。这种上下铺的床，如果上面动，下面则跟着动，就像一对连体婴儿。芙蓉将头探出去，发现那个人正往脸上搓啊搓！看到芙蓉，便笑："在做美容操呢！"芙蓉有些失笑，想不起杂志上说的美容操对容颜有什么帮助。芙蓉是那种天生娇媚的女子，从来没化过妆，也不知道口红是什么样子。芙蓉睡不着，便起来写日记。她素有记日记的习惯，自从喜欢上阿华开始。

翻开日记本，点点滴滴记录的，都是阿华的影子。

车间里，一个女裁断员说："瞧，阿华的屁股有点翘呢！"她们都往阿华的屁股瞅。刚好阿华正在车间巡视，手背在后面，偏巧那天穿了后面有两个裤袋的裤子，果真显得屁股翘翘的。阿华的视线对过来，这些女工都噗噗嗤嗤笑。阿华看了半天，有些莫名其妙，便大踏步走了。芙蓉的脸却红了。

还有一次，还是早晨，裁断车间就凌乱了。原来阿华生病住院，没人发放工作单。裁断员们都闲在那里，悄悄议论，下班后去探望阿华。芙蓉听了半天，知道阿华得的是胆结石，需要激光治疗。那得多疼啊！芙蓉想。但当裁断员们都去探望阿华时，芙蓉没有去。

再后来，裁断车间进了一个新员工，瘦瘦高高，扎着马尾辫，模样很清秀。女工们都围上去谈话。事后才得知，那是阿华的女朋友，从老家来的。阿华的寡母为他说下，希望能有一个壮实的儿媳妇，家里农活也能做得。芙蓉彻底死了心，像她这副娇小模样，根本不是阿华的母亲希望的。再说，要走进一个陌生家庭，那得需要多大勇气。芙蓉不知道自己爱上的，是阿华，还是爱情本身。也许她只是需要有东西滋润一下工厂生活。但爱情的模样，到底是什么样子？

芙蓉不知道，这些困惑都被她写进日记。不能再喜欢阿华的日子，她对跟新嫂嫂一起从老家来，也在裁断车间当裁断员的阿华弟弟，格外关心。阿华的弟弟阿涛，是一个平头，眼睛圆圆的男生，对她也很有好感，经常望着她嘻嘻笑。

在和萝卜条相处的时刻，芙蓉觉得生活格外宁静，似乎一切都美好起来，她越来越喜欢这种感觉。有一天，她和萝卜条散步回来，走到二楼栏杆处，芙蓉忽然跑回三楼宿舍，拿一个东西给萝卜条，是她的日记。她想看看，萝卜条看了日记，会是什么想法？他能理解她吗？或者，他能帮助她分析对阿华的情感，并能告诉她什么是爱情吗？

在爱情没有显露它的真实面目时，所有人都不知道，爱情是个什么样子。

厂就要搬了，到处一片凌乱。所有的员工都要搬到新厂，老板在那里盖了新厂房。芙蓉决定不搬过去，提前一个月辞了职，谁都没告诉，包括萝卜条。那天从镇上回来时，芙蓉发现工厂对面开了一家西餐厅，玻璃上贴着一张粉红色的招工启事。

沿着指引路线，芙蓉来到一所民居三楼。怯怯地敲门，里面探出来一张美丽的脸，下巴处有颗黑痣，眼线描得很黑，愣愣地看着她。

"请问，还招服务员吗？"

几乎是芙蓉的话还未问完，关姐的话就出来了："招。"

后来培训时芙蓉才得知，原来自己这副模样是标准的服务员条件。约定第二天就来报到。芙蓉走出那间小楼时，看到客厅里摆了一只香炉，几根香正袅袅绕绕。

桃花得知芙蓉要当服务员，很是吃了一惊。一起来的姐妹，如今一个要留下来，但她的男朋友要去新厂，她自然也要跟随爱情。跟芙蓉安慰一番，才依依惜别。

芙蓉上班了。在集合时，才发现有个女孩正是曾经住在上铺，喜欢搓脸美容的阿英。芙蓉问她："不是要去新厂报到吗？"阿英正往脸上贴黄瓜片，笑嘻嘻地："工厂不好玩。"她的腿很细，胳膊也很细，躺在床上，像一个八脚蜘蛛。

她们在一起培训。关姐从餐厅拿来几个托盘。边缘圆圆的，里面有些凹，沙褐色。关姐让服务员先要学会托盘走路。她自己示范一下，右手托起一个盘，走几个回合。芙蓉也托起一个盘子，慢慢走过来。关姐夸奖道："对，脸上要有微笑，就像阿蓉这样自然。"阿英训练时，被关姐训了，说她走路弓腰搭背。十几个女孩在顶楼托着盘子，走来走去。芙蓉听到下面有男孩的吆喝。关姐一副见怪不怪的样子。

然后开始背餐单。女孩们轮流扮演顾客和服务员。顾客一进门，服务员要笑意吟吟迎上去，说："欢迎光临！"然后顾客坐下，服务员端上茶水。开始点单了，有的女孩在别的餐厅做过服务员，自然老练些，故意问道，某某面里面都有什么？如果服务员答不上来，便算失职。关姐在一旁监督。有一次芙蓉竟然挨骂了。关姐厉声道："阿蓉，你身子靠那么近干什么？"芙蓉这才发现，在给顾客点菜时，由于太投入，竟然没注意到自己身体挨近顾客。但不都是女服务员们扮演的顾客吗？芙蓉觉得关姐有些太严厉了。阿英也这样觉得，睡觉时，跟芙蓉悄声嘀咕。

从工厂宿舍搬出来时，芙蓉便住在服务员宿舍，房间搁着四张上下铺小床。关姐一个人住另外一间。套房有单独的卫生间，可以烧热水。过两天，又来了两个阿姨，一个搞卫生，一个烧饭。芙蓉开始了服务员的日子。

有好多天没看到萝卜条了。倒是意外的，见到阿华的弟弟阿涛。

那天没有培训。关姐带她们到西餐厅。还在装修，到处一片狼藉。有一个刚上任的保安，正在门前转悠。服务员们四散站着，不知道要做什么。关姐拿来几张报纸，吩咐女孩子们擦玻璃。芙蓉拿了张报纸，往玻璃上擦拭。这时，上面映出一个人的身影，芙蓉一回头，便看到阿涛，正呆呆地看着她。芙蓉很惊喜，急忙跑过去招呼："嗨，阿涛。"

她话音还未落，就看到阿涛的脸涨红了，支吾着，也不知说些什么，头也不回跑掉了。芙蓉觉得有些奇怪，旁边的阿英拉了拉她衣服，轻声说："关姐在往这边看呢！"果然，关姐那双描了眼线的黑眼睛，正往这边看来。

老厂还未搬完。芙蓉回去领最后一个月工资，在二楼栏杆处碰到萝卜条。他把日记拿给芙蓉时，那个小个子老乡从后面一闪而过，促狭的眨了下眼睛。

两人默默走出厂。已是黄昏。他们沉默着走了一段路，风冷冷的吹过来，已经是秋天了。

"你喜欢阿华？"回来的路上，他这样问。

"不，也不是，我也不知道。"芙蓉有些茫然，四周是扑面而来的暮色。

西餐厅开业了。老板和老板娘都来了。包括老板的妹妹和妹夫，原来他们也是合伙人。餐厅开始热闹起来，生意很好。芙蓉每天忙得脚不沾地。服务员们只有在洗手间里，才能休息片刻。

过了几天，关姐找芙蓉谈话。说另外一个收银员是老板的妹妹，她不想上夜班，问芙蓉愿不愿意接受收银员培训？对芙蓉来说，无非只是岗位的转换。她开始跟白班收银员学习。这个收银员是老板女儿，很活泼的样子。收银很好学，只要学会操作收银机，就可以了。再是每天清账盘账。有一次在对账时，芙蓉发现少了两块钱，她拿出自己的钱放进去。老板也没说什么。

日子又平静下来。平静得芙蓉毫无察觉，就过去一个月。她有时候也会想起萝卜条，想起阿华，只是那些机器的咣当声，似乎离她已经很远了。她和萝卜条依旧不咸不淡，隔几天见一次面。

阿英谈恋爱了，是餐厅的大厨。过了三天，又失恋了。阿英喝了酒，在床上哭得上气不接下气："这三天，我付出了所有。可他给了我什么？爱情啊！"芙蓉把毛巾放在冷水盆里，打湿了给阿英擦眼泪。一抬头，看到关姐正站在门口，默默地往这边看。芙蓉去倒水时，发现客厅的香还在燃烧。

中午休息的时候，一个服务员谈她的爱情。"那天，他站在天桥上，单腿跪着，握着我的手，求我嫁给他。"这个服务员皮肤黑黑的，眼睛很亮，特别是谈起爱情的时候，似乎全身都燃烧起来。芙蓉很羡慕，她想，这就是爱情的样子吗？

厂真的要搬了。这天是最后一天，第二天所有人员都要全部搬到新厂去。

她和萝卜条沿着平常那条路慢慢走着。两人的手都插在口袋里。天已经很冷了。他们沿着路走到尽头，那里是一片甘蔗林。又沿着原路走回来。路还是那样，一点都没有改变。萝卜条很醋的走着，踢着一颗石子。他们看着那颗石子挤入一个缝隙，再也踢不动，这才双双将视线收回，又碰到一起。再次触到那双圆圆的眼睛，芙蓉觉得心里一动。

"你喜欢阿华?"萝卜条问。

芙蓉犹豫一下，她不知该怎样回答。只是默默走着，将手伸进萝卜条的胳膊。这种感觉让芙蓉心里一热。

"我在做收银呢!"芙蓉忽然这样说道。

"噢，是吗? 他们告诉我你在看大门。"

芙蓉沉默下来，有几次服务员人手不够，她站在门口迎宾。

他们路过第一次吃饭时的那家小店，店主夫妻还在忙碌，抬起头发现他们，友好地一笑。

两人走到一条小巷，天色已经全部黑暗下来。远处有几盏路灯，光线昏黄。

关姐和几个服务员下班的时候，经过墙角拐弯处，发现有一对情侣，倚墙而立。她们什么都没说，匆匆经过，然后上楼。

已经很晚了。关姐听到"咚咚咚"的上楼声，再然后是开门声。等到那个脚步轻轻消失在服务员宿舍，关姐起床，走到客厅的香炉前，再插上一炷香。

其实那晚还有一些对话，关姐没有听到。

"你拿我当试验品？"男孩说。

"不，不是。"女孩的声音。

"我们去旅馆开个房间，不过告诉你，我不会负责的。"男孩发出低低的嗤笑。

"……"夜色中，清晰地看到女孩打了一个寒噤。

"我等你到凌晨。如果你不来，我就走了。"

女孩再也没有下来。其实那天晚上，所有人都没有睡着。

老厂终于搬完了。清清冷冷的一片。芙蓉望着紧闭的铁皮大门，想起自己曾在这里度过四年的青春岁月。裁断车间那些机器的咣当声，再也听不到了。厂门口的小店里，也不见熙熙攘攘的工友们身影。店主夫妇终于清闲下来，无聊的坐着。听说，过一段时间一个电子厂要搬过来，到时候这里又要热闹起来。他们笑着告诉芙蓉。

芙蓉正要离开，这时，夕阳下的光影里，远远的走过来一个人。定睛一看，是阿涛。

沙头街角的西餐厅里，多了一个送外卖的小伙子。只是不知道芙蓉的梦里，爱情什么时候才会醒过来。也许所有的一切，都只是一个梦，关于青春的梦。

原载《滇池》2014 年 2 期

一个西餐厅服务员的日记

《城市快报》简讯：2001 年 12 月 11 日，凌晨，沙头镇茜梦西餐厅突起大火，十三个服务员全无逃生。起火原因不明，警方正在调查。

6 月 3 日　晴

今天意外见到阿玲，针车车间的员工。她认出我，还笑了。真没想到有人和我同样想法，跑来西餐厅做服务员。不过我看得出，领班关姐好像很喜欢从工厂出来的女孩。当初第一眼见到我，她眼睛就不动了。我问她，还招服务员吗？她马上说，招。关姐其实是一个美丽女人，化的妆也好看，尤其是下巴上那颗黑痣，更显得她沉静幽雅。大老板好像蛮器重她的，听说关姐毕业于一所正规酒店礼仪学校，是他亲自聘请过来。

下午还在做托盘练习。关姐给我们找的训练场所在餐厅顶楼，让每个服务员单手托盘，一直来来回回走。我都听到下面有人吹口哨，还叫好。呀，我都不好意思了。可是关姐说，让她们向我学习，说，看阿清笑得很自然。嘿，这可挺让人得意的。不过在我向"客人"介绍菜式时，被关姐叨了。她说我的身子俯得太低，离客人太近。其实客人不过是另外一个女服务员装扮的，大家平时嬉笑惯了，我都忘记她此时身份了。可是关姐很严肃，说阿清，你那么靠近客人干什么？我吐了吐舌头，没想到关姐也有严厉时候。

先记到这里吧。

6月4日　晴

我们今天被叫去擦玻璃。关姐拿来一些报纸，让用它擦拭。个子高的擦上面，个子矮的擦下面。我正在擦玻璃，没想到过来一个人，眼睛亮晶晶的，一直看我。我友好地朝他笑，这是阿华的弟弟阿涛。他倒羞得跑开了。呀，做服务员难道就与他拉开距离了吗？

说起阿华，我还有一桩心事。在工厂时，他是我们组长。他人长得不算帅，虎眉鹰目，背稍微有点驼。可是为人很正直，好多人都喜欢他。我也不例外。可是别人都喜欢打情骂俏就过去了，我则不。记了几大本日记，都是倾诉对他的暗恋。少女羞涩的心啊，什么时候才能开放？也许在阿华心里，一直把我当作小妹妹。的确，17岁的我，一直被车间的人称作小不点。可是小不点也有情事啊！就连这次辞职，来西餐厅做服务员，也是与他有关。他老家来了人，一个个子高高的女孩，做事也利落，一上班就被安排到裁断员岗位。听工友们说，是阿华的女朋友。我好伤心啊！都说阿华家世不太好，想有个健壮的女孩子帮做些家务。像我这样外表娇滴滴的女孩，肯定不入阿华的心了。可我毕竟暗恋了他两年。他知道吗？

唉，不知道他知不知道。总之我很喜欢阿华的弟弟阿涛，许是因为阿华的原因，把阿涛也当成自个弟弟了。阿涛也一直跟我很亲热。可是今天他的表情怎么有点古怪呢？

6月5日　阴

今天宿舍来了一个阿姨，负责卫生和做饭。对了，还来了一个短头发的英姐。是被二老板带来，让我们排好队，介绍说这是新来的主管。那关姐呢？听别的服务员说，西餐厅是由大老板和二老板投资的。大老板是二老板的大舅子。难怪了，都想安插自己的亲信。不信，看着吧！

6月6日　晴

今天西餐厅开业。忙了一天，脚都酸了。非要让穿丝袜不可，我的腿有些敏感，总觉得有些痒痒的。那个客家妹服务员好搞笑，不停问我，让我闻闻她身上有没味道，说她经期来了，怕有味，在客人面前不好。我站在她身后，装作嗅了嗅。没有味道，我肯定地说。没有味？她狐疑地望着我。是啊！说完我就跑开了。

她好像有点毛病。经常看她在宿舍哭，说自己以前是一个幼儿教师。被前夫追时，每天捧着鲜花，让一园子的人都羡慕好福气。她幸福地嫁了他，生了一个女儿后，丈夫有了外遇。两人开始争吵，继尔拳脚相加。她气不过，就跑出来了。结果正经工作没找到，只好到西餐厅做服务员。她还拿相片给我看，说这是她的女儿。

宿舍有了阿姨真好，地板干干净净的。阿姨还把浴室里的液化气瓶搬到客厅的香炉前，说是燃气炉离液化气瓶太近了，不安全。晚上回来我看到关姐在客厅上香，很好奇，就问她，我们可不可以上香？她说可以的。看关姐的脸色好像有些疲惫。

对了，大家说那个高鼻梁的大厨师傅好帅啊！女服务员们都在偷偷议论。可是我看不出来有多帅。我喜欢像阿华那样的男人。哎，阿华。

6月28日　阴

宿舍有人在哭，是那个四川妹服务员。她喝了酒，哭得抽抽搭搭。

我听得到她在哭爱情。说付出了三天的感情，就这样没了。我有些好奇：几天？三天啊！她用手指比画给我看。是谁啊？就是那个大厨师傅。他跪着求我，说跟我好。结果三天一过，就跟别人好上了。可是我付出了三天的真情真意啊！把心都掏出来给他了……

我有些郁闷，坐在床上整理衣服。看她仍旧哭得那么伤心，就把刚买的一件带竹叶图案的背心送给她。她马上说谢谢，眼睛还很诡异地望我，似乎怕我会再收回去。

今天又见到阿涛了，从餐厅窗外经过。我很想问问他，阿华过得好不好？可是又怕领班和老板看到。

7月3日　晴转小雨

阿玲跟我聊天，说工厂一个相好的姐妹，被梁助理包养了。为什么要包养啊？我问她。

阿玲撇撇嘴，说包养不好吗？有吃有喝有穿有玩，比在流水线上好多了。那，你想包养吗？我好奇地问她。她唧唧咕咕笑起来，我啊，哪有人瞧得上我？她躺在床上，双脚抵到床板上，晃得搁在上铺的牙刷杯子快要掉下来。是啊，我也瞅她，长胳膊长腿，就连脸和眉毛，也都细细长长。不过，终归要有人爱的吧，否则多寂寞。

今天阿达又来了。我们到小饭店吃饭。他要了一份凉拌猪耳，一碗米饭，就着吃起来。他让我吃，我不肯，看着猪耳上面的猪毛，就觉得不习惯。坐在那里托着腮发呆。老板娘笑了，说，阿达在这里是常客，让我不必拘束。啊，这样的生活多好啊，我惊奇地。在工厂时，每天都是三点一线，从车间出来，就去饭堂吃饭，然后回宿舍休息。阿达的生活，让我觉得新鲜且有趣。

回来路上，阿达牵着我手，说他来餐厅第一次吃饭时，就喜欢上我了。呵，真的么？下雨了，雨丝凉凉的。

7月5日　阴

今天下夜班的服务员被小英姐告状了。说她们把用来作夜宵的面包，扔来扔去。那不就是面包房里，每天卖不出去的面包嘛，让服务员们当宵夜。大英姐严厉地批评了我们。关姐站在边上，一言不发。她还是领班，但实际上被两个英姐架空了。听说小英姐嘴巴甜，会巴结大老板。不过也有人说，两个英姐也在明争暗斗。

那个客家妹服务员告诉我，依她的经验看，这个西餐厅还在赔本，如果一天赚不到十万元的话。可是每天人都是满满当当，怎么能赔本呢？今天中午吃饭时，关姐让我去楼上叫玲姐下来吃饭。玲姐是会计，也就是大老板的妹妹，二老板的妻子。看到玲姐的眼睛肿肿的，不知道是不是哭过。今天大老板的女儿也来了，在收银台收钱。大老板的儿子带着一帮朋友来吃饭，也被告知要付钱，结果是大老板的女儿付了钱。

今天关姐告诉我，玲姐想让我当夜班收银员。说她不想上夜班，怕太辛苦。

7月10日　阴转小雨

今天又下雨了。阿达一天没来了。

自从我把日记给他看之后。可是我为什么要把日记给他看呢？我也不知道，就是有一种想要分享秘密的情绪。自从和阿达交往之后，我喜欢把什么都告诉他，包括我的秘密。可是我不知道他看了，会有什么反应？那个日记，写的全是我暗恋阿华的内容。自从我刚进厂时，因工作速度太慢，皮料堆了几筐，赶不出来。被班长骂得痛哭流涕，一个人拍我肩。抬起头，是阿华站在我面前。他明亮的目光，像极了王子。从那一刻，我就喜欢上他了。可他那么快就有了爱人。可是这些，我为什么要告诉阿达呢？我希望他能帮我分担些什么吗？不，什么也不能。那么，就只有分享了。毕竟我曾经那么挚爱过一个人。

阿达看了，他会有什么反应呢？我特别想知道。

7月11日　晴

阿达来了。他把日记本交给我。我小心接过，张望他表情。他不看我。

带我去吃饭，还是上次那个小饭馆。店里没有人，只有我们这一桌，老板老板娘在忙碌。

阿达低头吃饭，一句话也不说。我忽然想起昨天那个消息，忙说，餐厅准备让我做收银员。可朋友告诉我，你是看门的。阿达头也没抬地说。我想起今天人手不够时，关姐让我和阿玲在门口迎宾。我有些讪讪的，极不自在。阿达的表情有些古怪。他怎么了，看了日记，生气了吗？可我为什么要把日记给他看呢？哎，真是的。

回到宿舍，那个广西妹服务员，正在谈她的爱情。说在天桥上，他拉着她的手，说我会保护你一生一世。广西妹的眼睛闪闪发亮。哎，什么是爱情呢？

有些闷。我在客厅里，上了一炷香。

8月5日　多云

我真痛苦。

8 月 10 日　晴

好几天没见阿达了，自从那天晚上。

是不是我喝醉了？我也不知道。一直晕晕乎乎。阿达好像一直躺在我身边。

……

我对不起阿华。虽然他早有了女朋友。可是感情的事，该怎么说呢？

总之，我很烦躁。大姨妈超过五天没来了。会怀孕吗？我不知道。怀孕了，怎么办？我还没想过呢。可是好几天没见阿达了。

8 月 11 日　晴

今天有客人投诉我，说菜钱算错了。其实那个客人一直在纠缠我，约我下班跟他约会，都被我拒绝。可他还是不放过。讨厌的人。

下班盘点时，少了一百块钱。不知哪里出错了，我拿了自己的钱放进去。关姐也走了，还带着阿玲和几个服务员，听说到一家新开的酒店。大小英姐还在争斗，顾不上我们。

想去找阿达，趁明天休息。

8 月 12 日　阴

心里很难受。阿达说他不会负责任。那我怎么办呢？

　　真想离开这里，到哪里去，我也不知道。最珍贵的，只有这几本日记。

　　心，真苦啊！

　　把它烧掉吧。客厅香炉前，好像有个打火机。哎，连菩萨也保佑不了我的爱情。

　　没有人注意他是什么时候来的。他在楼下站了几个小时，墙角阴影那么大，根本看不到。

　　自从一进工厂，他就爱上她了，那天真无邪的笑，像极站在油菜花地的妹妹。可是她的目光总是追着哥哥阿华，虽然也和他说话，但眼睛里只有笑意。真想告诉她，他喜欢她。还没来得及说，她已经离开工厂，做了一名服务员。每次经过，他都极力张望，看能不能看到她。有那么几次，看到她穿着工作服，端着托盘，为客人上菜。那身影依然好看。又过一段时间，竟然看到她和一个男人在一起。他的心隐隐作痛，可是又没勇气跟她说话。说什么呢？这暗恋的苦。他总是习惯在下早班时，来餐厅楼下站一会。三楼是她的宿舍，等到窗口灯光熄灭，他才回去。

　　已经十一点半了，工厂大门十二点关闭，他黯然转身时，瞥到一束火光，竟然是她的窗口飘出。转眼火苗四射，包围整个房间。听到"嘭"一声，似乎是液化气瓶爆炸。

　　他想叫出来，声音却失声。火光中，有个女孩伏在窗口，是她。他赶忙张开双臂，叫道，跳下来啊，跳啊，我在这里。可是火苗很快喷射出来，吞噬了她。有东西掉出窗口，弯腰去拣，是几个本子。

　　数年后，他重回故地。这个地方，已被一家豪华酒店代替。他站在街道那侧，远远往这边望。又看到她穿着工作服，在里面穿梭。门前站着一个服务员，穿着旗袍，叉开得老高，眼睛斜过来。他慢慢走过来，自语，这里以前是一个西餐厅吧！

　　这家酒店，已经开十年了。神经病！服务员说。

原载 2014 年 5 月《打工文学》

摇红十八岁

下午，太阳暖烘烘照着。

沿着柏油马路，摇红拐进一条街道。路口就是一家发廊，帘子低垂，纱门半掩。摇红张了张眼，目光被旁边一家服装店吸引。从里面走出一个年轻女人，宽肩细腰，眉目秀美。摇红认得她，在沙城鞋厂做文员，复姓欧阳。记得保安在厂门口的小黑板上写收信者名字时，总会引起一阵惊叹，竟然还有姓欧阳的。这时，更让摇红惊叹的是，店里又出现一个跟欧阳一模一样的年轻女人，正在为一个平头粗颈的男人穿外套。男人挺着皮球一样的圆肚子，颈间挂一条手指粗的金项链，斜挂着腰包。旁边站着一个中年妇人，五官跟两个年轻女人很像。摇红走进服装店，中年妇人马上殷勤地迎上来。一件有竹叶图案的浅胸紧身背心让摇红看中，却不好意思张口。中年妇人看摇红没买的意思，复又回身整理架上衣服。

出了店门，摇红慢腾腾走着。一家新开的酒楼台阶前，放着一张展架，上面写着新推菜品：鱼脊骨。摇红觉得新鲜，鱼脊骨也能吃？这南方人真奇怪。正走着，身边擦过来一辆自行车，骑得像旋风状。摇红看到沙城厂服的保安字样，刚要喊出口，那个身影已经走远。再往前，是沙头镇的菜市场。附近地面都被冲洗得湿淋淋的，仍有一股鱼腥味沿着水面蔓延过来。摇红快走几步，掩了掩鼻。至今她也想象不到，为何厂里那些老乡，一到星期天就要往菜市场跑，拎些河粉，在宿舍用从老家带来的瓶瓶罐罐里的调料拌好，弄得一个宿舍都是葱姜香油味，一个个端着盆子吃得鼻子吸溜吸溜还直说好吃。一次摇红让不过，也吃了几口，确实好吃。但尽管好吃，这股菜市场的味道仍让她不肯迈进去半步。好在前面就是一个卖水果的妇人，蹲在地上，面前放着一堆柑橘。摇红喜欢这味道，想买几个，又怕提着不方便。一抬眼，看到一家理发店，安静地立在诸多服装小店中，黑白相间的店面装饰，很有些让摇红喜欢。招牌上写着：四川理发店。内地来的，更让摇红亲切。走进去，几位理发师都在忙碌。一位圆脸双眼皮男人抬眼看了看摇红：理发吗？摇红低低地说：剪头。那个男人理完手中顾客，把围巾甩了甩，吩咐摇红：坐吧！

　　摇红坐下去，看到镜中自己，围着垂地白围巾，很陌生地看着她。身后这个男人正在快速地准备工具，短发，白色圆领 T 恤，挺有几分整洁。男人按住摇红的头，向着镜中问：理什么发型？摇红想了想：学生头吧！从初中毕业出来，唯一理过的，就是学生头了。摇红一直扎着头发辫，可是最近不知怎么了，觉得烦躁不安，就想把头发剪了。正想着，男人已经动手。"咔嚓咔嚓"，几绺乌黑的头发沿着白围巾掉下来，落到摇红脚上。摇红晃晃脚，那绺头发就晃掉了，仍有几丝发丝沾在上面。这

时，男人已经剪到前面，半弯着腰，两根手指轻轻滑过摇红的
脸蛋。一丝凉腻的感觉，从摇红心头掠过，怪怪的，痒痒的，
却又很舒服。摇红面上一热，赶紧低着眉毛，好在男人已经转
过身来，开始修剪前面刘海。摇红努力地闭着眼睛，防止发渣
掉进去。再睁开眼睛时，是男人的一句话：剪好了。镜子里，
是一双安静的眼睛，一个漂亮的学生头。那双眼睛正无辜地望
着摇红，带着几分羞涩。摇红从裤子口袋掏出钱递给那个男人，
一溜烟儿跑了。她的脚步又轻又快，好像后面有个什么人正在
追赶。

　　路过那个卖橘子的女人时，已经围了几个人，在挑挑拣拣，
摇红犹豫一下，也蹲下去捡了一兜。女人称好，递给摇红。正
在递钱之时，旁边又有一兜橘子要称。女人一忙乱，便多找了
钱。摇红看了一下，心就跳起来，将钱塞进裤子口袋。正在这
时，一个声音嚷起来：你将钱找错了，我给你的是二十。摇红
一阵心慌，赶紧挤出人群，又怕女人追赶上来。正在这时，忽
然看到那个穿沙城制服的保安骑着自行车路过，这次骑得很慢。
摇红喊了一声，他就停下来。摇红说带我一段吧！坐上自行车
后座时，保安问：你是不是害怕市场那个大黄狗啊！摇红胡乱
答着：是啊！于是那个保安骑得飞快，一路上不停跟摇红说话，
说她像他的小妹妹。那个小女孩摇红见过，是大底车间的，长
得像洋娃娃。保安说太不让他省心了，如果像摇红这样乖就
好了。

　　回到宿舍时，天已经黑了。房间很静，只有英子坐在床铺
上打毛衣，抬了抬眉毛，鼻子里哼出一声：回来了！摇红嗯了
一声，走到最里面的下铺床位，打开被子，想睡一会。不料叠

好的被子中间，摸出一封信，硬邦邦的。摇红的心"咯噔"一下，手指就停在那里。感觉英子的眼神带着笑意，斜斜地射过来，扔下手中毛衣，扭着屁股走了。她穿着高跟鞋，"咯噔咯噔"的脚步声，在空荡荡的宿舍里显得很重。摇红这才将信掏出来，是那熟悉的字体。摇红想，她什么时候来的呢？是不是和英子一起来的，那么这封信，应该也被英子看到了吧！也或者，是英子帮她放到被子里的。正胡乱猜测，手却不由打开信封，甜蜜亲切的话语扑面而来，让摇红心里泛起小波浪。

认识男仔，是在裁断车间。摇红是裁断车间的品检员。每逢初春，裁断车间的繁忙时期，却是成型车间的断货时。管理者看不惯工人在车间赋闲，又舍不得放假，便分派到各车间帮忙。男仔便是在这时候进入摇红视线。起初，摇红觉得奇怪，那些成型车间的女孩子们，怎么和一个男孩嘻笑拉扯呢？包括自己的老乡小波，也和他打得火热，也不怕惹人闲话。后来才得知，那是一个女孩。因为平素爱穿牛仔衣裤，又剪着一头男孩式的短发，穿着男孩的鞋子，故此得名：男仔。据说，男仔在车间很受宠，平素板着脸的品管课组长老妖，见了男仔也嘴巴笑得弯弯。摇红很有些嗤之以鼻，一个女孩子，男不男，女不女，成什么样子？她见了男仔总是昂头走过。男仔却每次见了她，总是笑嘻嘻，给人满面春风之感。慢慢的，摇红对她有了好感。

此时，信中炙热的话语让摇红的心发烫。看完信，她小心叠起来，塞到枕头旁边的一本书里。坐在床沿上，怔怔发了一会呆。七个床铺都没人，被子叠得整整齐齐，不知道她们的被子里藏着什么秘密。摇红走到窗前，推开窗，一股夜风掠过刚剪的头发，进入宿舍，摇得一个床位上的碎花遮帘飘啊飘。摇红摸了一下脖子，感觉空荡荡的。她从搁在上铺的包里，摸出一把口琴。琴是在老家县城买的，那天摇红和小波逛了很久。眼见着小波买了一条丝巾，摇红才决定买下这把口琴。琴很昂贵。但这是从家乡带来的唯一礼物了，那年摇红十六岁，第一次出门。摇红拿着口琴，倚在窗前，试着吹出一个音，然后连续吹了几个音。音色不成调，但已经能够飘出窗外，让几个在大街上行走的男工听到，他们嗯号起来。其中一个男声说：妹妹你大胆地大声吹啊大声吹！摇红羞红了脸，赶紧把口琴放下，窗户关上，仍堵不住下面男生的哄然大笑，其中一个笑得格外响亮。路上的人都仰头瞅这个窗户。不知道是别厂的员工，还是本厂的。太大胆了，这么放肆，明目张胆调戏女员工。英子不知什么时候进来，带着这句话。这时像发现新大陆，围着摇红，踮起脚尖前后转：咦，你剪头发了，真漂亮。噢，我刚才看见男仔了，和小波在大门口玩。嗯。摇红心烦意乱地应了一声，瞥了一眼英子满脸雀斑的脸。刚才的笑声不知道男仔有没有听到，摇红想出去却又不想出去，索性躺下。不由自主又打开那封信，又合上，却不知道放在什么地方好，仍旧夹在书里。

剪了学生头的摇红忧郁起来。偏巧这几天阴雨天，加上车间皮料味道，让人浑身不爽。成型车间已经有单了，男仔他们都调回去。只是有时候小波还趁着上厕所的当儿，拐到成型车间看望男仔，每次都嘻嘻哈哈。反正成型车间的班组长很宠男仔，对此也视若不见。小波跟摇红一个村，都是第一次出门，按说两人应该好得分不开才是。小波一直在裁断车间做点数员，摇红做了一星期就调进品管课任品检员，工种比小波高两级。

　　小波见了摇红爱理不理。据说第一个月发工资时，因为摇红多发了四十五块钱小波还哭了鼻子。小波哭着说，都是一起来的，摇红多发了那么多，自己发这么点传到家里多丢人啊！此时小波的高腔大调传过来，遗传了她妈的声色特点，一边笑一边说刚见到男仔了。摇红一阵烦躁，头也不抬继续整理桌上裁片，耳朵却竖起听得清楚，往次品筐扔的裁片多起来。

　　裁断员阿梅瞥了她一眼，放慢推机台的速度，裁片开始懒洋洋地一片一片扔下来。然后索性停下，弯腰在工作台摸出一个塑料袋，递给摇红：吃早餐没？摇红摇摇头。阿梅蹲下，大口大口吃起来。小笼包的香味直窜摇红鼻子，不用说，是在菜市场买的，附近小店的小笼包没这么香。阿梅吃完，掏出一张纸巾抹了抹嘴巴，眼角扫到另外一个机台，恨恨地呃了呃嘴，愤愤地说：那个王八羔子，总有一天我要杀了他。摇红抬眼看去，只见一个男裁断员拿着模具，泛着笑，立在另一个机台的女裁断员身边，俯身说着什么，状态甚是亲密。女裁断员脸上不时露出心领神会的笑容。这时，裁断课班长阿华走过来，敲了敲桌子：单子赶完了是不是，我这里还有一大把呢！摇了摇手里竖成扇形的一排工作单。男裁断员伸出舌头，笑一下：我在修理工具呢！声音哑哑的，活像一个被阉了的小公鸡，传到这里，阿梅往那边敌视了一眼。那个男裁断员五官甚是俊朗，笑容也好，可惜背有点驼。经过这里时，敲了敲工作台：嗨！阿梅转过身，低着声音吼道：少往我姐姐那里跑。男裁断员笑道：我在给你姐姐送早餐呢！阿梅把手里模具举起来，说道：你再花言巧语骗我姐姐，我非杀了你。男裁断员调皮地笑着，猫着腰跑了。

　　日子一天天过着，摇红每天回到宿舍，都能在被子里摸出一封信。自然，她也回信，诉说自己的心情得失。有时候在吃饭的队伍里，看到男仔，被一群女孩前后簇拥着。有时候，陪在身边的是小波，有时候是英子。人群里，男仔悄悄回头，给摇红一个无限温柔的微笑，这笑容含着无限情意，让她的心酸酸的，甜甜的。这种不可名状的情怀一下子涨满心地，浓得化不开，但同时又有一股无法诉说的烦躁堵压在心头，时间长了，便上了眉峰。这天，摇红正在低头干活，英子走过来，笑道：摇红，你的眉毛怎么长这么高呀！摇红抬头，看到英子正在凝神注视她的眉毛，便不自然地笑了一下：一直就是这样的。英子刚要开口，却低头帮摇红整理起桌上裁片。一回头，品管课组长老妖正往这边走来。等老妖走过后，英子悄悄塞给摇红一张纸条，还摇了摇手，返身走到她的工作台。摇红叹口气，情知是男仔写来，仍忍不住悄悄打开：你怎么能吃醋呢？要知道，我心里只有你。那种炙热的话语真要让她的心溶化了。上厕所的时候，摇红碰到阿梅的姐姐，正在提裤子。看到摇红，温和地笑了一下，露出两颗小虎牙。摇红望着那曼妙的身影远去，心想，这么好的一个女孩子，竟然会和那个男的同居了？

　　英子是老妖的四川老乡，能说会道，和每个人都混得熟络。工作台就在摇红前面，一旦裁断员上厕所时，便溜达到摇红这里说闲话。英子掂起桌上一个前片，用长长的指甲刮着一处瑕疵，嘴里说：瞧你那眉峰，快成尖尖的了！摇红干笑一下。英子压低声音：我们老家有两个女孩很要好，还一起在镇上开了花店。现在呢？还在开吗？摇红听得神往，不由接口问道。当然不在一起了，家人不同意啊，没办法啊！不过我们那有很多尼姑庵，很多人都在那里出家。尼姑庵？摇红听得云里雾里。还要再问下去，裁断员回来了，英子便抽身过去，临走时诡秘地朝摇红笑了笑。

天气越来越热。每吃一顿饭，人们都像水洗了一般，不愿立即回到车间，利用难得的十分钟，在外面溜达说笑。摇红不想出去，伏在桌上假寐。一双手拍拍她的背，是英子。来，我陪你踢毽子。英子说着从机床后面拿出几个塑料袋，缠在一起：这不就成了毽子吗？一边踢几个示范给摇红看。摇红笑起来，童心大发，也跑到机床后面找来不用的塑料薄膜，缠绕在一起。踢到后来，两人兴起，索性把能踢的都踢起来。车间后台里，一片欢声笑语。正在这时，上班铃声响起，工人们陆续走进车间，用诧异的目光看着英子和摇红。兴奋的红晕还在她们脸上逗留。灯光远处，裁断课的台干双手插在兜里，正往这边看。老妖从他身后闪出来，经过这里时，狠狠瞪英子一眼，用四川话骂了一句：疯成那样子给谁看?!

十点半下班。摇红回到宿舍，提着桶和换洗衣物下楼冲凉。楼下一派人声鼎沸。今天晚上成型车间也在加班，大家都集中在这个时间段下班，于是几十个冲凉房门都紧紧闭着，一股股热气从门缝里挤出来。摇红靠在墙壁上，等待那扇小门打开。白天的刺鼻皮料味道连指甲缝、头发缝里都是，摇红急欲想冲个凉，好清清爽爽上床睡觉。一阵清亮的笑声传来。不经意望去，昏黄路灯下，看到一张笑脸，笑得如此灿烂如此轻松，是摇红未曾见到的。后面跟着小波，一路打笑而来，见到摇红，似乎也愣住。小波跺了跺脚，拉着男仔冲上楼梯。一阵"咚咚咚"脚步声，楼梯很短，不一会就上完了，然而那余声分明敲到摇红心上。

冲凉房的小门"啪"地开了，出来两个女工，腾腾热气随即奔泻而出。摇红急急进去，"啪"关上门，却忘了桶还放在外面。打开门弯腰提桶瞬间，一个针车车间的女工要提着桶挤进来。摇红说：已经有人了。那个女工要说什么，摇红指指墙壁上挂的衣服，她才悻悻离开。摇红如释重负地关上门，吁口气，双手捂住脸，又放开，弯腰把脸埋进桶里，温热的水浸着皮肤。摇红脱掉衣服，蹲下来，撩起水，一点点洗着肩膀、胳膊。忽然一股异味冲上来，冲得她头直发晕。摇红闻了闻，以往冲凉房里不时会有女工们留下的卫生巾等，后来舍监死命罚了几回款，情况才好些。这些都没有。摇红拿起刚脱下的衣服，除了皮料味道，还有一些淡淡汗味。摇红又蹲下来，开始洗澡。异味越来越浓，似乎涨满整个冲凉间。摇红莫明其妙地闻遍全身，也不知道异味从哪里来。摇红慌了神，举起水桶，把剩下的水从脖子冲下来。"哗"，水流从门缝涌出，听得到外面一阵跺脚和骂声。摇红擦干身子，拿出塑料袋里的换洗衣服，又闻了闻，一股洗衣粉的清香。打开门，外面等待的人迫不及待地拎着桶进去，又退出来：怎么这么臭！摇红回头，看到那个女工一边摇着手，一边把桶里的水倒出来一些冲地。

异味越来越严重，摇红走到哪就跟到哪里。洗好挂在走廊的衣服，被别人用撑衣杆隔开。天气潮热，衣服们都捂着脸迟迟不干。沿着走廊走近宿舍，都能闻到一股异味，宿舍的人进出捂着鼻子。舍监来查宿舍时，先用手甩了甩，也捂着鼻子。摇红很晚回来，发现厂服不见了。一位好心的女工告诉她，舍监查房，说宿舍不准挂衣服，都扔下去了，她的已经拣上来。

摇红跑下楼去拣，远处一群男工在夜风里嘻嘻笑。摇红经过保安室，值班的保安抽了一下鼻子。衣服洗好了，仍旧挂在自己床前。衣服湿淋淋的，往下嗒嗒滴水。床铺前挂碎花遮帘的女品检员，拿起一瓶香水到处喷，故意往摇红的床上多喷几下：香香，香香。坐着看书的摇红猝不及防，默默移坐最角落，看着那压嘴里的液体喷射到被子上，那里压着一封男仔的书信。周围打毛衣的、看书的人都暗暗嗤笑。摇红忽然站起来，打开从镇上买的糖和瓜子袋，递给坐在床铺上的人们：吃吧！吃吧！她的声音谦卑而温和，大多数人都抓了一把，包括刚才那位好心的女工。男仔来找英子玩，摇红愣了一下，赶忙让到自己床铺前：坐吧，坐吧！男仔带着僵笑，直直站着，英子开了一句什么玩笑，气氛一下子轻松起来，屁股沾了英子的床铺，又马上尴尬站起。异味越来越浓，分明是从摇红的床铺发出。走吧！英子说。和男仔揽腰搭背，噔噔噔出去了。

　　天气越来越闷，似乎有下雨的迹象，却迟迟下不来。摇红每天都洗澡，不再用香皂，在小镇超市，买来芬芳淋浴露。周末早晨，别人都还在睡觉，摇红就起来洗衣服。一个人在洗衣台搓呀搓，水管开得很大，哗哗哗流了一地，流过摇红光着的脚。老家带来的被子扔了。在小店买棉被时，老板娘诧异地看着她：这才四月，你就换被子了？然而一切无济于事，异味始终那么浓，熏得摇红抬不起头来。她决定去买一瓶香水，在离厂门口很远的一个小店。看守小店的是一个广东小男仔，嘴上刚冒出胡须。摇红问：这香水香不香？小男仔笑了：香啊！他按下喷嘴，液体喷溅到摇红的衣服和头发，还有脸颊。摇红赶忙举手挡着，不喜欢这浓烈的味道，还是付了钱。小男仔在找钱时，手有意无意从摇红手背抚过。回到宿舍，摇红将香水喷了一床。那个挂碎花遮帘的品检员大大咧咧地回来了，耸了耸鼻子：怎么又香又臭啊！宿舍里一片窃笑。

　摇红照常上班，在厂服外面套上围裙和袖套，将自己裹得严严实实。皮屑沾满全身，下班时也不拂去，这股刺鼻味道，此时对摇红来说很有些欢喜。趁阿梅去换料的间隙，她跑到后台，抚摸着光滑的牛皮，把脸贴在上面，一股沁凉入心入脾。几声私语隐约传来，远处站着裁断课班长阿华和老妖，好像在说怀疑有人偷皮料，最近老是短料。摇红正在发怔，一阵整齐的踏步声传来，外面厂道上，保安们正在换班。摇红望了望，没看到那个保安。

　阿梅裁得飞快，似乎有股怒火要借推拉机台的动作发泄。工作台上堆满裁片，摇红忙得十指乱飞，脖颈酸痛，抬头，发现三四个苍蝇沾在照明棒上。这四月天，可有苍蝇了？阿梅自语。瞥一眼摇红，又嘿嘿笑：摇红，你的脸像剥了皮的鸡蛋，又光又滑。这时小波从桌子旁走过，挺得高高的胸前挂着"离岗证"，故意长吸一口气，又呼出来。摇红的脸更加红了。一个尖利嗓音霍然打破裁断车间的机器咣当声，从门口发射过来：品检员都过来集合！不一会，十几个女孩子齐齐站在前面通道，摇红的围裙还来不及解下。你们这些死八婆，这是你们干的好事？老妖拿着一排车好的鞋面，脚边箩筐里放着已经成型还未安上鞋底的半成品。给，一个个传过去，看见上面瑕疵没有，那么长都放过去？还有缺了那么大的角，也放过去？后段的品检也是吃屎的，也没看出来？品检员们低着头，传递着鞋面，那些鞋面上的瑕疵如同小丑的眼睛，瞪得那么大。好不容易解

　　散了，摇红回到工作岗位，老妖走过来，"啪"地将鞋面扔到摇红面前：刚才我留情面，没点名，再看看，这些全是你放过去的。摇红有些惊讶，双眉倏地抬起：哪个批次？哪个批次，难道我还赖你？哎哟，臭死了！老妖忽扇着鼻子，嘟囔着，转身走了。摇红的脸烧得红彤彤的。在阿梅帮助下，终于查清那个批次，确实是她们的单子。

　　摇红下了班，就朝宿舍奔去，差点撞到一个人。抬头，看到一张精巧的脸庞，是洋娃娃，那个保安的妹妹。摇红平素对她很有好感。此时洋娃娃看着她，悄声说：要冲凉啊，天气这么热，我每天晚上都冲凉。那怜悯的眼神几乎让摇红掉下泪来。

　　一口气上到三楼，才想起自己宿舍在二楼。过道里很安静，女工们都在午睡。摇红猛吸一口清爽干燥的空气，径直走到最里面那个宿舍，这是她第一次来这里。宿舍里只有三四个人。眼尖的一个看到摇红闪了一下脑袋，急忙喊道：男仔，有人找你。摇红倚在栏杆前，听着宿舍里嘻嘻哈哈，默默看着厂房。有一个世纪那么长，宿舍半掩的门打开了，又半掩上室内的静。男仔走出来，伸手欲搭摇红肩膀，摇红急忙避开，远远站着。男仔慌得歪着身子，靠在最角落的栏杆上。一段时间未见，眼前的人胖了许多，那张脸比以前更圆了。摇红从来没有发现男仔原来这么矮胖，像老家的小胖墩。穿着一件男外套，脸红彤彤的，似乎刚从被窝爬起来，带笑非笑，轻声问：什么事？摇红不语，眼睛只看着厂房，继尔恍惚飘来幽幽一句：怎么那么臭呀！摇红"哇"地哭出来，跑了。

　　厂外面的柏油马路尽头，是刚开发的地段。种植了几排花带，小树在两旁。远处，一片荒凉。摇红停下脚步。路面空荡荡，一个人也没有。湖中心的一个小亭吸引摇红注意，它招招手，摇红就朝它走去。沿着曲曲折折的桥栏，摇红迈着古稀老人的步子，终于迈到小亭，在石凳上坐下，湖水安静地看着她。湖的对面，是密密麻麻的香蕉林。摇红注视着那片香蕉林，时光慢慢过去。雨开始下下来，"哗哗哗"，渐渐的，只看到雨雾。雨水调皮，蹦进小亭，钻进摇红的发隙，脸庞，到处都湿淋淋的。雨下啊下，丝毫没有减轻趋势。摇红像一个木头人，可以坐到日昏月明。不知过了多久，有些迷迷沉沉，她合上衣服，裹了裹身体，闭上眼睛，分不清眼前是雨雾，还是湖水。睡梦中，一双大手伸过来，揽起她的腰身。摇红那么轻，像一只蜻蜓，以为自己飞起来，飞呀飞，飞过雨雾，穿过花带，眼前白哗哗一片。依稀听到一个声音：摇红，摇红。一把个小花伞伸过来，摇红闻到一股久违的清香。她终于睡着了。

　　这一觉不知睡了多久。睁开眼，到处都是白的。一张陌生的脸伸过来，掰了掰摇红眼皮：她醒了。摇红抬起胳膊，痛，才发觉还扎着针管，正在输液。床头的小凳子上，一张洋娃娃似的脸笑起来：摇红，你醒了，怎么一个人跑到小亭里，你淋雨了，我哥哥把你抱回来。门口一阵脚步踏踏响起，看到一张熟识的脸，方脸大眼，是沙城的保安，洋娃娃的哥哥。幸亏我妹妹看到你出去，要不然情况可危险。你淋了雨，有些发烧，挂几天吊针就好了。摇红嘴角微笑，意识有些清醒，认出这是医务室，就在厂门口隔壁。此时外面一阵嘈杂，夹杂女人哭喊，摇红不觉从枕上抬起头。保安哥哥说，别看了，是裁断车间一个员工怀孕了，辞职不批，和男的一起偷了皮料，以为缠在腰里就看不出来了，还能瞒过俺们的火眼金睛？厂里报警了，现在派出所也来了，最近皮料丢得厉害，估计抓住一个就是典型。

南方的雨来得快走得也快，转眼又是晴朗天气。病好后，摇红发现自己的头发长长了，衬得脸憔悴，便决定到街上再修修。蓝天白云下，铺着青石板的路格外干净。那家新开的酒楼不知何时改成了西餐厅，隔着落地玻璃，几个身穿桃红制服的服务员正在忙碌，其中一个似曾相识。那个床铺挂碎花遮帘的品检员，怎么跑到这里来了？小镇上，还是那家理发店，还是那个理发师。摇红等了半天，弄得别的理发师都有些嫉妒。摇红微笑着坐下来，理发师将围巾围上摇红的脖子，只露出一张脸，镜子里的脸有些苍白，愈发显得眉毛弯弯。理发师细心地剪着，两根手指滑过摇红脸蛋。剪完后，镜子里的摇红更加漂亮了。

再经过菜市场，想起那个卖橘子的女人。摇红想将多找的十块钱再找给她，此时那个摊位上空空，一片洁净。摇红快步走回厂里，蓝天那么蓝，白云那么白，就连刚栽下的棕榈树，也朝摇红晃着小手。

摇红和洋娃娃越来越好。经常一起打饭，一起冲凉，一起洗衣时欢声笑语，少女特有的清香气息传得很远。曾经碰到过男仔，和小波、英子走在一起，但摇红已经没有了心动。甚至有一次，她们单独擦肩而过时，两个人都没有再看对方一眼。

这天中午在饭堂吃饭。洋娃娃告诉摇红，她要转厂了，那边是一个港资企业，福利很好，工资也比这边高。摇红急急问：那你哥哥呢？就是因为我嫂子在那边，我和哥哥才要过去的。洋娃娃依旧精精巧巧笑着，眼神四下溜动：看，那个姓欧阳的女人，听说她的双胞胎妹妹被一个大老板包养了。洋娃娃没看到摇红脸上的红晕。嘈杂饭堂里，响在摇红耳边的，只有一句话：就是因为我嫂子在那边……

摇红厌倦了一成不变的发型。在十八岁生日这天，她懒得再往镇上跑，就掀开街口那家理发店的纱门。店面很小，理发工具凌乱地摆在台上，浓浓的香脂气窜出来，摇红打了一个喷嚏。一个女人从里间跑出来，摇红说我要理发。眉毛描得很黑的女人摆弄一下台上的理发工具，干笑一声，朝里面喊道：呃，她说要理发。一个穿低胸汗衫拿着扑克牌的女人探出肩来，看了一下摇红，又闪回去。接着出来一个男人。坐吧！男人指着理发椅。摇红顺从地坐下，闭着眼睛。片刻后，男人说，剪好了，问摇红洗不洗。摇红摇摇头，给了男人十块钱。剪得很短的头发，湿漉漉贴在摇红脖子上。在对面服装店的镜里，摇红望着豁豁牙牙的发梢，伸出手抚了抚。回去路上，摇红手里多了一个塑料袋，盛着那件早已看中，有竹叶图案的浅胸紧身背心。

经过厂门口时，太阳已落西山。保安叫住她：有你的信。摇红这才忆起，中午从饭堂回来时，洋娃娃好像也说在小黑板上见到她名字。信是老家任村支书的父亲写的，说姑婆给摇红说了一户人家，让她回去相亲。离开家两年，摇红也有些想回去。不知道工厂批不批假。

原载《黄河文学》2017 年 12 期

桃色人家

老张媳妇生了三个儿子。

老大叫张大虎。老二叫张二豹。老三叫张虫娃。

按理说，老张应该和儿子们住在自己村庄，但他们偏不，非要在张营和倪营的交界点，划了一块地，建了三间土坯房。他端碗吃饭的时候，是蹲在倪营的地界；下田干活的时候，是在张营的地盘。老张家的厨房露着顶，所以他们锅里煮着什么，冒着什么香，窜出什么味，倪营人都知道。直到老张开了自家的砖窑，房子才换成红砖房，厨房也补上了，但老张媳妇依然穿着裤子系着腰带，蹲在地上吃饭或上露天茅厕的时候，露出大红秋裤。

老张家很穷，用农村的土话说，就是穷得鼻涕当盐吃。老张家真的很穷，一条裤子三个儿子轮流穿，屁股上都是补丁打补丁。眼看儿子们一年比一年大，一个个赤条条汉子，还没娶上媳妇。老张就发愁，他把烟袋锅在地上使劲磕，都磕不出一点火星了，还放在嘴里吸得滋滋有声，似乎要从那里咂出甜味来。老张家虽然穷，但辈分奇高。倪营人是讲究辈分的。自从老张家坐落到倪营的交界点以来，就有人开始推算他们的辈分，方便以后低头不见抬头见时，好称呼。按辈分，倪营人得唤老张老爷，老张媳妇就为老奶，他们的三个儿子，就往下推为张大爷、张二爷、张三爷。

虫娃长得实在是好看。就连村头的大王奶奶也说，从前八路军打日本鬼子从村里路过，一个吹小号的长得也好，但还是没虫娃好看。大王奶奶的话是否可信，谁也没见过，所以无法推证。但虫娃的鼻子是鼻子，眼睛是眼睛，那张脸往你面前一放，就觉得春天来了，桃花开了，蝴蝶在翩翩起舞。

长得好有啥用，能娶来媳妇就好了。老张嘟囔着，自个扛着锄头，去西坡了。

俗话说，穷则思变。老张在西坡埋头锄地，突然把锄头一扔，抱着头蹲在田里。谁也不知道在这漫长的十分钟里，老张悟到了什么。总之，他站起来，颇有壮士断腕之风范，他对自己说：再也不能这样活。空旷的田野里，西风把老张的吼唱声送得很远，很远。老张扛着锄头，一步步走出田地，夕阳把他的影子拉得很长，很长。

倪营人惊奇地发现，老张变了。他揣着一把烟，见了村干部就发，笑得像大王奶奶脸上的褶子。据张营的人讲，村主任大龙家的门槛，都快被老张踏扁了。

所有乡村的黄昏，都是美丽的。张营和倪营更不例外。张营和倪营之间，是一排杨树林，每到春季，叶子们绽放新芽。到了夏季，绿郁郁一片，人走在树林里，叶子们哗啦啦响。秋季更美了，金黄的叶子，铺在脚底下，踩上去咯吱咯吱响。冬季白雪皑皑，有风吹过，树身一振，雪簌簌着落在人的头上、身上。树木的对面，是庄稼人赖以生存的田地。中间有一条河流，河岸上长着茂盛的青草，青草里，盛长着一朵朵蒲公英。一年四季，总有放羊的人赶着羊群，羊在河岸上低头吃草。放羊的人则趴在河坡上鼓起腮帮子，使劲吹蒲公英。等到日落黄昏，再赶着羊群回去。这时候，鸭归笼，羊入圈，炊烟从各家的烟囱里袅袅上升，夕阳在树木后面掩着面庞。

可是这天，倪营人惊奇地发现，就在他们出来呼唤自家孩子回去喝汤的时候，一股更粗更大的烟，从对面河岸升起。有好事的人过去围观，发现那里已经垒起一个砖窑。老张和他的三个爷们，正赤膊上阵，挥动着铁耙挖土。眼看着河岸被他们掏出一个个大洞，倪营人不淡定了，有人上去论理，先咳咳两句，说这土的成分不好，根本不适合烧砖。再说，好好的麦田被毁了，实在可惜。老张先是递上一根烟：嗬嗬，就出几窑，马上就停了，大龙都同意了，嫌这几亩地土质稀薄，我就出几窑，就出几窑。张营人也有上去闹事的，老张的三个儿子横着膀子往前一站，那人马上递过去三根烟，说：我来看看这里需不需要人手。

老张真的需要人手。这不，倪营的一个媳妇，是从那边大山里"嫁"过来的。一年之后，生了个儿子，丈夫终于同意她回去探亲。穿红着绿的媳妇一回到大山，就被妹子们围观了，纷纷要求把自己也介绍到山那边。老张的砖窑需要人手的消息一传开，山里媳妇赶紧跟自家丈夫商量，想把亲戚家的妹子们也介绍到平原来见识见识。在丈夫的授意下，山里媳妇马不停蹄，赶到大山深处。

几天后，倪营人惊奇地发现，河岸对面老张的砖窑上，多了几个苗条的身影。全是清一色的妹子，腰身矫健，头上包着花头巾，穿着对襟衫。挑起扁担来，扭啊扭的，丝毫不比男人逊色。人们端着饭碗看稀奇，哟，现在都往南方跑，还有人来我们村里打工？那时候，正是一波波南下打工的热潮，见多识广的倪营人议论几句就安省下来，见了面还笑着打招呼。山里妹子们露出一口糯牙，低下头羞涩地一笑而过，把放羊的男孩都看呆了。

"羊倌，领一个回去。"路过的人打趣。

放羊的男孩赶紧一挥鞭子，带着羊群走开了。

老张的砖窑越发热闹起来。看着一砖一砖的红砖往外出，垒得整整齐齐，人们的心像猫爪似的。俗话说，有需要就有市场。那年头，盖房子的人多如雨后春笋，夏日蝉鸣。人们开始一波波的上门，求着老张给砖。老张嘀嘀笑着，这一窑大龙定了，下一窑就是你的。

红砖供不应求，一出窑就被人们一车车的拉走，老张的腰包渐渐鼓了起来。但他还是喜欢端着饭碗，蹲在倪营的村头，一边扒饭一边与人闲扯。老张媳妇也端着碗蹲在地上吃饭。有好事的说："老奶啊，昨天又看到你的红秋裤了，也不怕老张说你。"

"哈哈哈，"老张媳妇把筷子夹在端碗的手里，擤了一下鼻子，"他说他去，我才不怕他呢！"

人们都哈哈大笑起来。

"妹子们也跟你们一起吃吗？"好事者问。

"那不是，都在屋里吃。"

好事者撇了一下嘴，小声跟旁边的人说："上了厕所都不洗手，谁还能吃得下她做的饭？"

几天后，人们惊奇地发现，老张家换了主厨。是一位好身板的姑娘，正是山里妹子最漂亮的一位，蒸的馒头雪白雪白的，炒的鸡腿香张营人都能闻到。

"老张，你家快办喜事了吧！"来买砖的人都说。

"哪里，哪里，还早呢！"老张笑呵呵的，一手接过买砖人递来的人民币，揣在裤兜里，一面呼唤大虎，赶紧干活去。大虎这才不好意思地离开锅灶台，临走还不忘塞几根树枝。那火苗通通舔着锅底，耀红了掌灶姑娘的脸。

大虎成亲了，锁呐吹得，能扬到天上去。

俗话说，好事要成双。老张家的喜事一桩一桩接着来。邻村的一位姑娘，看上了二豹，主动跑到家里来帮忙干活。无论是挖土、拉车、挑扁担，还是下田种地、施肥薅草，样样都能拿下。"这姑娘，屁股大，好生养。"路过的人们都喷喷有声。姑娘的父母来劝了几回，哪怕是先回家，走走程序也好。姑娘就是吃了秤砣铁了心，怎么也不肯离开二豹一步。"那你就死在这里吧！就当以后没你这个女儿。"姑娘的父亲气冲冲地走了。姑娘明里暗里哭了几回，最终还是没走。

老张真是积了福，一下子娶了俩媳妇。人们都说。

雨后天晴的时候，老张找人修缮了房屋，院子也安上大门。一出门就被人堵着"老爷、老板"地叫着要砖，在家里被两个儿媳前后捧着叫爸，活得越发滋润。人们问虫娃啥时候娶亲，老张挥挥胳膊："当爹的还要操心儿子的事？这一个不管了，让他自己找去。"然后夹着公文包走远了。那气派，喷喷，真像一个大老板的样。

春去夏来。平原上的天气，热得人们钻到哪里都不凉快。蝉伏在树上，有气无力地吟唱。羊卧在树荫里，端着山羊胡，胡哧胡哧地喘气。人们摇着蒲扇，坐在午后的杨树林里，看着河对岸那面血红血红的太阳。砖窑上，工人们光着膀子，仍在一砖一砖的出着砖头。土地上到处都是大洞，昔日美丽的河岸被挖得满目狼疮。

"这样挖下去不是事啊！毁了地，迟早要出事。"大王奶奶摇着蒲扇，眯缝着双眼。她得白内障好几年了，谁也没把她的话放在心上。

"天太热了，下场雨就凉快了。"人们都说。

午夜，贪睡的倪营人听到山崩海啸的一声，但谁也不想起来看。

暴雨下了几天几夜。上游开始泄洪水了。

水滔滔不绝的从上游流下来，泛着浊黄的波浪。随着而来的，是板凳、椅子，泛白的鱼，还有一头肚子吹得老大的羊，挂在河里的一根树枝上漂过来。有个人试图去拦，在河岸边滑了一下又退回来。还有几个人用锄头去勾漂在河里的西瓜。一个人拿了一张网，看能不能在河里网一些鱼虾。村干部们聚集起来，每天巡逻，说上游都有人淹死了，提醒人们注意安全，不让走到河边。

老张家的河窑倒塌了，连已经烧好的几窑砖也淹在洪水中。遭殃的不光是老张家的窑，还有河对面的几户人家。由于老张家挖窑取土太厉害，洪水淹过河岸，直冲到人家家里去了。

老张蹲在地上，一言不发，把已经没有火星的烟袋锅使劲在地上磕了磕，又拿起来在嘴里咂出声音。

洪水过后，老张一家就不见了。大龙气得直跺脚："妈那个×，一出事就往外跑，没事能把门槛磕破。老子算是看破老张了。"

宽宏大量的倪营人原谅了老张。老张新建的红砖房由于长时间没人住，屋檐上很快冒出长长的茅草。大王奶奶还在老张的院子里种了一排小葱。人们经过时，再想不起这里还曾经住着老张和他的三个儿子。

春去秋来。老张建砖窑挖土留下的一个个大洞里，早已长出青色的小草。下雨的时候，那里总会积蓄一汪雨水。有几个大雾天，几个上早学的娃从那里经过，不小心掉了进去，人们又想起老张，骂一声，唾一口。

这年冬天腊月的一个早上，人们发现，老张带着一家人回来了。大虎媳妇和二豹媳妇手上还各自抱着一个娃。娃粉粉嫩嫩，人们就上去逗。娃开始哇哇大哭，人们哈哈大笑。

老张这次回来，穿得比以前更鲜亮了，梳着板头，手上戴着戒指。

"哟，老爷现在在哪发财？"人们问。

"哪里哪里，去东莞混了几年。"老张谦和地散烟，是一手大中华。

人们接过大中华，掐到耳朵边，又指着河岸逗老张："看看，你们留下的洞还在那里。"

"嗬嗬，嗬嗬，都过去几年了，还没长上啊。"老张讪讪地笑着。

"哟，虫娃呢？"人们开始关心虫娃，那个长得最好看的虫娃。

"他还在工厂里，还在工厂里，厂里不放假。"老张不自然的笑。

　　老张过了一个年，夜里往大龙家跑了几趟，就领着老婆又走了。这次把两个儿子留在家里。两个媳妇都很贤惠，家里院外收拾得干干净净。有时候蒸个红枣包，包个肉馅饺子，还端几个给大王奶奶吃。

　　所有的事物暗夜滋长，都在春天来临的时候才被人知晓。老张早已和大龙说好，主动承包了河对岸的几亩农田，提出要种桃树。这在种惯了小麦、棉花的庄稼人来说，种桃树还是一个稀奇活。人们看着张大虎和张二豹，领着媳妇和娃们，在农田里育苗、修冠、施肥、整形。有时候还会有技术员模样的人，骑着摩托车来田里指指点点。真是出了一趟门，眼界都不一样了。人们都说。

　　似乎是一夜之间，桃树开花了，粉嫩嫣红，惹得人们扛着锄头下田时，都要往那里多看几眼。张大虎和张二豹更忙了。转眼到了收获季节。看着指头肚大的毛桃，长成拳头大，粉里透着白，白里透着红，闻一口，香喷喷，饶是活得最长的大王奶奶，口水都要流出来。

　　到了晚上，大虎和二豹媳妇，先后挎着一筐桃，走到倪营邻居家里，说刚摘下的桃，大家尝尝鲜，这几年感谢大家的照顾。那桃可真是甜，咬一口，鲜嫩多汁，大王奶奶说，这辈子就吃这一回了。

　　大虎买了一辆三轮车，每天起早摸黑，和二豹把桃拉到镇上卖。一个夏季过去了，周围的几个镇都被他们转遍了，桃子卖得一个不剩。人们亲眼见到，有几个晚上，张家的院子里灯火通明。大概是坐在灯下数钱哩！人们都说。

　　桃树第二年开花的时候，虫娃回来了。眉目间多了凌厉，脸上多了一道疤痕。他还是那么好看，看着人的时候，眼神里能滴出水来。他给人们递烟，有人发现虫娃手腕上多了一块青记。这是文身。虫娃说。

"啥，文身？"大王奶奶的眼早就看不清了。

"就是用针在手腕上刺身。"虫娃解释道。

"我知道，以前俺们也刺过。"大王奶奶颤巍巍的，撸起袖子，露出自己手腕上的云字。人们这才知道，大王奶奶的闺名叫云。

"俺那时候也是用针刺上去的，一点都不疼。"大王奶奶眯起双眼，回忆往事。

有眼尖的人早已发现，虫娃手腕上的印记好像一条青龙。

左青龙，右白虎。人们发现，虫娃这次回来，比以前变化不少，具体变在哪里，也看不出来。虫娃似乎比以前有钱了，脖子里还挂着一条金链子。隔不了几天，就有人往虫娃家送东西来。吃的、穿的、用的，啥都有。几天过后，虫娃的院子里，还出现了一辆摩托车，是女式的，样式时髦得很。

虫娃把它骑到大龙院子里，说市价两千元，现在五百元送给大龙刚上初中的女儿，被大龙老婆拒绝了。过了几天，那辆摩托车不见了。

这天黄昏到来的时候，倪营发生了一件新鲜事，大生的媳妇又跑了，据说大生领着几个人，追了几里地才把媳妇追回来。人们都去看新鲜。听大人们说，大生的媳妇叫小花，是换亲才嫁给大生。如果小花跑了，那大生的姐姐也要不嫁给小花的哥哥。这次还是小花的娘家爹亲自报的信，说小花要跟她自幼交好的表哥一齐逃跑。大生把媳妇脱得光光的，绑在卧室里，小娃们都围着窗口看热闹，看着大生也脱得光光的，拿着鞭子，走到媳妇面前，咬牙切齿地说："看你这次还跑不跑？"

大生的娘走过来，撵看热闹的小娃们："走走，有什么好看的？"

小花似乎安生下来。有时候还会见到她挎着篮子，上田里割草。扭着腰身的小花，比当年最漂亮的山里妹子还要动人。当她抬起头来瞅着人的时候，连大王奶奶也要心疼。大生也心疼媳妇，不让她再去田里。大生的姐姐送来几只羊。河岸的草坡上，多了小花带着羊群的身影。

一个夏日，天气热得厌人。小花把羊群散在河坡上，自己蹲在河边洗手。她带了一条花手绢，手绢上有两个花蝴蝶，嗅着一朵花。花手绢被小花在水里甩啊甩，突然被一双手拽住了。小花大吃一惊，一抬头，才发现虫娃不知啥时间已经蹲到她面前，正笑嘻嘻地瞅着她，那眼神，温柔得能滴出水来。两个人面对着面，小花就羞红了脸，小碎牙一咬，骂了一句："神经病！"不顾被打湿的衣衫，头也不回赶着羊群就走了。

"哎，你的手绢。"虫娃在后面追着喊。

但小花没有回头。这以后，也没有理过虫娃。打他眼前过的时候，眼皮连眨都不眨。

虫娃在倪营安营扎寨起来，帮着大哥和二哥，在桃林里帮忙。青草枯黄的时候，还会让小花的羊群进去吃桃叶。他自己就靠在桃树上，笑嘻嘻地远远看着小花。

小花的肚子很快大起来，生了一个男孩，起名叫壮壮。

冬日的夜很是漫长，人们都拿着鞋底子坐在灯下纳鞋，姑娘们拿着毛衣打毛衣。虫娃家里，说媒的人来了一拨又一拨，说那女子如何如何的贤惠，织的毛衣如何如何的好看。但虫娃就是不开口，只管拿出糖来让媒人吃。

一个黄昏，小花赶着羊群，再也没有回来。大生找遍四里八坡，还是没见小花的身影。大生的姐姐心疼弟弟，哭了几回，说要把孩子们都带回娘家，但最终也没回。

桃花盛开的时候，虫娃也消失了。

大虎和二豹说，虫娃又去东莞打工了。

有一年快过春节的时候，村里开代销点的人喊壮壮去接电话，说是小花打回来的。大生正蹲在地上喂壮壮吃饭，头也不回气咻咻的说，就当她死了。大生最终也没让壮壮来接电话。

开代销点的人拿起电话，听到小花在那端哭着说，壮壮啊，大生他不是你亲爹，你咋还恁听他话哩！娘想你啊！

人们再也没有见过小花和虫娃。只是有一次大王奶奶在回娘家的时候，听到一个也在东莞打工的亲戚说，在一个电子厂看到虫娃和小花了。

大王奶奶回来唏嘘一回，这个亲戚平时喜欢到发廊去洗头，人们谁也没把他的话当真。

又一年春天来临，河岸对面的桃花开得更旺了。大虎和二豹的孩子长大了，在桃林里追逐穿梭。有时候也会碰到放羊的壮壮，三个孩子便一起玩。人们说，小时候的壮壮比虫娃当年还好看。

河岸上的青草又长起来，那一年的洪水，再也没有来过。老张当年建砖窑挖土的大洞，还在那里塌陷着，里面已经长满青草。春季的雨水多，洞里便积蓄着一汪汪雨水。孩子们经过的时候，都小心翼翼的绕过。

品管课的女人们

东莞的台资鞋厂，一般称"科"为"课"。生产车间分裁断课、针车课、成型课和大底课。品质由品管课控制。品管课素以进人要求严格闻名，多以女性为主，除了课长。每个课课长由台干担任，而品管课的课长为大陆人，这就注定品管课工作的特殊性。能在品管课工作的女性，均是素质好、学历高，要么容貌姣好。在拥有数千人的工厂，品管课的女人是一道风情，摇曳在工厂的晨昏梦里。

裁断课品检员李梅

在鞋厂，裁断课是生产线第一个环节。走进裁断车间，便听到"咣当咣当"的机器声。望眼，车间里摆放着三十多台机器，每张工作台前站着一个品检员。

这天，李梅正低头检验皮料。在裁断，她是一名老品检，手指快速灵活。操作员从操作台上斩下片片皮料，堆在李梅面前。这时，品管课课长杨白劳走过来，直盯住李梅。李梅喜欢穿紧身衣，身材丰满高大，双乳在雪白的胸前格外诱人显眼。杨白劳喜欢李梅，品管课的人都知道，每天早上例会，杨白劳的目光便粘在李梅身上。别的工作台前的品检往这边瞥一眼，和操作员交换眼色，偷偷的笑。杨白劳的口水都快流下来。他是江西人，一双眼窝深陷，使得他看人如同勾魂，特别是站在李梅面前，也像苍蝇盯上蛋糕。

李梅白嫩的脸上浮出红晕。她头也不敢抬，只专心工作。杨白劳站一会，走开了。李梅暗"吁"一口气，抬起头，迎上裁断员坏笑的目光。裁断员是个男员工："李梅，你们课长怎么那么色？"

李梅苦笑一下，没说什么。白天在车间无妨，杨白劳还不敢动手动脚。到了晚上就苦了，杨白劳不时约她出去。出去意味着什么，李梅心里清楚。她只想打份工，过清静日子。

晚上六点半下班时，裁断干部过来通知加班九点。车间一片欢呼，按照以往，每天晚上要加到十点，今天已是莫大幸福。下了班，李梅匆匆钻进冲凉房，出来后正在洗衣，碰到杨丹。

杨丹是仓库品检，负责原料进仓检验。杨丹提着一桶衣服，走到李梅跟前。李梅悄悄跟杨丹说了一句什么，杨丹点点头。洗衣台边上的人不多，别的车间都还在加班。女生宿舍区冷冷清清。

杨丹说："那个老色鬼又约你，真讨厌！"杨丹已经陪李梅赴杨白劳的约有几次，这是李梅在无法推辞的情况下。李梅还是苦笑："大不了换一份工，能有什么办法？"李梅和杨丹都在品管课工作，从杨白劳的脸色来看，他已对杨丹产生不好的印象。

　　果然，第二天早会上，杨白劳大肆激昂批评仓库品质工作，特别是员工杨丹，每次查岗都不见人。杨白劳双手叉腰，站在女孩们面前。品检员们偷偷交换眼色，低着头，手背在后面，看鞋上的花纹。等到花纹看得不再清晰，例会也就结束了。

　　走回裁断车间，李梅咬着牙，沉默着不发一言。工厂再有十多天就发工资了。按照制度，每月要压二十五天的工资，也就是说到这月二十五号发上月工资。

　　裁断车间每天还是响着"咣当咣当"的机器声，单调让人心烦。杨白劳还是一如既往，每天来裁断车间，在李梅胸前巡视。

　　二十五号发完工资的第二天，员工们发现：李梅不见了！

仓库品检员杨丹

　　杨丹的工作也不好做。仓库只有三个品检，包括一个班长。物料紧时，班长也要干活。每天进来原料，她们要对辅料进行抽检，真皮逐匹检查。皮料被放在物料架上，对着高强度电光，品检员用笔在上面圈不良的地方。检验好后，才能通知仓管入库。一天下来，脚站得生疼。就在李梅消失那天，杨白劳在早会上气急败坏破口大骂，这还是第一次。品检员们都不知道发生什么事情。会后杨丹悄悄告诉一个品检员：李梅在一个晚上，拎了他的皮箱，走了！

　　杨白劳的脸色渐渐灰败下去，走到哪里，腰里的对讲机就响到哪里。到处都在呼叫：杨课长，请到××车间！杨白劳急匆匆赶去，台干们叉着腰站在那里，旁边站着低着头的品管班长。台干指着堆积的次品，责问："杨课长，你手下的品检都在干什么？这么大的瑕疵也看不出来，现在流到成型，都快做成鞋子，再返工，再补料，长期下去，对工厂是多大损失？"杨白劳哈着腰，站在那里，瞅着那大堆次品。鞋面上呈着大大的月牙型瑕疵，张在那里，仿佛也在嘲讽他。台干气冲冲地走了！杨白劳发一会愣，默默地走了。

品管课的工作确实不好做。采购员购进劣质皮料，首先是原料问题；再就是工厂注重生产效率。国外订单催得急，耽误一天就要付高额费用，生产线上每天都在赶货。品检员们发现问题，次品多时还不能擅自做主，经生产线台干课长一看："放！"放下去，到后面工序，就出问题。出了问题就找品管课撒气。这也是品管课从不放台干的原因之一。

仓库一向都冷清，除了仓管员们的偶尔交谈，再就是品检翻动皮料时的"沙沙"声。明亮的电光衬得她们的皮肤更显灰黄。杨丹是个学生头女子，头发单薄，脸上还有几颗雀斑。人也单薄，如其名。

下午五点，杨丹抬头，揉揉发酸的脖子，和对面品检员相视一笑：快下班了！还没说完，发现她们班长匆匆走来，掀起一阵白风。班长爱穿白裙，走路飘飘，头发及腰，外号"美飘飘"。"美飘飘"激动得小脸通红，原本就瘦削的肩更是急剧抖动，站在杨丹面前，手里拿着几只车好的鞋面挥舞："看，这就是你们检验的皮料，这么松软的品质也检查不出来，都流到成型了！杨课长把我叫去骂，你们都是干什么吃的？每天在这里瞪着眼看你们检验，我一走你们就溜岗，是不是？""美飘飘"

把皮料扔到杨丹面前，那块皮料松塌塌的，如一块过期老面包。杨丹用手摸一下，背面毛很长，这样的皮料是不能用的，毫无弹性，放到鞋上一点力都崩不起。按照正常检验，她们用笔划起来，表示这块不能裁。可能是裁断操作员，一不小心裁了去，又被裁断品检放下去。

仓管员们都抬头，瞅这边。杨丹的脸臊得通红，在仓库干一两年，还没受过如此骂。"美飘飘"素常都轻声言语，说话怕惊动唾沫星，见人和蔼的笑，很有素养的样子。

杨丹不想分辩，也不能分辩，她垂头，眼泪一串串滴在皮料上，流出沟痕。对面品检员低头装专心工作，也涨红脸，她进仓库不久，还在实习期。"美飘飘"看杨丹掉了泪，仍怒气未消，还要说什么，这时办公室记录员绣云匆匆跑来，胸脯跑得直喘。她一现身车间，品检员们便知道，又有人要到办公室挨骂！果然，绣云眨巴着眼说："干部们开会，赶快！""美飘飘"急急抖动长裙走了，临走时扔下一句："如果我被记警告，你们两个就记小过！"

工厂罚款制度：警告：员工三十，干部五十；小过：员工五十，干部一百；大过：员工一百，开除厂，永不录用，干部降级使用。

下班时，杨丹的眼通红。

品管课记录员绣云

晚上十点，每个车间走出一个长队，到打卡机前打下班卡。门卫站在队前，目测员工是否携带厂物。在宿舍与车间之间，隔一道长长的自动铁栅门。刚开始还排得好好的队伍，一走出铁栅门，便乱成人蜂，各自拥着挤着，朝宿舍跑去。

宿舍有三幢。一幢干部宿舍，按级别分房。一幢男宿，一幢女宿，每房住十二人。通常三五百人的宿舍，只有十几个冲凉房。人们急着冲凉，一身皮料味，冲个凉，就可以休息睡觉或约会。工厂还没装热水器，过十一点，连热水都接不到，只能冲凉水。

女生冲凉房便热闹起来。楼道响起"咚咚"的脚步声，有女工拿着水桶和衣物冲下。有的冲凉房站着女孩，笑嘻嘻看楼上下来的人，是不是自己人，呼姐喊妹来冲凉。有的中午上班前便装好晚上冲凉衣物。接热水的地方，又排起长队。也有插队的，绣云便是。

绣云长得乖巧，豆包脸，白胖，堆到下巴，爱穿低胸衣。眼睛极小，看人眨巴。她刚拿来桶，冲凉房已占满。她骂一声，先去打热水。队伍很长，她瞅到一个熟人，钻过去。管热水的是她老乡，看到她，反笑起来："你这小肥婆，又插队?!"绣云挤挤眼，脸上笑眯眯。引起别的排队人不满，但也只嘟囔句："骚货!"

绣云接了热水，拎着换洗衣物，推冲凉房门，湿湿的角落扔着三五个卫生巾。绣云也骂声："骚货!"去推别的门，还没推，门就开了，嘻嘻哈哈走出三四个姑娘，热气腾腾冒出来。绣云暗啐一口："真不要脸，也不知道怎么挤进去!"里面隐约传来尿骚味，她气咻咻的提桶走了。别的在旁等候的女孩便钻进去，"啪"关上门。

男工宿舍冲凉房人也很多，但好在里面没有女人用的卫生巾。绣云来到男工宿舍冲凉房，寻找要找的人。男工们有的光脊梁，搭条毛巾；有的斯文的，穿着背心。一个梳偏分头的男工走到她跟前，笑嘻嘻："绣云，又等你老公啊！"绣云笑骂："你才等你老公！"

　　一个脸色白净的男性出现在绣云面前，看刚才那个男工一眼，和绣云进了冲凉房。门关上，热气从门缝间溢出，剩道昏绰灯光。

　　刚和绣云调笑的男工挤眉弄眼："老王真有福气，老家有老婆，工厂也有老婆。"

　　旁边等候冲凉的男工说："那老王是不是大底的储干？这算什么，那边还有一对呢！"果然，一对男女从一个冲凉房走出，一人提着一个桶。女的羞答答低着头，刚淋完浴，脸被热气涨得通红；男的若无其事，边走边吹口哨。

新任品管课课长的老婆

　　就在杨丹要求调到针车时，杨白劳也下课了。代替他的是仓库主管齐辛。

　　这天早会，开得有点迟。几个品检员在私语："听说齐辛只有小学文化。"

　　"小学文化算什么，他记忆力超好，厂里没人能超过他。"

　　"被刘台干看中，先是提拔当仓库主管，再是品管课长。"

　　"刘总是工厂元老，除了总经理，就是他。"

　　"呵，还不是齐辛老婆……"话还没完，一个品检员咳嗽声，办公室前呈出宁静，目光投向走来的人。按照杨白劳以前的要求，品检员每早在办公室前集合，点名，做早操，评论各部门过失。

齐辛威严的咳嗽，手背后，如尊黑塔："从今天起，做早操取消，早上时间很珍贵，你们开完会就赶快到岗。"

齐辛是江苏人，确是小学文化，带老婆来南方打工。由老乡介绍，在仓库当管理员。一天，刘台干巡视仓库，见这小伙个头黑大，干活卖力，再一问库存数字，竟能答得一字不差，遂提拔为仓库主管。几个采购员原跟齐辛有着交往，再一套交情，每晚在外喝酒吃饭，越发晚归起来。

这一晚归，有人不乐意，是他老婆。齐辛老婆是四川人，本在江苏开服装店。经不起齐辛巧语，盘了服装店，来到南方，只有一个条件，那就是不进厂。也亏齐辛的能耐，半年后在工厂升仓库主管，宿舍也由原来的十二人一间换为夫妻房。齐辛说："这都亏了刘台干。"齐辛老婆便留心起来，每天仔细打扮了从厂区经过。

齐辛老婆长得有几分人才，再一打扮，显得格外美丽妖娆。又爱穿叉开到大腿的紧身旗袍，脸虽然黑，挡不住浓浓的女人味从眉梢溢出。齐辛老婆摇摆生姿走过宿舍区，惹得下班跑步吃饭的工人纷纷侧目。那女人摇摇摆摆，走出大门，早已吸引在厂区巡视的一个人的注意。

那时齐辛还在仓库，刘台干来巡查，提拔任命他为仓库主管。接着语重心长："齐辛，最近工厂的原料品质日益下滑，你到内地走走，考察几个供应商。"齐辛头点得如虾米，受到台干恩宠，真是感激。

齐辛走的当晚，刘台干便进了干部宿舍。每天早上五点，巡查门卫在宿舍区只看到他的背影匆匆闪过。齐辛心知肚明，每隔几天便要到内地出差。

过不了数月，齐辛又被任命为品管课课长，忙得焦头烂额，好在有刘台干撑腰，工作暂时还不出大的差错。

课长的小姨子细妹

齐辛老婆有个妹妹，人叫"细妹"，也在品管课做事。杨丹从仓库调到针车，她在中间说合。

细妹姊妹四个，齐辛老婆是她大姐。"细妹"在四川，是家里最小妹仔称呼。细妹高中毕业后，不想上学，大姐夫在南方谋事，介绍她来厂做工。叫她从基层做起，日后好提拔。

那晚，杨丹通红着眼回到宿舍。经常有这样的事，品检员挨了骂，回到宿舍，捂住被窝，一个劲哭。细妹在床头看书，看到杨丹捂着被窝，就知道是挨了"美飘飘"的骂。果然，杨丹哭着恨着："都说美飘飘是个美人，却不知道她心肠歹毒，是蛇蝎美人！"

细妹安慰她："工厂打工的人，都是为了保住职位，你不要放在心！再说，她这次本来要升组长，仓库工作一出错，不知道还能不能升上去？"

杨丹住了口，睁大眼睛："你怎么知道？"

细妹对准她的耳朵，悄悄说："我姐夫要当品管课长，到时我跟他说说，把你调到别的部门。"

杨丹大喜，抱住细妹，在她脸上亲一口。果然过儿天，杨白劳真的下课了，细妹的姐夫齐辛任品管课长。杨丹死活不愿再在仓库任职，齐辛就把她调到针车任品检。这以后，杨丹和细妹走得越发亲近，形影不离，一齐上下班，冲凉也在一起。

这天晚上没加班，细妹和杨丹到镇上去玩。小镇离工厂不远，一里地左右，服装店、鞋店、水果店、菜市场，无所不有。对打工人来说，是极好去处。一到周末不加班，镇上熙熙攘攘，开服装店的老板娘们忙得不亦乐乎，赚的都是打工人的钱。

两人正走着，迎面过来"美飘飘"和她男友。"美飘飘"见了杨丹，仍旧和蔼的笑，语气更多几分亲热："去镇上玩啊？"

细妹笑："是啊！"一面挤挤眼，坏笑着看"美飘飘"的男友。

那男友高大，嘴上一抹胡须，怜爱地看"美飘飘"应对她们，那眼神，几乎把人捧在怀里，也怕化！

辞了"美飘飘"，杨丹又回头看："别看她心肠歹毒，巴掌大的脸，找男朋友倒有眼光。"

细妹拍她的背："丹丹，别灰心。'美飘飘'的男友帅，比我男友还差一截。我男友那才叫个帅！"自个哈哈笑得弯下腰，去揽杨丹的腰。

这勾起杨丹的好奇。原来细妹在高中时，有个同学追她，两个着实相爱。昏天暗地爱几年，都没考上大学。细妹跑到男友家，说要去南方打工，男友极不舍。双方商议，撺掇各自家长，办了订婚。细妹是家中最小，家境极好，老爸任村支书。家里意思是让她招个女婿入赘，没想到细妹倒先爱上人。家里人疼她，也就顺她的意思，认下这个女婿。细妹原想这婚事困难重重，不料如此过关容易，和男友乐得开怀。两人一乐，就生出事。"那一天，我们都玩得太疯了……"细妹低语。

　　杨丹没听清："后来怎么了？"

　　"都说了嘛，人家那天玩得太疯了……"细妹脸红红的，在路灯下也看得清楚。

　　"哈哈，是不是你们那个了?!"

　　月光下响起女孩的追叫和笑声。

　　临近春节，各个部门更忙碌起来，都准备把手头订单赶完，好过年。办公室的人更不轻松，还要筹备春节晚会。一年一度联欢会，对打工人来说，是一年中的盛事。工厂一年到头班加到晚，都想趁这个机会轻松轻松。更何况，靓男靓女还能看个饱。

　　晚会舞台布置得五彩纷呈，台下呼声更是一浪高过一浪。首先上场的，是大底课三位女员工。杨丹认识，这三位女员工都是陕西人，经常形影不离。她们呈上的节目是三人舞蹈，穿白衣和黑蓬蓬短裙。随着节拍，女孩们在台上转起来。扭腰、抬腿、转身，舞姿娴熟，尽显女孩的活力青春。一个女孩转身时，短裙飘起来，露出里面的白色三角小底裤。台下的口哨声、笑声响成一片，更多的是男员工的兴奋声。那露出底裤的女孩羞红脸，站在原地，小心地捂住裙子。那两个女孩仍跳得兴起，飞扬的青春在发梢跳跃。鼓掌声响起。

　　一个男女二重唱又吸引人们注意，竟是一个男工完成。他先唱男声："妹妹你坐船头。"再尖嗓子："哥哥你在岸上晃悠悠。"那女声逼真，尖细。引得下面的人笑得前俯后仰，口水喷到前面人身上。杨丹使劲拍巴掌。她知道下一个节目是细妹的"流浪情歌"。据细妹讲，这首歌还是男友教的。

　　随着一阵忧伤的音乐，细妹上台了。穿件白色 T 恤，和蓝色牛仔裤，纯真动人。细妹的歌声很忧伤：你的脸有几分憔悴，你的眼有残留的泪，你的唇美丽中有疲惫，我用整夜的时间，想分辨你我之间，到底谁会爱谁多一点……唱着唱着，细妹的眼泪流下来，一直流到脸颊。她就流着泪，唱着那首流浪情歌。台下的人们静静听着，也沉醉在细妹的忧伤中。杨丹早会上见过细妹排练，原是被细妹演绎得柔情动人，在台上怎么竟流了泪？杨丹怔怔。坐在台下细妹的大姐和姐夫，也望着台上的细妹怅然。细妹泣不成声，当唱到：我宁愿看着你，睡得如此沉静，胜过你醒时决裂般无情……竟抛下话筒，捂脸，奔下台去。台下一片唏嘘。

杨丹再也无心看节目，跑回宿舍，路上空无一人，都拥在礼堂看晚会。宿舍静悄悄，传来细妹的哭泣。

杨丹放轻脚步，坐到细妹身边，搂着她的肩。

细妹哭累了，倚在杨丹肩上，幽幽地说："丹，如果我像王波那么温柔就好了！"

杨丹轻拍细妹的背，望着她红肿的眼。想起自己那天哭泣时，细妹那双天真关怀的眼。应是那个男孩伤细妹的心！杨丹想。

许久后的一晚，细妹忽然指着："丹，快看，那男孩很像我男友。"待到杨丹注目，一个白衣男孩，已一晃而逝。

"他的眼神很忧郁，让人忍不住去疼他，只是，他不再爱我，说我不够温柔。他爱上我的同学。在春节晚会前，我接到分手信。"细妹的眼神黯淡下来，紧紧拉住杨丹的手："丹，我们永不分开。"

杨丹握着细妹的手，郑重点头。

品管课班长王波

过了春节，工厂又要大量招工。每年这时，也是民工返潮季节。

招工启事贴在厂外，涌来一批批应聘的人。都期盼分到好岗位，活轻松又挣钱。裁断课操作员便是好工种，按件计资。课长又是一个好台干，人称"老庄"，从不轻易呵斥员工，即使车间出了问题，也只紧锁眉头，站在那里，叫来干部叮嘱几句。在他的影响下，裁断课干部都比较和蔼，所以裁断课品检的工作也好做得多。

这天来了一位新操作员，吸引品管班长王波的注意。这是个高瘦男子，三十出头，两道宽宽浓眉，笑时弯弯的眼睛，眼角处已泛起皱纹，给人一种善意。

王波走过去，看分配给他的工单，交代新来的品检检验时要注意的问题。操作员在一旁和蔼的笑。

新来的品检是湖南人，身段凹凸有致，皮肤如奶般滋润，眼神看人时感觉明月拂身。王波正说着，忽然闻到股香，使劲闻，不自觉叫："呀，夏青，你身上好香，什么香水？"

夏青好脾气的笑，说了个香水名。王波有些讶异，这个品牌只听过，好像要几千块一瓶，夏青一普通打工妹，如何买得起？

夏青往她手里塞两颗太妃糖："朋友送的！"

王波看老庄往这边走来，把糖塞到口袋，说下班再吃！

由于操作员和品检都是新人，王波便往这边跑得勤些。有时，她也站在操作员身边，看他工作。一旦他把斩刀放错位置，或是偏些，王波便指点："这里有瑕疵，那里有缺口。"操作员停下看，果然，如裁下就成不良品。不良品一多，就要超料，干部就会讲。

操作员便笑着看她，说："你这么内行，调到裁断当干部吧！"

王波也笑着看他："你们裁断干部级别高，还是品管干部级别高？"

操作员一听，还是品管干部级别高，就又笑。笑来笑去，两人笑就有了内容。车间生活很单调，裁断课一人一台机，每人守着机器，度过十二小时。其他流水线车间，两边坐人，中间输送带流动着一只只半成品鞋。每人一道工序，到了跟前，完成自己的工序，再把它放下去，流到下个岗位。生活单调枯燥，情感便成了调剂。

所以操作员也很喜欢和王波说笑，时间就容易过一些。

工厂门口也有小店，多是小超市和饭店。小超市老板原是在岗国营职工，为了开店，辞了工作。这个小店，据说每月能赚一万多元。饭店就更多，卖包子、馄饨，更多是卖炒米粉、炒河粉，三五元一份，加鸡蛋三元，加瘦肉五元。王波每天早起，到小店吃早餐。吃三元一份炒粉，另外再打包一份五元的。有时会买两根油条，一杯豆浆，带到车间，放到那位操作员工作台下。操作员推辞不过，便晚上请她吃宵夜。

晚上宵夜也很热闹。厂门十一点半关。这难不住人，后墙有个小洞，直通宿舍底楼过道。下夜班的工人趴在洞口，叫道："炒个炒粉。"过一会，洞口伸出来热气腾腾的快餐盒。

王波和操作员便经常在这里吃宵夜。两人倚着洗衣台，一边吃，一边调笑。洗衣台面干崩崩，工人都睡去。正吃着，夏青从楼上走下，浓香飘来。王波问："夏青，这么晚，你还不睡？"

夏青笑笑："一个朋友过来了，说句话。"回头又一笑，走过去。

王波使劲闻着香，伸过头，看到厂门口停着辆轿车。王波诧异，不知夏青怎么通融门卫出去的。也许是她身上那股香吧！

她悄悄说与操作员听，两人吃吃地笑。月牙照着沉睡的工厂。一切都在沉睡。夜巡的门卫走过，照了照手电，笑了笑，又走开。

这天周末，王波到宿舍找细妹，只有夏青一人，倚在床头打毛衣。这种针法她从来没见过，不禁坐下，仔细把玩。正织了一半，是件男式。王波问："夏青，你给谁织毛衣？这么漂亮的针法！真用心！"

夏青穿着吊带丝绸睡衣，露出粉红一抹胸衣，慵懒地伸腰，头发呈波浪般甩开，脸上越发呈了光彩："给我男朋友织的！他在台湾，每月过来看我一次。"

王波有些吃惊："昨晚那辆轿车，是你朋友的？"

"是啊！我原在酒店上班，现在来工厂工作几个月，到年底，他就接我到台湾结婚。"

王波看着夏青，有些不信。夏青忽然凑近，俯在王波耳边："班长，那位操作员好像有妻子呢！"

王波一时没反应过来。"我们聊天时，问他的。他妻子和他原在一个厂，对他很好，早上买早餐，晚上买夜宵。有一个女儿!"夏青织着毛衣,漫不经心说。

王波走出宿舍,脑子还有些木,仿佛被夏青身上的香熏了。

车间还是那么单调,人还是那么熟悉。他看见她,依旧笑了笑,她也绽开唇,笑了笑。

王波和操作员同居了。半年后,她怀孕。这时,操作员的妻子也到这座工厂,三人一起吃宵夜,出去游玩。

王波生了女儿,操作员的母亲把小孩带回家乡抚养。坐月子的时候,王波还在惦念夏青:那位台湾的新郎,还是每月把车子停在工厂门口吗?

品检员小笼包

夏青的台湾新娘梦还没做完,小笼包却出事了。

小笼包原名龙根香,娇小玲珑,胸脯出奇丰满。扎着马尾辫,脸上有婴儿肥,小眼睛有趣地看着你。人们总喜欢跟她调笑,她也笑着回应,从不发脾气。人长得可爱,加上名字的原因,便有了外号:小笼包。

这个时候,品管课悄悄流传一种说法:一位品管员真的爱上一位台干。和他穿情侣衣、戴情侣表,出双入对,在办公室,在生产线。那是一个五十多岁的老头,她却是一位二十出头的女孩。

小笼包深为她的邻床惋惜。那是一个气质出众的女孩,经常给小笼包带好吃的。小笼包出事时,女孩急急奔到门卫室:"怎么能做这种事?"

小笼包低着头,那一幕还在心头惊悸。

镇上开了很多鞋店，承接皮料加工业务。工业区鞋厂很多，经常有员工偷带皮料。小笼包极想做双真皮鞋，虽然在鞋厂工作几年。她曾听人议论：有人将皮料成匹带出，仓库和门卫勾结。车间员工带不出成匹皮料，便裁块刚好够做一双鞋的料，藏在肚皮，绑在裤腿，或是放在茶杯。小笼包经常看着他们这样做，心里着实羡慕。

晚上又加到十点半，疲惫的员工排队到卡机打完卡，方能走出那道铁栅门。门口开得很小，只能容一人身子。一个女门卫守着，也是新来，有时还和男员工说笑。小龙包端着盖了盖的搪瓷茶杯，杯身上有花好月圆的图。

女门卫望望她："把杯盖打开！"

小笼包一惊，面上仍露出婴儿般的笑容："端了一杯温开水，到宿舍喝。"宿舍没有饮用的热开水，女门卫是知道的。小笼包面上甜笑：要是个男门卫就好了！

女门卫很严肃；"把杯盖打开！"

小笼包没动，僵了僵身子。后面的员工停下来。

女门卫胖手一伸，杯盖打开，里面放着块黑皮料，叠得方正。

小笼包被押到门卫室，垂着手，厂牌也被女门卫摘去。下班的人经过门卫室，都用同情的目光望她。事情被夜风吹得很快。

那位和老台干要好的女同事笑着问男门卫："让她去宿舍休息，明天一早再来，好不好？"

男门卫嘴上刚冒出胡须，望望小笼包，再看看女同事，摇头："不行！"

"这下事情大了！小笼包，怎么办？"女同事急得哭出声，跟老台干求过情，但被驳了面子：时下工厂盗窃成风，不严惩，将变本加厉！

细妹也去求过姐夫，好歹小笼包是品管课的人。这时的细妹已调到办公室任品管组长，但无济于事。工厂正要杀鸡儆猴，哪会顾得你们这些大陆人的面子！

太阳已经升起。工人们走进车间，就听到紧急集合铃。这铃声，只在上次日本客户来工厂视察时用过。那次为迎接大洋客户，工人们在广场排队等候整整两小时，客户打电话说路上堵车，工厂领导让工人先散去，半小时后再集合。又等三小时。客户说还在机场：你们中国大陆的交通真是堵啊！工人这才散去，倒是收到日本客户后来发的礼物：一人一双长筒丝袜，不分性别。男员工把丝袜缠在脖子上，高唱着：打倒日本鬼子！"咚咚"跑到楼上，拿饭盒到饭堂打饭。

这次员工等候的时间不长，各自按部门排好队。小笼包被押上来。队伍前放着块台板。小笼包站在上面，脖子挂着那块皮料，和一只鞋。

太阳高高挂着，小笼包低着头，听到嗡嗡声。

齐台干也站在台上，平素矮小的个子比员工大一截。齐台干痛心疾首："工厂培育你们，不是让你们偷窃工厂财物！多么让人失望！以后再发现有人偷窃公司财物，一律交派出所处理。今天这位员工，我们已经把信函发到她的家乡，现对这位员工作出处理：开除工厂，扣除工资，永不再用！昨晚那位女门卫记大功一次，奖励一百元，现在当场发放。"

台上说一句，台下便响起嗡嗡议论声。不同省籍、年龄、车间的工人聚成黑压压一片。

小笼包被开除。数日后接到父亲来信，痛斥女儿行为，家境良好，却做出如此不堪事情！再在厂外见到小笼包，她仍旧笑着："到一个鞋厂面试，多亏那人事心肠好，看我个子小，让我当仓管。王波真是心好，明知道我被开除厂，还借给我一百元。"她被开除时，离发工资只有一天。

小笼包走了，身后是斜斜的夕阳，连同映像里的工厂。工厂里男女偷情，采购贪污，门卫和仓库勾结偷皮料，流水线上损耗的鞋子，仓库堆积成箱的次品……员工脚上穿着厂里皮子做成的鞋，有的宿舍的被窝还放着皮料。但人们惩罚的，是那个高高站在台上，脖子挂着皮料和鞋子的品检员小笼包。这块耻辱的皮子，会不会永远挂在她的脖子上？

第二年初春，内地新厂房落成，鞋厂搬迁过去！

这些品管课的女人，便也如她们的青春，一齐随工厂迁了去。她们的故事，飘流在被遗忘的老厂，如空气般消逝了。

原载《江门文艺》2012 年 10 期

老二还乡

　　老二隔着围墙，朝车间挥挥手。一个品检员无意中抬起头，瞅见老二背着包袱，顺着宿舍楼梯，噔噔噔跑下去，转眼间就只看到空荡的水泥色楼梯拐角处。然后是一阵亮堂的歌声：走走走走走啊走，走到九月九，家中才有自由，才有……歌声渐行渐远，然后空无。这歌声惹得暗恋他的那个统计员，眼睛红红的，怔怔了好一阵。对于工厂来说，上班歌唱是绝不允许，可老二是辞了职的人。谁知道他发了哪门神经，车间主任许诺要给他加工资，他也不从。何况还有一个喜欢他的车间文员，还是个单眼皮美女。看在他干满三年的份上，车间主任最后发了慷慨，同意回乡。

　　此刻，老二正坐在回老家的大巴上。因事先跟押车的套了近乎，被分配一个好位置，上铺靠窗。铺盖都是一色军绿色的被子，也不知多少人盖过，被头泛着一圈油渍。老二把被子蹬在脚头，把靠头部的铺位又往上调了调，然后把头靠在上面，双手枕在耳后，很满意。窗外，一排树摇着头，迎上来，又转瞬即逝，然后是看不完的车屁股。老二很快进入梦乡。梦中似乎看到一望无际的田野，麦苗绿浪浪的，直打他的眼。那个神一样的村庄，鸡叫狗唱，人声和睦，盘旋在他心头整三年。还有那个小芳似的姑娘，一脸纯朴的笑，露出两颗小白牙，脆生生撺着叫二哥。老二临走时，后面跟了一群人，回头，却没看到她。此时，不消说，老二想家了。越是近乡，越是情浓。他几乎是怀着笑意，沉睡。

出租车一路飞奔。老二把脸紧贴车窗，一路惊诧。以往颠簸的土路不见了，代之的是平坦的石子路。整齐的楼房竖立在道路两旁，生了铜锈的街灯往前伸展缓慢。道路两旁的花带，从残缺的地方，长出狗尾巴草，随出租车呼起来的风摇曳。一头老牛拴在路旁一棵矮小的树上低着头，正努力把舌头卷向草尖。老二努力辨认昔日乡村痕迹，盖楼房的位置应该是以前的村头田地。父亲的电话打来，嘱咐老二到哪里下车，原来是怕他找不着家。老二笑着跟出租车司机说，看到一张熟悉的面孔，坐在一座两层楼房的枣红色大门前，正往这边望。不消说，这幢房子是老二用打工的钱造的。

下了车，老二站在房子前面，打量这幢贴了白瓷砖的两层小楼，很满意。母亲迎上来，几年没见，还是昔日笑貌，只不过胖了黑了。老二乍看到父亲，吃了一惊，牙齿已经掉光，瘪着嘴巴，以致使两颊深陷，眼神炯亮。他一手扶着腰，乐呵呵地看着老二，稀薄花白的头发覆盖头顶。想起走时腰杆还算挺拔，精神意气风发的父亲，虽然在电话里已经得知父亲从村干部的职位退任，面前的小老头仍让老二有狮子迟暮的感觉。

母亲见老二落住脚，开始张罗做饭。老二在屋前屋后转悠，像远道而来的陌生人。原来的老房子还在，只是破旧不堪，院子圈着鸡鸭，嘎嘎叽叽的叫声透着饥渴，听到陌生人的脚步，更是一片拥挤惊慌。屋后是一片杨树林，正值盛夏，树叶却破破烂烂，听得林间一阵阵窸窸窣窣。正仰头看，母亲的声音传来，"种点菜不容易，隔壁那家非要把鸡撒出来，全吃光了！哎呀，虫都爬到墙上了。赶紧拿扫帚来！"父亲正踢踢踏踏往这边走，声音透着恼火："让他们都圈住，再不行就撒药。"

老二有些诧异，怎么这么多虫？低头，一条黄褐相间的软虫正在脚边蠕动。母亲头也不抬，拿扫帚扫墙："天太旱了，你瞅那树叶全被虫吃光。"老二才明白窸窣声音的来源，"你们都把鸡圈住干啥？往年鸡随意走动，还能啄虫，现在一圈，怎么吃虫？"

母亲不答，仍旧扫成一堆，拿火烧。她又大惊："这虫怎么烧不死？"遂拾掇到后院喂鸡。

吃过饭，父亲躬着腰，一边咳咳，取出假牙，拿起大茶缸漱洗。老二想起买的洗假牙的东西，忙从包里拿出来，递给父亲，说这是广告上说的，对洗假牙特别有效。父亲斜看一眼，扔到条几上，那里凌乱地堆着药盒、烟盒。有些不以为然："我每天都是用清水漱洗，很干净。"父亲以为老二是怕假牙不卫生。老二有些讪讪，凭心地，他是为父亲好，想着只要保持卫生，牙口好了，就能多吃，身体就会好。牙是关键啊！但父亲领略不到老二的用意，漱过口，照旧到茶馆去。母亲告诉老二，茶馆是小牛叔开的，三个儿子都在杭州打工，他在家无所事事，就开个茶馆，顺带销售烟茶糖酒。喝茶的都是老人，村里年轻人都出门打工了。

　　坐了一路车，有些疲倦。母亲说家里装了太阳能，洗澡间有热水，让他去洗吧！老二惊喜，现在家里这么方便，几年前可是从井里挑水烧水洗澡，遂拿了毛巾和洗漱品。浴室在院子最角处。老二推开门，吱呀，看得出，这是老房子的门，被拆下来安到这里。一股气味涌来，老二挥挥手，踩着地上水渍走进去，数只苍蝇嗡嗡冲出来。蹲厕与浴头中间拉了一个帘子，房间里还装了一面镜子，按照城市的卫生间格局，该有的都有了。只是气味恁大。原来房间没装窗户，连排气扇也没有。老二忍着气味，马马虎虎冲好澡。正在晾毛巾，看到院子里的母亲，就说，怎么一个窗户也不开？母亲说，你爹怕冷，开窗户怕冻着。老二有些苦笑，只好说，按照风水来说，浴室不装窗户是不对的。其实他也不懂，只是想，这城市标准卫生间的格局，落户到农村，转变竟这么大？

　　洗完澡，倒没了困意。老二到附近走了走，瞥见一户门前挂的牌子：志花乐队。屋子走出一个人，正是当年的花姑。早年因为喜好唱戏，为娘家不容，想不到十几年后，娘家竟为她打起广告。花姑亲热地拉过椅子，让老二坐下。闲谈起几个上大学的女儿，花姑颇露自豪。想当年，可是几个只会流鼻涕的丫头。而今通过数年奋斗，花姑竟成了娘家尊重的人。花姑也在感慨生活不易，她和丈夫成立了一个戏班子，哪里有红白喜事他们就出现在哪里。她和丈夫只会唱花腔，遇到雇主别的需要，就再另外请人搭台。看来，唱戏也需要经营意识。看着花姑侃侃而谈，老二真想不到，她早年的凄苦状况。三个女儿全部放在娘家，整天婆婆叫着，而今，老大老二都考上公务员。花姑的母亲在叫花姑，老二告辞。

午后，路上空荡荡，有摩托车过来，被男人骑着呼啸生风，后座上的女人穿着红外套，蹬着长筒靴，一手紧紧抓住后面把手。几乎每家大门都虚掩着，人们坐在门后面，可以看到不时朝外张望的头。老二搬个椅子坐在门前，抽起烟。数年前，房子还没像这样整齐划一，各家各户围成一进院，人们经常拿着鞋底串门，隔着院墙都能听得到彼此笑声。老二正在出神，一个瘦小女人从阳光下走来，拉过椅子坐下，双手盘在膝盖。正是那个小芳似的姑娘的母亲，老二的神态马上暖和起来，"粉没在家？"

她愣神，马上说："噢，娃回来了。"

正在门后坐着做活的母亲，抬头盯住老二："她家粉去年就没了。"

"怎么会没了？"老二吃惊。

"喝药没的。男方说她有精神病，送回才发现有身孕。我把她送到精神病院，治好了。快生时，让男方来，都不肯来。现在又嫁的这家对她可好，唉，这女命苦，不会享福……"粉娘哀哀说着，一双无神的眼睛盯着老二，露出尖小的下巴，和脖子几根青筋。看着这张脸，老二想起她当年刚嫁来时，也是哀哀的声音，"哥哥呀，他和他娘都打我，看把我身上掐得瘀青。哥哥呀，你可得给我做主呀！"带着湖北口音的一口一个"哥哥呀"，被父亲耐心劝导，这场面让童年的老二记忆犹新。女人是从湖北逃过来，来时已即将临盆，被男方收留，还办了酒席。外面电影正热闹，屋内传来刚生育的小孩被在被窝捂死的消息。

母亲看老二听得糊涂，跟他解释："原来那家不要她了，又嫁了这家。"她大概听多，借故走开。

"粉……是得了什么病?"老二支吾着。

"医生说是抑郁症。"她拉近椅子,靠近老二,有些神秘地说。"粉是在村里买的农药,喝完农药后,还跟娃亲了亲,说'娃呀,妈阴魂不散。'在送去街上的路上,她忽然喊道,'别走,你给我站住。'送到医院,医生说已经不行了。粉还嘱咐我,不要跟她爹说在哪家买的药,她说知道她爹脾气,怕找人家寻事……"

午后阳光直射,门前一片灿烂,老二却身心发凉,勉强又问一句,"那双胞胎呢?他们现在怎样?"记得粉娘后来又生了一对龙凤胎,颇让村人羡慕。让老二寻思着,将来结婚了,也双炮齐下。

"小粉上广东打工,跟一个湖北人好了,去年生个女娃,抱回来了……庆前段时间跟我到杭州打工,身体不好,一直没有进厂。我在一家饭店帮忙,眼睛不好,也看不清菜谱。我对老板娘说,你跟我说菜名,我切菜很快。过一段时间,老板娘不让干了,说请不起人手……"

粉娘哀哀诉着,双手盘在膝盖,无神的眼睛盯着老二,褪色眼珠紧贴眼框,越发显得下巴尖小,脖子青筋瘦长。"哦,哦……"老二支吾着,随手拿起书翻动。她大概看出老二的不耐,起身告辞。

老二沿着道路向远处走去。一路上,到处是废弃的塑料袋,荒草露出半截。路尽头是一个小健身场,器具已被风雨败坏,地上有泡牛屎,风吹雨打过的痕迹。几个坐着乘凉的村人,都用怪异的眼睛看着老二。

天黑,老二才回去。每家门前都坐一堆人,谈笑着。回到自家门前，母亲孤零零坐着，双手撑着椅子，下巴搁在上面。父亲当年任村支书时，村人在家里整日穿梭，再看今日门前冷落，连老二这不常回乡的人都能感受到，真不知父母平时怎么度日？

"我花婶呢，也不上门了？"老二瞄了一眼邻居家，她正高声跟旁边的人说着什么，拍着大腿笑着，大概是提到在杭州打工的儿子。母亲没有说话。老二倒有些愤慨，想起早些年，她们经常在老二家蹭白面馍吃。此时，一个五六岁的小男孩，正骑在冲浪板上，横冲直撞。见老二看他，忙扭过头去。老二逗他："这男孩胖嘟嘟的，谁家的呀？"母亲说，是小牛叔的孙子。父母在杭州开了个面条厂，生意颇兴，听说父亲找了小三，现在正在闹离婚。

老二没有接话。屋里的电灯亮着，炽热的灯光下，可以看到扔到条几上的洗假牙的包装盒，崭新，还没拆过，已经落上一层薄灰。新建的房子，新建的路，到处都是灰尘。

过了几天，老二对母亲说，要回东莞。

"怎么住几天就要走？你不想我们？还以为你就此不再出门了。"母亲吃惊地说。老二仔细看了一眼，发现她嘴角眼睑都有下垂的痕迹。老二的心哭起来。故乡，以后只能放在心头想念。那个神一样的村庄，已经破碎了。到远方去，还是到远方去吧！好歹车间里还有那个单眼皮美女。老二故作轻快，"等再回来，给你带回个媳妇。"看母亲的脸又浮上笑意，老二的心却又沉重起来，然后呢，两口子继续打工，复辙农村年轻人外出打工轨迹？生个儿子，留在家乡，继续打工。然后，小牛叔的孙子跑过来，仍旧骑着冲浪板，豪气万丈："二叔，我长大了也要去杭州打工。"

是么，老二苦笑着，拍了拍小男孩的头。"来，二叔教你唱歌，好不好?"

一听说唱歌，小男孩精神百倍。又是九月九重阳夜难聚首，思乡的人儿飘流在外头，又是九月九愁更愁情更忧，回家的打算始终在心头……还没唱完，老二的眼里已经涌满泪水。

原载 2013 年 6 月《打工文学》

信仰

在公路风驰电掣，对于王二，没有比这更好的感觉了。他坐在高高的驾驶室，威风凛凛驾驶一辆搅拌车。在城市人看来，这种车很奇怪，后面带着圆滚滚的肚子，还会转动，而且车速很快，让人避之不及。但在阿丽眼里，此时却异常可爱。

王二正在享受快感，远远瞥见马路边有个女孩在拼命招手。他放慢速度，将车停在路边，已经认出是公司统计员阿丽，提着大袋小袋。驾驶楼有些高，购物袋被王二接过，放到后面座位。阿丽捞起裙子，一手拉着把手，向上攀爬。王二居高临下，瞥见一道乳沟，鸡心金项链在黑色背心里若隐若现。阿丽连爬带滚上了驾驶楼，连声感激王二，说在商场购物，没想到错过末班车，如果不是看到王二，今晚就要在马路过夜。平素见了他们司机，连嘴角都不撇的阿丽，此刻笑得花枝招展。王二自觉好笑，再一想，公司处在偏僻地带，这段时间，又接连出出租车抢劫事件，就正襟危坐起来。搅拌车带着呼呼哨声，一路飞奔。阿丽在后面打电话，声音若有若无，小小的，细细的。

此时王二的胃里，眼里，都是切得大块的鸡肉，上面沾一层白色茸毛，被饭堂阿姨的手递来。但一句话打破这碗饭，"王二，你有信仰吗?"姑娘和男友调情累了，忽然想找这个只有小学文化的司机拉拉话。

"信仰?"王二有些愣，还没人跟他说过这个。

"就是，你的人生追求是什么呢?"姑娘很有耐心，循循善诱。

王二还没想过。拉了一天车，在公司饭堂饱餐一顿，洗个热水澡，再美美睡一觉。等到月工资领到手，留三百元生活费，剩余寄到老家，让父亲攒着，将来盖房。周末有空了，和老婆在大街上牵牵手，找个小饭馆撮一顿，趁宿舍没人时，两人亲亲嘴，拥抱抚弄一番。这些，对王二来说，是再美好不过了。王二本想告诉阿丽，忽然看到对方目光里，抛过来一种居高临下的怜悯。他忽然有些怒气冲冲，感觉这个小小的驾驶室，充满暴动和骚乱。

回到公司，王二吃晚饭，平素很香的鸡肉，此时竟觉上面沾着的茸毛很讨厌，接过饭堂阿姨递过来的饭，嘟囔一句。连自己都听不清的含混话语，竟被这个客家婆娘听到，顿时声音提高八分贝："你嫌鸡毛没剔净你来做啊! 每个月就给八百元，老娘还真不想干了。"一边说，一边骂骂咧咧用菜刀在案板上乱垛白菜帮。王二不敢再说，听工友说，这个饭堂阿姨跟老板，是一个亲戚体系出来的。趁人不注意，王二把鸡肉扔到饭桶，几只苍蝇马上飞起又落下。饭堂里，零落坐着几个工友，都是下夜班的搅拌车司机。一台大彩电放在四方桌上，正播国家领导人接见某国政要。这台电视是老板家淘汰下来的，去帮忙的工友说，老板家的新彩电有一面墙那么大。王二有些神往，那是神马电视啊！

在兼洗澡间的厕所冲过凉，王二穿着大裤衩子，拎着桶往外走，在洗衣台，又碰到洗衣服的阿丽。触到阿丽异样的目光，才意识自己光着上身，衣服也顾不得洗，赶紧走回宿舍。八人间的宿舍空荡荡。说是八人，其实不然。四张上下铺铁架床，只下铺住人。宿舍管理员说，留着上铺让他们放东西。王二翻开一个大塑料袋，找出背心，套上去。躺在床上，手放在脑后，对着木板发呆。这个时候，工友们都出去娱乐了。所谓的娱乐，不过是到附近的夜市摊上逛逛。商场是不敢去的，标价动辄几百元。如果在平时，王二早跟着去了。但今晚有些懒懒。一时有些无聊，顺手拿起压在床头的书，胡乱翻看。这是一本《曾国藩家书》，也不知从哪流落来。很多字王二不认识，不一会，就昏头涨脑，眼睛迷糊。半晌，被什么东西闹醒，下面竟不安分起来，热烘烘的，让王二心痒意乱，他不由用手在被窝，操作起来。多年前，那是王二刚来城市时，一个大教授给他们上课，说如果实在忍不住，就用手解决。还记得大教授一本正经，说这是人体正常需求，你们不应该觉得羞愧。当时人们脑涨耳赤坐在下面。时隔多年，王二已经忘了教授的话。但此时，没有比教授的话更解渴的了。王二有老婆，只是在另外一个厂当清洁工。俩人每月见一次面。有一次，两人调班，好容易调到一起，老婆洗涮干净来见他，当时宿舍没人，工友们都善意回避了。他搂着老婆，鼻子里、口腔里都是老婆头发上的洗发精味。正要下一步动作，一个刚入职不久的工友，推门。他和老婆慌乱跳起来，床铺上留下两个深深的屁股印。那天晚上，他和老婆手拉手，走在大街。想着好容易调到一起的假期，狠狠心，特意挑一家亮着幽暗灯光的宾馆，一问，最便宜也要 80。老婆拉着他手，离开了。这 80 元，可以够他们在老家拉一车沙子。这都是在动盖房子的钱啊！

不过也有一年，社会兴起关怀农民工热潮。一家报社召集，说元旦期间，免费为他们提供宾馆住宿。他和老婆兴冲冲报名了。拿着前台给的钥匙，找到房间，推门，房间黑漆漆。高声叫来的服务员，二话不说，拿过他手里东西，插到一个框里，房间霍地亮堂起来。原来这钥匙就是电源开关。他和老婆涨红着脸，不敢看服务员眼神。好在训练有素的服务员，眼中并没歧视。

进房间，这松软，让他以为踩到什么，低头，发现铺着地毯。老婆是干清洁工作的，刚进洗手间，惊叫，让他赶紧来看。他以为有什么事，原来老婆的意思是，洗手间好豪华啊！他撇撇嘴，这算什么豪华。有一次他去福田一个公园送混凝土，发现那里洗手间比他们宿舍都舒适，还有手纸和洗手液、烘手机。他趁没人，哧啦哧啦扯一大卷。

那天晚上住宾馆，其实没让王二舒服多久。因为他不行了。要怪就怪床太大太软，被单被子太白太香，他和老婆一晚上都没睡好觉。天一亮，就退房了。本来按照规矩，他和老婆可以住三晚。

王二有些想家了。家里种着几亩地，少年的时候，王二死命下田。他一度认为，在田地劳作的日子，是世界上最苦的。现在才知道，在田地干活，才是人生最惬意。歇息时，躺在地头，看着蓝天白云，四野无声，让王二舒服得想睡去。可是当村庄楼房四起，大有包围王二的红砖瓦房趋势，他感受到了恐慌。禁不住老婆的撺掇，卷起行李，来到大城市。凭着开车技术，王二在一家混凝土公司，当上司机。老婆进另外一家工厂，做清洁员。夫妇俩有一番雄心壮志，在城市淘一笔金子，回老家盖房。可是一年一年过去了，王二和老婆把钱一年年寄回家，新房还遥遥无期。王二叹口气，朦朦胧胧睡着。半夜，听到隔壁床铺索索索，王二用被子蒙住头。

时间慢悠悠过着，搅拌车司机王二依旧风驰电掣，在公路疾驶。今天他拉了三车，按照一车提成35元，那么就有100元收入。晚上回到公司，其实也就是一个大院子，后面立着一幢楼房，办公室、宿舍、食堂、厕所，全在那里了。路上接到调度指示，说回来就到会议室。史无前例，平素只见头不见尾的老板端端正正坐着，神色一如佛像。工友们说，公司刚开张时，老板每天晚上八点开着轿车来拿钱，都是用麻袋装着，扔到后备箱。今晚，莫不是也来拿钱？黑鸦鸦一屋人，鸦雀无声。平时这时候加班的工友也到齐了。然后是车队长叽哩哇啦训话，中间夹杂广东白话。才知道一位司机出事了，路上轧住一个小女孩。王二的心登时沉重。

回到宿舍，一室嘈杂。那位司机由于实施抢救，自身也受伤。但公司意思，是让自己担着，因为这件事已经让公司损失部分金钱。几位仗义的同事，要找车队长说情，希望公司能提供医药费。但那位黑脸的车队长，张口就叫"你们农民工……"这声称谓让王二刺激一下。

王二和老婆回了老家。因为按照王二的逻辑，农民工应该待在土地上，而不是开着车，在城市趾高气扬。车队长的话也是如此，城市是让城市人住的，路也是让城市人走的。王二是个农民工，就该耕耘在土地上。这里没人对他居高临下，也没有路人惊恐和厌恶的目光。更何况，他可以和老婆舒舒服服在床上干活了。幸亏王二的爹有先见之明。按照王二当初意见，家里只留两三亩地，其余全租出去，跟一个种粮大户签十年合同。在老爷子的坚持下，十来亩地全保留下来。

王二回到家乡，村里人刚开始碰到，还有些新鲜："你不是去打工了吗？"

"打啥工咧，咱农民工就该待在土地上。"王二憨憨笑着，随手递上一根烟。烟雾很快四散，像是传播王二的喜悦，老婆怀孕了。

第二年开春，婴儿呱呱落地。听着响亮哭声，王二大踏步进来。双手接过，那么轻，王二小心翼翼捧着，像捧一个珍宝。想起老板后备箱的宝贝，如今自己也有宝贝了。

"孩子落地就得起名。"一个邻居唠叨。

"叫啥哩？对了，就叫信仰吧！"王二笑嘻嘻。

"信仰？新鲜，没听说过。"邻居们逗着小信仰。

小信仰不理会，在王二新盖的房子里，高声哇哇哭叫。新房还未粉刷，玻璃窗还未安上。阳光透过窗棂，斜射到地面，光柱里，扬起一道若有若无的尘屑，可以清晰地看到婴儿脸上一层细细的茸毛。邻居们在张罗，给产妇煮红糖鸡蛋茶。老爹高兴得，坐在院子一角，啪嗒啪嗒抽起旱烟袋。几只母鸡在公鸡带领下，咯咯叫着觅食。一只母鸡竟把旱烟锅上的火光，以为是食物，扑将过来，又扑棱棱后退。王二忽然觉得，这一切亲切极了，舒服极了。

"我也有自己的信仰了。"王二抱着婴儿，向着太阳的地方，高高擎起。

原载 2013 年 3 月《打工文学》

城中人

　　说实在，这是一场令人愉快的晚宴。在座宾主皆是城市里有地位有身份的中产阶级，所以在他们脸上看不到为生计发愁的烟火气，也没有为职业升迁不公的怨怼色，话题围绕休闲娱乐天气展开，尤其主人是一个健谈风趣之人，不时让话题掀起一波波高潮。加上秀色可餐的服务员，端上来那一道道美味可口的佳肴，使得客人胃里的愉悦更增添了脸部表情，最终大家尽欢而散。

　　朱绅士和妻子杨雅带着恰到好处的微笑，在主人热情洋溢的告别声中，回到自己的家。这是一个上了年代的小区，里面的房子还是上世纪六十年代的老建筑。在路灯的照耀下，可以看到谁家阳台上放着的三角梅，犹自伸着桃红花瓣，如深夜里的轻佻女人。几株高大的菠萝蜜树，几乎和楼层一样高了。朱绅士和杨雅的家在七楼，要到达顶层的家，必须得踏上水泥阶梯。这一千多层的阶梯对于朱绅士来说不乏酷刑，但时间长了，他也习惯了。更何况，这里由于是老建筑，房子面积偏大，住着舒服。再加上这所小区是早期有名的领导家属院，住在这里的人，哪一个不是赫赫有名？一说出自己住在哪个小区，听的人便意味深长：哦，那是老县委领导家属院。朱绅士便一脸矜持的笑。其实他没有背景，常自我调侃，吊丝而已。妻子杨雅也是精神上的贵族，只是命好，赶上一个远房亲戚移民国外，病发身亡，国内找不到继承人，她就接了这个"棒棒枣"。

回到家的朱绅士吁了口气，倒了杯开水，坐在沙发上，打开平板电视，经过一个泰国连续剧，女人的争吵，尖叫和眼泪顿时倾泻出来，几乎要塞满整间客厅。他不耐烦地调过，定到体育频道，主持人正在滔滔不绝：眼下的国球耻辱，中国男足以 1：5 惨败排名世界第 142 的泰国青年队。想起来就痛心啊！在晚间席宴上，朱绅士侃侃而谈：这是一群寡廉鲜耻的人！生怕受伤影响在俱乐部高收入的人！视国家荣誉如狗屎的人！果然，一番激愤慷慨的话引得众人纷纷附议，为平时温和的朱绅士此时露出的真性情，连在这种场合下一向斯文矜持的妻子杨雅也回过头来，含情脉脉注视自己的丈夫。朱绅士心间大为得意，面上可未露出丝毫半分。他深深知道，该在什么场合表什么情，就如此时，应该显现出一副贤良丈夫的体贴。果然，在杨雅端上来两碗宵夜时（这是他们的生活习惯，朱绅士习惯要在睡前喝粥，认为这样才符合养生之道），他爱怜地抚摸着妻子的背，带着发自内心的怜惜："看，你都瘦了。"杨雅把筷子递给他，一边拿遥控器调台，口里说道："我是老朱家的饲养员，把你伺候胖了就行。"朱绅士笑笑。

说实在，这真是一个令人愉快的晚上。妻子体贴，朋友盛情，生活惬意，让朱绅士陷入一种心满意足的呻吟。这声呻吟传递给杨雅，含情脉脉地看他一眼，正逢朱绅士在眨眼睛，她以为他又想了，便将身子俯过来，贴在他的胸膛上。朱绅士翻过来，亲热地吻妻子，他们熟练地进入节奏，一切动作驾轻就熟，仿佛旁边有个在指挥的导演，而他们所做的，只不过是要相互配合。灯早已关了，隔壁楼道的光透过来，如果站在窗口，可以清晰地看到床上的两个年青演员，赤裸裸地纠缠在一起。此时，女人的眼睛微闭，嘴巴微张，双臂如攀藤般缠绕在男人的背上，似乎沉浸在鱼水之乐中。这般激情销魂，男人也以为自己会马上到达巅峰。然而没有。一声野猫叫春，迫使他停了下来。隔着窗纱，就着月光，可以看到男人眼睛里的愕然。他睁大眼睛，死劲地盯着身下这个女人，尽管他仍在她的体内凝滞。一个念头猛然闪过朱绅士的脑海：我刚才的动作是装的？这般不可思议！杨雅觉察到他的动作，睁开眼睛，以为他累了，手柔和地抚着他的后背。朱绅士顺势配合她的动作，继续在她身体内快活地活动。杨雅很满意，事情完毕，起身到浴室冲洗。朱绅士仰身躺在床上，脑海中那个想法在延伸：我刚才的动作是装的。是的，他明显没有激情，不想爱爱，也不想吻身下这个女人，不，不，与年龄岁月无关。事实上，所有的女人在朱绅士面前，都已经毫无兴趣了。每当他在与她们谈笑，脑海中想到的是她们的每一个体位，但表面上不得不装出一副彬彬有礼的模样，却在想，如果与这个女人爱爱，他会在想什么？

他会在想什么，报应果然出来了。在公司的例会上，朱绅士西装笔挺，靠在椅背上，显出一副正襟危坐的模样，表示对董事长的主题很感兴趣很专注。他用余光瞥见董事长精光四射的目光，一群洗耳聆听的下属，显然让董事长很满意。事实上，朱绅士厌恶极了，这个虚伪的家伙。就在前天，董事长的老婆闹到公司，夫妻俩竟然在办公室打架。马上扩展到所有商场员工的耳朵，连商户们也知道了。话说回来，朱绅士任职的公司是一个很著名的连锁商场集团，说起来，董事长也是一个有身份的人，怎么能如此不顾儿女细节呢？朱绅士早就知道，所有富起来的人，第一桶金都来得不易，也可以说不清不白。但董事长例外，他的老丈人当年在市政府任职，用权势给女婿划了第一桶金，但条件是得娶他三十五岁仍待字闺中的肥胖女儿。在朱绅士眼里，这个女儿不仅身躯肥胖，就连心智也是肥胖的。丈夫搞遍了她身边所有的闺蜜，她竟然还蒙在鼓里。也不是，那她昨天来公司闹什么？听财务人员说，是因为董事长已经三个月没给生活费了，她还要养一双儿女。老丈人已经退休，不复当年威望，但余威犹在。可笑的是董事长一见老丈人，仍然恭恭敬敬，一口一个"您"，表面上弯身哈腰，背地里又不知干了多少不堪入目之事。但就是这个虚伪的人，如今坐在宽大的旋转椅上，装出一副正人君子的慈眉善目模样。看着那个肥头肥脑的头，朱绅士不由在心底发出"呸"。对面坐着的营销部王总，仿佛要故意跟朱绅士作对，不失时机地鼓掌，一边说：董事长高瞻远瞩，才能七匹马也拉不回来。朱绅士极力忍住狂笑。王总用奇怪的眼光望了他一眼，似乎在奇怪朱绅士为何不像往日那样跟着附议。这是在公司会议上，万万不可失态，内心有个声音在提醒朱绅士。但厌恶却不幸扩大，涉及了王总身上。其实，他们的交情不是一般员工可以比拟的。事实上，朱绅士是由王总介绍来的。

　　那时候，朱绅士在另一座城市，王总经由一位朋友介绍，亲自给朱绅士打电话，邀请来这家公司任职。朱绅士欣然同意。到公司不久，朱绅士的几套营销方案在市场有了卓著成效，深得董事长器重，在公司的地位明显高于王总。那段日子，王总简直坐立不安，深怕自己引荐来的人，会炒了自己的交椅。但见到朱绅士，他仍然微笑亲切，每天不管再忙，总要来朱绅士办公室，泡一壶红茶，两人亲热交谈一番，以在众人前宣示：两人仍是亲密战友。但背地里，朱绅士知道，王总恨不能让自己快快滚蛋。这些，即使朱绅士不说，公司人都知道，包括新来的广播员小照。小照那美丽的牙齿一张一合，悄悄告诉朱绅士，王总又在董事长那里告状了，说朱绅士对手下管教不严等等。朱绅士面不改色，大度地笑笑：王总在谈工作，你怎么能窃听呢？小照委屈地跑回到自己的工作岗位上。就在朱绅士内心暗暗感激这个清纯无邪的小照时，却发现她和王总也有某种不打自招的关系。朱绅士对她的好感马上从沸点降到零点。都在装！看谁能装过谁。他越发对王总亲热，对小照和气。狡猾的董事长显然很喜欢这副局面，认为这样才能稳定公司局面，但在表面上，仍然对他们双方做出批评，让他们专心工作，不要在这些事上计较。王总每次从办公室出来，见到朱绅士，仍然笑嘻嘻，仿佛刚才在董事长办公室说了朱绅士一大番好话。装吧，都装吧！你们这些猪。一阵霹哩啪啦的掌声打断朱绅士，董事长微笑着，很满意自己这番话带来的效果。看着这些虚头虚脑的一群人，朱绅士内心升起一股厌恶，猛然站起来：猪！大家愕然望着他。意识到自己的失态，朱绅士忙让笑容堆上脸庞，说："祝公司改革成功！"大家这才继续鼓起掌来。

　　就在公司人人激情共奋，摩拳擦掌，准备轰轰烈烈，在年底争开一个分公司时，朱绅士休假了。理由是要给身心放个假，以便更加精神充沛，回来为公司服务。时间是三个月。

　　大街上，人声车声熙攘。白天总有年青的男人，急匆匆走来，拎着袋子，看到垃圾桶，就奉若至宝奔过去，头伸到里面，用手扒呀扒，如果扒到一个矿泉水瓶，就赶紧拿起来装在袋子里。也有时会发现垃圾桶旁，坐着一个流浪的人，手里拿着一个饭盒在扒饭。

　　疲倦的太阳懒懒地照着永远不知疲倦的城市，也照在从大街那头走过来的流浪汉身上。众人唯恐避之不及，他却安之若素，间或扭扭头，用下巴在肩膀上蹭一下。身上那件黑棉袄破了几个洞，中间拴了根布条。屁股上也烂了两个洞，露着肌肤。流浪汉大肆走着，手揣在裤兜里。一位抱着宝宝的年轻妈妈，离很远就紧贴着路边走。城市依旧灰秃秃的，所有的树叶都蒙上一层灰尘，汽车排放着难闻的尾气。

　　这天是周末，中心公园人渐多了起来。跑步的，钓鱼的，更多的是带着孩子逛公园。一个孩子说：看，那里也住有人！不住的惊叹。父亲顺着孩子手指的方向，看到对面排污河的桥墩下，确实躺着一个人。河岸边的小树上，搭晾着数件衣服。父亲笑笑，说住在这里挺舒服的。确实，那里风吹不着，雨晒不着，渴了饿了还能到附近的树上寻个木瓜。

　　这样的生活快过去了。朱绅士每天过得心满意足，他惊奇地发现，自己竟然适应了这种生活。也许这就是人类以前的生活，衣不蔽体，寻果耐饥。他也习惯人们看到他时，内心透露出的鄙夷，和眼神里的冷漠。是的，都看到了。但这样的生活，

朱绅士过得安之若素。白天，就在垃圾桶寻东西吃，间或捡个
瓶子还能卖钱，这是跟他同睡桥洞的小艾说的。如果说小艾是
大学生，也以桥洞为家，不能不让人吃惊。但小艾每天的收入
不菲，据他说，收成好时能收入三百元。他已经用乞讨来的钱
在老家盖了一幢房子，而且娶妻生子，甚至还曾经用乞讨的方
法，过境到香港给孩子买奶粉。朱绅士有些吃惊，问小艾为什
么不回老家生活，或者是找一份体面的工作？小艾淡淡地说，
不想看着那些人装妞。知音啊！朱绅士大为惊喜，决定跟小艾
一拍即合。不过小艾对他可并不感冒，一来朱绅士的到来多少
抢了他的饭碗，不过据小艾的丰富经验观察，这个人迟早装不
下去的。也只是小艾的估计。

　　夜很深了。城市的路灯依然亮着。小艾又过境到香港去了，
未归。朱绅士把头枕在一块大石头上，脚对着排污河，眼睛能
望到很远，可以看到天上星星。微风徐徐吹，这样的夜晚真想
让人唱歌。虽然皮肤累点，但少了莫须有的压力，最最重要的
是，不必再装。想睡就睡，想尿就尿，尽管晚上总有排山倒海
的蚊子亲吻。但这日子，还是他妈的舒服啊！朱绅士想放声高
歌了，就唱我的幸福在哪里。念头刚起，就被一阵青蛙呱叫惊
起，片刻，一只青蛙叫，马上数百只青蛙都叫起来。呱，呱，
呱，它们伏在野草丛里，呱，呱，呱，叫得朱绅士心烦意乱，
索性也趴在地上，呱，呱呱。青蛙愣了一愣，叫声停了瞬间，
但马上又叫起来，比刚才更投入。朱绅士拿起一块石头乱掷过
去，没砸到青蛙，却惊醒对面湖边的一对鸳鸯，正在引颈交尾。
男的扭过头来，发表了一句国骂，见无人应，复又去和女人亲
热。这时，公园的保安骑着一辆巡逻电动车过来，上面的警灯

一暗一红，大概发现这对情侣，遂说：公园十二点清园。那对情侣把手搭在相互的屁股上，依依不舍离去。

一切归于平静。排污河的水依然静静流着，桥上不时有轿车嘶鸣而过。如果是重卡车，则会听得到桥面在吭。两岸的路灯一盏接一盏，似乎要比赛谁更能坚持得长久。它们默默亮着，桥洞默默看着朱绅士。白天洗的裤子未干，挂在树枝上，此时被夜风吹得摇啊摇。像一个人的手臂，在无声地喊：归来吧，归来哟！想起中午在天桥上，游荡过几个摆摊的小贩，一个穿低腰裤的年轻女人蹲下来挑拣一双丝袜，几乎可以看得到她的腚沟。

朱绅士一个激灵爬起来，捡起最下面一个小包，还收着一身完整衣服。他高高地举着小包，从排污河中蹚了过来，好在河水不深，只到他的膝盖。到了对岸，朱绅士把小包放在草地上，尽量不发出声音地跳到河里，痛快地洗了个澡。穿上一身整齐衣服的朱绅士，没人认得出来他就是白天那个流浪汉。朱绅士的家就在附近，他其实每天都在周围游走，甚至可以看得到妻子杨雅扭着高跟鞋，哼着歌，但每次还没走近，杨雅早已将头扭过去，朱绅士能感觉到她眼中的厌恶。但此时，杨雅亲热地迎上来，惊喜地，绽开一个大笑脸：你，回来了。是啊，回来了！真是，说是休年假，到哪也不跟人说一声。这不，一别胜新婚啊，就是要给你个惊喜。朱绅士拦腰抱起杨雅，就向卧室走去，换来一声娇嗔：你装什么装？

朱绅士愣住了。

原载《鉴湖》2015 年 1 期

羽升的故事

小强，我爱上了一个人。

嗯?

后来呢?

他说，谢谢! 祝你好运!

哈哈!

哈哈!

清水河。

司机把车辆停在公交站台，见我并没有上车的意思，又恶狠狠地关上车门，咆哮着离去。

我沉默着。车子过去一辆又一辆，没有我要去的方向。

小强：在哪呢?

蔷薇花开：在红树林呢!

小强：深圳?

蔷薇花开：是啊！

我。

蔷薇花开是我刚出道时的网名。在印象中，蔷薇是一种爬藤植物，绿野四季。开花时，花儿是淡淡的黄色，像一个个小喇叭，透着涩涩的香。最重要的，它周身带有小刺，一旦被人摸到，便用尽全身力气，扎向对方，尔后在阳光下露出傲然的笑。蔷薇，就是这样一种有骨气的植物。

红树林。

我真累，真想躺在草地上睡一觉。此刻，我站在海滩前，对面是一排山。山的背后，是一幢幢建筑，像极了儿时乡村里的草垛。我很想拉个人问问：听说那是香港，是不是啊？

不知道那是不是香港。来深圳多年，还没去过。去年我和阿峰办了港澳通行证，在公安局门口恶狠狠吵了一架。那天中午日头很烈，照得每个人脸上都油光光的。我一边走，一边咆哮：我现在快绝望了，我看不到一点希望，我想离开，想离开。然而我并没有离开。

多年前，阿峰也是这样吼我的，你走吧！他说，你愿上哪里上哪里。他明知道我没有地方可去，除了羽升那里。

认识阿峰的时候，他一无所有。认识阿峰之后，他还是一无所有。他睡在客厅，我睡在卧室。午夜，我去上洗手间。就在我弯腰看时间的时候，阿峰醒了：你在看什么？我在看时间。我答道。2:35，丈夫杀死妻子的时间。

论坛上，夜色里的玫瑰仍在发着帖。我跟了她三年。

夜色里的玫瑰：我每天晚上睡觉，床前必放着一把菜刀，我要保护我的儿子。

夜色里的玫瑰：我一旦松懈，碧青便会杀了我，一年办户口，两年买房子，她说。

有时候我会怀疑，夜色里的玫瑰是不是我的幻像。然而不是。

论坛的人说：玫瑰，从梦里走出来吧！放开他，也放过你自己。

我活得挺好呀！就是他死赖在我家不走，宁愿每天吃剩饭睡沙发。这下碧青可失算了。玫瑰在夜色里狂笑，碧青可没想到，她一心勾搭上的男人，竟然混成这副赖样。想当初，他刚从农村出来，一无所有，除了一份可以养活自己的工作。我出身良好，家世优越，拥有父亲名下的一家公司，一心一意看上他，想着只图个人，可以一生一世相陪到老。谁知碧青一来，他就变了。两个人合计要杀我，我的父亲活生生被气死了啊！

论坛里的人：玫瑰，你要赶快报案啊！

报了啊，报了有什么用，又没造成人身伤害，民警只会上门调解。碧青，你来呀，来把你的男人领走啊！来为自己辩解呀！我知道你就在这个论坛，你不是喜欢做一头披着羊皮的小白兔吗？玫瑰在夜色里狂笑。

我看到了羽升，他就在那里。他的外套还搭在椅背上，上面有他的气息。他的身体是那么柔软，每次挨到他，我的心就颤了一下。羽升是这个世界上，为数不多的陌生人。对于我，那是一个温暖的存在。

羽升坐在院子的椅子上，脚搁在面前的凳子上，恣意地看着手机。门还没开吗？我问他。还没有。他依然低头刷着手机，丝毫没意识到我的到来。羽升喜欢用香，每当从我身边走过，便会有一种淡淡的香沁入五脏六腑。离开羽升以后，我一直在人群里寻找这种香。然而都不是。

那时候，我已经和阿峰在一起。阿峰是我的男友。我们也曾有过一段好时光。可是后来什么都没有了，有的只是两个住在一个屋檐下，各怀心事的陌生人。

我时常在午夜上洗手间。每当我弯着腰看时间的时候，阿峰便会醒来：你在看什么？我在看时间。2：35，正是丈夫杀死妻子的时间。

为了爱你，我已经用尽全身的力气。

我走进一家星巴克。

给我一杯咖啡。

什么？

给我一杯咖啡。

我要一杯焦糖玛奇朵。

就在刚才，我看到他的朋友圈。Good girl 要去美国了，她长大了，他说。

心一下子被震碎了。这个午后的阳光是如此好，它灿烂而热烈。

　　我走进一家星巴克。

　　给我一杯咖啡。

　　音乐有些喧闹，人群也是，但都与我无关。

　　论坛上，夜色里的玫瑰还在发帖。

　　冬天快来了，我该给我的儿子买一两套保暖衣了，他的个子长那么高，去年的都穿不下了。

　　我爱我的儿子，她说。

　　真的，冬天就快要来了。鸟儿们都叫得有气无力，还有一院子的麻雀，仍在叽叽喳喳，它们不要回家吗？

　　我又看到了羽升，他就坐在那里。他低垂着眉，带着温暖的笑。我在他脸上，看到他老了的模样，大概年老时的羽升，也是这个样子吧！

　　对面穿黑 T 恤的人走了，他拎起行李，迈着沉重的步子，走出星巴克。我记得他曾经坐在这里发了半天呆，毫无意识的看着对面。一个穿白衫的年轻人倚在桌角，低头刷着手机，多么像我的羽升。

　　生活在城市的人，都有自己的心事吧！可是我们却无法了解自己亲近的人。

　　给我一杯咖啡，我轻声说。

　　什么？对面的店员探过脑袋，他有一头长头发。

　　焦糖玛奇朵，这是羽升最爱喝的咖啡。他的桌头，长年放着一个星巴克的杯子。我的羽升，是一个讲究生活情调的人。

　　一个女人在打呵欠，她打呀打呀，一个接一个，仿佛再也打不完了。这个世界真好，可以让我跟陌生人坐在一起。我不用思考，不用防范，因为他们不认识我，也不认识阿峰和羽升。

羽升，我在见到他的第一面就爱上他了。他带着一脸温和的笑，是那么洁净而美好，让我想起春风和夕阳，我沉醉在他的气息里。

阿峰，我早已不爱他了，就在他将刀搁在我脖子上的那个时刻起。到底为了什么，阿峰要杀死我呢！啊，一定是发现我爱上羽升。2:35，正是丈夫杀死妻子的时间。

不，羽升是我的爱，是我一生挚爱的人。一闻到他羔羊般和青草地的气息，我就全身颤抖。我是多么喜欢他，羽升，我是真的喜欢你，一想到要见不到你，我的魂都要没了。在临走前的那个下午，我说不出别的话，只是敲出这句话，反反复复讲了两遍，讲得心都要滴血了。

然而羽升，他的回答也是那么可爱。他说：谢谢，祝你好运！

那是我最后一次见他。

昨天晚上我梦到自己抓了两条金色的鱼，它们的尾巴还在颤抖，当抓到它们的时候，我又想起羽升。我希望被他看到我活泼的样子。

今生，我们都错过了。

今天我看到一个词，才明白有一种早已注定的缘分：业胎。据说，业和胎是在同一时空死去，或者出生，所以注定今生会有不可分割的吸引力。他们告诉我，"前世有个优雅的王子，叫业。他的美好令人心驰神往，而胎就是其中的追求者。可惜，业并不爱胎，只是喜欢享受那种被人疼爱追捧和崇拜的感觉。只是因为业力缘故，前世轮回，业不得不回胎还债，债还完了，他就走了，谁会对自己不爱的人有一丝一毫的眷恋之情呢？最后受伤的，依然是胎，即使记忆失去，胎的心底里还是一直保有业的位置"。羽升，难怪我看到你时，就觉得身心都在颤抖。跟你在一起，我欢喜得都快发疯了，我感觉到自己的灵魂都在飞舞。然而没用，这个世界不太看重灵魂，他们只讲究生活和欲望。

羽升，你那么好，你应该有一个圆满的人生。

你说，谢谢，祝你好运！

我笑着感谢了你，却在网络这端泪流满面。这伤，是越来越深了，随着白天和黑夜慢慢过去。

阿峰快回来了，我不想看到他。曾几何时，他也曾对我好过，自从他将刀搁到我的脖子上那个晚上，我就不再爱他了。我已经忘了，他为什么会想要杀了我？2：35，正是丈夫杀死妻子的时间。

夜色里的玫瑰还在论坛发帖。碧青，你来找我呀，我知道你就在深圳，可是为什么像一个缩头乌龟一样，不再露面呢！你不是想杀了我吗？来呀，来呀！她凄厉地叫着，宛如夜晚一只滴血而歌的夜莺。

遇上他的那个下午，他站在一棵榕树下，笑起来露出一口灿烂的牙齿，整个人在太阳下熠熠发光。那一刻，她就爱上了他。她挽起他，两个人走到父母面前。父母叹息一声：你如果愿意，就随你吧！

　　她欢欢喜喜结了婚。一年后，她怀孕了。就在这时，发现了碧青和阿峰的秘密。一年办户口，两年买房，碧青说。那张曾经朴实无华的脸上，此时充满阴谋与算计。一年前，碧青来的时候，可完全不是这个样子。碧青站在她面前，像一个乡下来的小媳妇，低垂着脸：帮我找一份工作，只要能糊口就行，家里人口多，要吃饭的人太多。碧青是她的初中同学，她没有理由不帮她。她挺着肚子，冒着午后太阳的烤热，带她去各个地方面试。碧青终于安顿下来，她也放了心。却在一个午后，看到碧青的秘密。原来，他们早就有私通，且不止一次两次。她气得浑身颤抖，拿起扫帚，要撵这对狗男女出去。碧青蛮横地抓住她的手：你别想撵我走，连你的房子都是我的，你不是什么都比我强吗？我自幼都在跟你比，现在，连你的男人也是我的了。碧青在午夜里狂笑，阿峰也笑得浑身发抖：只有跟碧青在一起，我才感觉自在，她才是和我相配的女人。她惊呆了，发现自己无力辩解，再怎么骂，也骂不过这对泼皮无赖。盛怒之下，她拿起一把刀。就在这时，羽升出现了。

　　一定是头顶的灯照得太亮，她有些糊涂了。前不久，她去一家公司收账。对方一脸诧异：不是已经给你老公了吗？这才得知，他们伪造了她的公章，骗取了款项。那可是准备将来生孩子的费用啊！她欲哭无泪，又不能告诉父母，他们已垂垂老矣，再也无法护她周全。

　　她哭了半夜，坐到黎明，恍惚了后半生。

　　咖啡好苦。羽升还没来，自我离开的那个午后起，他也就随着离开了，从此只活在我的心里。

我们前生一定是业胎的关系，彼此身上携带有对方的前世骨头。而你，还完债就走了，徒留下一地苦楚。羽升，这个名字在我心里彻底扎了根，刺得心血淋淋疼。

他们说：你放开自己吧！也放开他。

玫瑰在夜色里冷笑：不是我不放他啊！是他非要赖在我家里不走，我们已经离婚十多年了，儿子都十二岁了，都上小学了。这些年，我没明没夜看着我儿子，连睡觉床头都放着一把斧头，就是怕他来伤害我儿子啊！

他不会的。他们劝她。

不，碧青还在这座城市，她那样的女人，整天虎视眈眈盯着我的房子，如果我的儿子没了，他们就会把我的房子收回去。不，我不会让她得逞的。

玫瑰在夜色里哈哈大笑，为自己的聪明和机智。

我喜欢来星巴克。对我而言，这里都是陌生人，他们都在想着自己的心事，从来不会打扰我的世界，也不会伤害我。只有和陌生人相处，我才感到周身自在。

我坐在星巴克，写羽升的故事。羽升，你可有半点想我？不，不会，你已经拥有一个明眸皓齿的女友，她为你下厨做饭，你笑着拍下她的侧影。你所需要的，正是这样一位女友吧！你该有一个美好的前程。羽升，祝福你，有一个圆满的人生。

我很累，我想睡去了。

然而一双手又把我摇醒了。睁开眼，触到阿峰焦急的眼睛：玫瑰，玫瑰，你醒醒！

玫瑰，我有些恍惚。这个名字听起来这么熟悉。

玫瑰，自从羽升离开后，你就一直昏昏沉沉，人死不能复生，你的人生还很长，要坚持走下去啊！

我又糊涂了。羽升，是我的儿子？

羽升不是你的儿子吗？他都已经死了十年了。阿峰轻轻地劝我。

十年？

我知道，你将他被那个女人误伤流产的原因归咎于我，可是很多事情我也无能为力，包括感情，那都是前生注定的业胎啊！我和那个女人惹了一场孽缘，也是前生注定的业胎啊！阿峰泣不成声。

我和一群人坐在星巴克，想着各自的心事。一个穿短裤的男人，独自坐在一张圆桌上，低头看着自己的手机，双腿在桌子下不停抖动。一个女人将胳膊肘放在椅背上，嘴巴张了张，向对面穿红格衫的女人，吐出自己的心事，它们注定会像蜘蛛丝一样黏稠。多年以前，我和碧青也是这样的场景。她梳着一头短发，向我巧笑嫣然。

而我的羽升，是彻底回不来了。羽升是我的儿子，他目睹了阿峰的婚外情，和我的暴烈，在抢夺中，被那个女人失手杀死，也被我在心头亲手扼杀。而他，是我苦难人生中的唯一亮色。我又恍惚起来。2：35，正是丈夫杀死出轨妻子的时间。

我走进星巴克。

给我来一杯咖啡。

什么？长头发的店员伸过头，从柜台后面。

给我来一杯咖啡。焦糖玛奇朵。我轻声说。

星巴克是羽升最爱来的地方，他喜欢喝焦糖玛奇朵。

他喜欢跟陌生人在一起。和他们在一起，你会感到身心舒畅，不用提防，也不要调换表情，想发呆就发呆，想唱歌就唱歌，妈妈，你该多和他们在一起。

我的羽升，此时就坐在星巴克的人群里，带着温和洁净的笑。他低垂着眉，注视着手机。在他的脸上，我又看到他年老时的模样。

这个夏天，就要来了。看，天都热得燥起来，逼着人们换下长装。

而我，再也见不到羽升穿夏装的模样。

小强，我爱上了一个人。

嗯？

后来呢？

他说，谢谢！祝你好运！

哈哈！

哈哈！

我打开 QQ，时间停留在 2017 年 4 月 27 日。

那是我和羽升最后一次谈话。

我想告诉他，我爱他。

两只野鸭的爱情

　　一个秋高气爽、朵朵白云的日子，祖辈们带着我们野鸭家族，偶然邂逅一个水草丰美的地方，这里茅草丛生，榕树林立，清澈湖水环绕。我的祖辈们就定居下来，成为野鸭家族祖祖辈辈生存的家园。后来，这个地方叫宝安野生公园。

　　那曾是幸福的岁月，祖辈们白天在湖面嬉戏、捕食小鱼，茅草里捉食小虫。晚上在茅草丛里憩息。那时的宝安，气氛非常宁静。村民们过着日出而作、日落而息的生活。黄昏，夕阳落下，余晖透过榕树的缝隙婆娑在湖面上，鱼儿在下面快乐的游来游去，泛起一层微微水波。我的家人在湖面静静打盹。一派安乐祥宁。

　　在这样美好的日子里，我出生了。妈妈看着我的小脑袋，疼爱的叫我"满满"。我把头蹭在妈妈的脖子上，伸来伸去。妈妈带我下水，教我捕小鱼、在茅草丛里捉小虫。我时常悠闲的浮在水面上，风吹过来，把湖面上的波纹一波一波推到身边。整个湖心都是我们的天下。

　　随着时光变迁，来到这里聚集的朋友更多了。有伸着长脖子的白鹭夫妇，还有回来过冬的候鸟。白鹭夫妇很友好，一见到我们就点头表示问好！那些候鸟可不一样了，它们成群结队，有着与我们不同的生活习惯。我们同白鹭、候鸟，共同生活、休憩、觅食，彼此和谐相处。妈妈说，公园是我们共同的自然家园。

　　湖中的鱼既是我们的朋友，也是我们的美味佳肴。他们趁我不注意，准备偷偷溜过，我就伸出长嘴巴，抓住他们光溜溜的小身子。岸上是密不透风的茅草丛，和成片的蒲草。茅草们是天生的舞蹈家，风伴奏而起，他们随着风姿翩翩起舞。我经常陶醉在这样的诗情画意里，好想写首诗呀：野鸭、白鹭、横榕，荒间肠道，汪汪一滩清如许。哎，我好像该恋爱了。

　　在这样的温馨日子里，我一天天长大。有一天，狂风暴雨，雨"啪啪"拍打湖面，我胆战心惊的将头伸在妈妈的脖子下，好温暖。忽然，听到一阵凄凉的"嘎嘎"声。将头悄悄伸出一看，水面浮着一只小鸭，是个漂亮的雌鸭，一只翅膀无力拍打水面，好像受伤了。这时岸边走来一个人，伸出一个长捞网，捞起小鸭，放在手心，小鸭拼命挣扎。我眼巴巴望着，妈妈却说，不要过去，人很危险的。看着无助的小鸭，我心里充满酸楚。许久，我在妈妈身边担忧地睡着了。

　　醒来时，阳光普照，榕树们发出"哗哗"笑声。茅草扭起身姿，向着太阳频频点头。啊，天晴了！我高兴的游到水面。远远的，看到一只小鸭，正歪着脖子看我。她头顶暗褐色，喉部和头侧是浅棕黄色，上身棕褐色，下身棕黄色，绿色的嘴巴，衬出嘴角的粉红，这不是昨晚那个受伤的漂亮雌鸭吗？我友好的游到她身边："宝贝，你怎么回来了？"

小鸭怯怯地看我，说："昨晚那个人是钓鱼的，他看我受伤，用小鱼把我喂饱，就放我回家了。"多么好！我欢欣的"嘎嘎"叫着，祝贺小鸭的回归。后来妈妈告诉我，小鸭的父母去世了。我对小鸭充满同情，给她起名叫"美美"。从此，我们成双入对，朝夕相伴。

有一天，美美远远看到岸边几个钓鱼的人，认出救她的那个人，正在安静的垂钓。美美在远处"嘎嘎"的欢叫，那个人抬起头，露出快乐的笑容，对旁边的伙伴说着什么。他们望着我们，笑了起来。我挺起胸脯，守护在美美身边，对美美说："我会一辈子对你好的。"我们真的恋爱了。

有一天，美美神秘地告诉我，说要带我去一个地方。我欣然随美美游去。游啊游，忽然，看到两片岛屿在湖面静静相望，岛屿上都生长了大大小小的榕树。这两片奇特的岛屿，环抱湖水，依水而生。美美兴奋地告诉我，叫它们"情人岛"。我一看，可不是么？这两片岛屿离得这么近，头上的树枝甚至可以互相挨着脸。我亲亲美美的脖子，她一下子脸红起来，害羞得把脸藏到脖子下面。我和美美就在情人岛定下终身。

来公园游玩的人越来越多。每天都有早起的人，绕湖边跑步。晚上，人们在凉爽的榕树下纳凉。有一次黄昏，我们看到一对情侣坐在湖边，男人在钓鱼，女人亲昵的把头倚在男人身上。后来女人起身走了，去找洗手间。天快黑了，还不回来。男人焦急的抽烟，频频回头张望。我和美美也急了，拼命划水寻找，想知道女人是不是迷失道路了？在一处安静的树林里，女人蹲在那里，正在入迷的欣赏裸露在地面上的小树根呢！那些伫立着的小树根可是我们的好朋友，它们像一尊尊小佛像，姿态各异，我和美美常常隔着水面打招呼，小佛像们抱着肚子哈哈笑着。光线渐渐变得昏暗，女人这才起身，望望四周，已经无法辨认出回去的路，有些想哭。我和美美在水面上"嘎嘎"叫着，希望引来那个钓鱼的男人，告诉他女人就在这里。果然，男人被吸引了，一路循声走来，女人一下扑到他怀里，两个人亲吻起来。我的美美也红了脸，静静倚在我身边。

春去秋来，我和美美享受着两人世界。一天，美美突然示意我，湖面上浮着一只黑色小鸟，好像受了伤，正在挣扎。我想起曾经受伤的美美。这时岸上跑来一群人，拿着长棍子。我拼命叫喊，美美也在我身边急切呼唤同伴。同伴们很快聚集过来。一时间，水面上灰压压一片，焦虑的"嘎嘎"声此起彼伏。岸上的人用棍子使劲钩那只受伤的小鸟。还听到有人喊："赶紧、赶紧，很美味的。"我们无助的拍打翅膀，湖面上响起"扑扑"水声，叫声吸引更多围观的人。那只小鸟还是被掠走了。我们心里充满愤慨，但又无能为力。他们把小鸟拎在手里，骂道："以为是只美味的野鸭，原来是只受伤的烂乌鸦！"我的心里充满伤感，美美懂事的倚在身边，不时用脖子抚摸我。我也安抚着美美，更加珍惜彼此。

我和美美结婚了。妈妈和爸爸给我们举行盛大的婚礼。别提多高兴了，我和美美相互依偎，相互亲昵。要到情人岛度蜜月了。沉浸在甜蜜美梦中的我们，没有意识到身边的湖水越来越浑浊，冒着水泡，发出刺鼻的味道，好多鱼儿相继死去，甚至还有我们的同类。我和美美难过极了。

一天，我和美美正在睡觉，突然被一阵巨大的轰鸣惊醒。

美美睁着圆圆的眼睛惊恐地望着我，不安的扑打翅膀。我安慰她，没事！妈妈和爸爸也在张望，顺着视线望过去，一个庞大的机器屹立湖边，爸爸妈妈不断呼喊："水怎么没了？水怎么没了？"不知何时，伙伴们都醒了，我们站在泥浆里，望着干涸的湖底，任莫名的哀伤弥漫，相互问："家园呢？家园怎么没了？"

　　原来，由于附近企业排污严重，人类已经决定把湖水抽干，整平改造成游乐场。湖水干涸了，鱼儿在湖底奄奄一息，我和美美躲在茅草丛里，惊慌地看着邻居呼救、挣扎。美美"呜呜"哭了起来。我的眼泪也一颗颗掉下。白鹭夫妇严肃地站在旁边，白鹭先生愤慨地说："这也许是城镇最后一块野生领地。这些年来，我们祖祖辈辈生活在这里，没人给我们打招呼，没人给我们预告，没人给我们安置，又不是天灾，怎么忽然污水就排放这里，然后就给放干了呢？到底发生什么？我们只是想安分的生活在这里，没招谁惹谁，谁在乎过我们的死活？我们世代生活在这里的鱼儿邻居，恐怕还没明白怎么回事，就已命丧黄泉了，我们能到哪里去呢？我们还能去哪里呢？"白鹭先生说的没错。我想起朋友们，他们现在怎么样了？晚上，我和美美偷偷跑到树林边，想看看那些小佛像朋友还在不在？可是已经晚了，树根旁边停着一台巨大的机器，地上挖的坑坑洼洼，到处是机器碾过的痕迹。那些小佛像一个个东倒西歪，再也笑不出来。我和美美看着，忍不住号啕大哭起来。

　　湖水彻底干了。几百人涌来，拿着电棒、渔网、水桶。他们兴奋地叫着，喊着。我看着我的邻居纷纷落入人类的网中，被电棒击得奄奄一息，泪珠又夺眶而出。失去家园的悲惨笼罩在干涸的湖面。

哀伤布满芦苇丛，我们相拥哭泣。正伤心，忽然一束手电光照射过来。芦苇们赶紧提醒我们：赶快躲起来，人又来了。我们小心的藏在芦苇里。一阵风吹过来，芦苇们拼命摇摆身子，保护我们不被人发现。隔着芦苇丛的缝隙，我看到一个人一手拿电棒，一手拿鱼篓，头上戴着电筒，正在找仅存的鱼儿。可怜我们的鱼儿邻居早就被他们打捞光了！我很想对他们大叫：你们掠走我们的食物，毁掉我们的家园。可他们怎么懂我们的心思呢，自顾自走远。深夜，听到爸爸妈妈在和长辈们商量迁徙。长辈们叹息：这是我们祖祖辈辈生长的地方，这是大自然对我们的恩赐。如今无处可去，这又是谁对我们的惩罚？

第二天黎明，太阳早早起来，照在千疮百孔的湖上。到处是泥泞的泥浆和被蹂躏的茅草。我和美美在茅草的掩护下，偷偷来到情人岛。这里曾是我们快乐的天堂。舞蹈家的茅草姐姐，对湖自照的白鹭阿姨，倚身湖面的横榕爷爷，根雕的佛像禅师，一一在眼前回放。现在都没了。那些候鸟朋友，再回来时，又是一番什么心境？

榕树们叹息着说："走吧！孩子们！别留恋了，这几年，人类建设工厂，污水乱排，野生公园已经名不副实了。"我和美美默默无语。依偎在情人岛畔，留恋这片见证我们爱情的家园，呆呆相望。明天，何去何从？

苍天能聆听我们的呜咽，大地能收留我们的眼泪，阳光蒸发绝望，大风卷走哀鸣，如今，谁能告诉我们的未来，未知的家园，你在何方？

我和美美奄奄一息，以为这一辈子就这样了，生不能同时，死亦同穴，也是一桩美事。我搂紧美美，美美也紧挨着我。忽然感到身边一阵清凉，"是水的气息。"我大叫起来。美美也叫起来。水流渐渐灌满，已经能让我和美美畅游。可是，是谁救了我们呢？还是见多识广的榕树爷爷告诉了我们：

由于宝安区五届一次党代会报告和区五届人大一次会议上政府工作报告，明确提出"建设国家生态区"，所以，那些低端、高污染企业逐渐被淘汰和转型升级。为了保护环境、创建国家生态区、建设环保模范城，环保部门提出恢复公园生态环境的口号：让绿色浸染宝安！建设生态宝安，诗意家园！

我和美美终于可以安心繁衍子孙了。因为我们的家园保住了。

深深的，感谢人类！

原载 2012 年 6 月《打工文学》

野兔狂奔

　　我从东莞回老家探亲，小全叔来看我。

　　他沉默着坐了片刻。我提起玉娘，他也只微笑，头发始终耷拉在两只耳朵旁边，像一只瘦削的野兔。天色快黄昏，小全叔说：我要去杭州了，再回来给你带点啥？

　　我兴奋地说：带个刮苹果的刨皮刀吧！这次回家，发现灶房里多了一个工具，昨天用它削苹果，比菜刀好用多了，削皮又快又滑溜，还不伤手。一问是小全叔带回来的，我羡慕极了，长这么大，还没见过如此好的东西。

　　周围人都笑起来。小全叔也笑，脸上的皱纹一波波涌上去，衬得眼睛格外大。笑容只在他脸上短暂留了片刻，又消失了。他站起来，又笑笑，说，天堂伞厂五月份招工，到时候想办法把我弄进去。我胡乱应着。堂屋条几的柜子门上，就漆着杭州的西湖和断桥，美人伞下，杨柳垂矣。我还在乱想，小全叔回头看了我一眼，那双眼睛里深沉又痛苦，终于欲言又止。

　　小全叔是我的邻居。前后院之隔。他的爹娘年轻时候去了陕西逃荒，直到他成年后，才带着一起回来，帮他立了户口，盖了房子，才又到陕西去了。若干年后，又给他带了一个弟弟回来，不过这都是后来的事情了。

小全叔年轻时候爱打猎。每到麦子成熟时节，也是他的活跃之季。月色上升，他揣着一杆长枪，在四野里悄无声息的奔跑。待到黎明时分，人们朦胧着眼神，提着水桶，去池塘边打水喂牛。远方的雾中，只见小全叔的肩膀上扛着枪杆，枪杆上挑着几只野兔，步子迈得雄赳赳，走姿气昂昂，一双眼睛经过一夜的浸润，显得格外炯炯有神。人们说，哟，小全，又打了几只兔子？

不多，三四只。他腼腆地笑笑，长发飘在耳后，像胜利而来却又不愿显摆的英雄。

咋恁喜欢打兔子哩？

喜欢跑呗！他又笑笑。

比你和兔子谁跑得快。

哈哈哈！人们都笑起来，他也笑着，枪杆上挑着的野兔始终在后面荡来荡去。它们披着褐色毛皮，垂着头，眼睛紧紧闭着。

当人们端起饭碗蹲在门口吃饭，小全叔出来了，端着一大碗兔子肉。孩子们都围过去，筷子也伸过去。他始终笑呵呵的，看着我们吃。

今天可惜了，有一只母兔子，都撵上了，一摸肚子，沉甸甸的，估摸着有小兔子了，就放了。他忽然说道。

哟，放了干啥，兔子多糟蹋庄稼，麦子都熟了，被它趟得东倒西歪。人们都说。

小全叔不说话，蹲在地上，眼神里有一抹温柔的笑意，直延伸到嘴角。

小全，你咋不吃哩？

我不爱吃。

你打兔子不吃兔子，图个啥？人们低头吃饭，抬头看小全叔。

就图个爱好，看谁跑得快。

哈哈哈，人们又笑起来。

小全叔成亲的时候，轰动了全村。不仅是因为他老打兔子肉给我们吃，更因为他娶了一位美人。那天，几乎称得上人山人海，全村人都跑过去帮忙，把他的小院围得水泄不通。小孩子们也高兴得跑来跑去。玉娘从喜车上下来时，人们都惊呆了。天生一张美人脸，有着美人尖，头发梳了一半，形成蓬松的美人松，剩下的一半披在肩上，随着身姿摇动。一笑起来，眼神里秋水四溢，两个小酒窝里盛满故事。那年我五岁，吃过最好吃的兔子肉，见过最好看的美人，都是在小全叔家。

父亲也在那里帮忙，兴奋得跑来跑去。人们在闹新娘，取出一条板凳，推推搡搡着让玉娘坐下，然后竟然把父亲也推了过去。跟哥坐一起，人们都喊道。父亲笑起来，玉娘含羞带笑，小全叔也笑。

婚后的小全叔多了几分沉稳，他不再昼伏夜出，而是跟人们一样，每天早起打水喂牛。不不，他们喂了一条水牛，弄了几亩稻田。玉娘是湖北人，喜欢吃大米。那年头，用小麦换大米可贵多了。每到黄牛吭哧吭哧下地的时候，他们的水牛却悠闲地卧在池塘边的水洼里打喷嚏，几只苍蝇落在它的身上，它也只是动动皮毛。小孩子们都围过去，研究它头上的一对水角。别太近，它会抵人的。远远的，小全叔提着一只水桶走过来。

小孩子们慌忙四下散开。到了远处，又立住。看玉娘走过来，袅娜着身姿，端着一只面盆。玉娘，中午吃啥？大人们也站住，喊道。

吃面条，还能有金子银子吃？玉娘笑笑，那声音像风中的银铃。

小全叔也笑笑，提着一只水桶先回家了。

农村的夏季热得很，人们傍晚从田里回来，身上的汗就像裹着一层泥水。女人们赶紧做了饭，吃完洗完收拾完，拿着换洗衣服，跑到池塘边。她们撵走坐在池塘边聊天的男人，脱光衣裳，一个个跳下水。通常这个时候，小孩子们也跟着过来。

二丫，你在旁边看着，有人过来就叫一声。二婶叫道。

二丫应了一声。转眼间，就和几个小孩子疯跑着玩去。

每天都洗澡，这身上还能搓下这么多灰？二婶一边洗澡，一边欢快地叫道。

谁让我们是泥人？玉娘也笑道，她不肯像别的女人一样脱光衣裳，仍旧穿着贴身衣服。

隔着衣服你能洗净？二婶好奇地问她。

能啊，不过是冲一下，回去之后还要洗。

小全每天打水，就是给你洗澡的吧！女人们都笑起来。

这时，黑暗里传来一阵踢踏踢踏的脚步声。

是谁？谁过来了？女人们停下笑声。

是我哥。玉娘低声说道。

你咋知道？

听脚步声。

站住，恁走了。一听出来是自家男人，母亲高声喝道。那脚步果然停下了。

你看你，也不说一声。母亲上了岸，见我还守在岸边，就埋怨道。女人们换了衣服，嘻嘻哈哈捧着脏衣服各自回了家门。

中午，玉娘来我家轧面条。每天这个时候，我家的轧面机前就排起小队。女人们都端着面盆，母亲蹲在地上，择一把早上从地里拔回来的小青菜。

哟，可今天亲自下厨？来轧面条的女人们看着父亲掌勺，都纷纷打趣。

今天这太阳打西边出来了，发了闲心疯。母亲瞥了父亲一眼，又低下头去择菜。

今天玉娘家也吃面条？母亲又看了玉娘一眼。

是啊，上次小全做了一顿，感觉面条怪好吃的。玉娘笑道。

小全呢？

谁知道，又打兔子去了。

你也不管管他？

腿在他身上，谁能管得着，再说，饭好了他就回来了。玉娘依然笑着，那眼神弯弯的像月牙。

小全叔家的灶房简陋得很，除了锅和瓢，什么都没有。婆婆和公公只在结婚时露了一下脸，又回陕西去了。听人说，他们又给小全叔生了一个小弟弟。这都是后来的事了。

小全叔的安静生活没过多久，就开始鸡飞狗跳起来。他依然端着枪，在深夜的田野里跑来跑去。早晨，披散着头发的玉娘揣着一把菜刀，将小全叔撵得在村子里跑来跑去。有一次，竟然将小全叔从倪营撵到张营。人们都端着饭碗立在门口看热闹，这两口子追逐，一个个跑得贼快，他们劝也劝不住。

玉娘，你好好劝劝他不行，非要拿着一把菜刀，伤住人了咋办？父亲喊了一句。

玉娘一个眼神愣过来，父亲后退三步。

自家庄稼都荒废了，过日子还图个啥？我今天一定要杀了他，看看他的心是啥做的。

追逐的游戏从黄昏到日落。到了午夜，一切都平息下来。

过了几天，有人来看卧在池塘边的水牛。后来，水牛就被带走了。

一天黄昏，我放学回家，看到玉娘正披散着头发，坐在我家的灶房里哭泣。她捂着脸，发出嘤嘤嘤的哭声。母亲在劝她，大意是，小全就爱跑，谁没个年轻时候。

可是这日子咋过？

总有一天他的心会收回来。

哭了半天，大概是累了，玉娘停下来，脸色怔怔的，望着火光。母亲正在烧火，一根根柴火添进锅灶，锅里的玉米粥发出噼哩噼啦的咕嘟声。

饭好了，就在这里吃吧！一直坐在院子抽烟的父亲也走进来。

冬天来临，玉娘生了一个孩子，取名叫小克。我们都围过去看，玉娘含着笑，蓬蓬头又梳起来，面色愈发皎洁，让人想起挂在树梢的那轮圆月。小全叔也嘻嘻笑着，在家里跑来跑去。他们家的灶房里又飘起久溢的香味。小全叔不再跑出去打猎，每天下田给麦子锄草。他的父亲上次回来一趟，给他的弟弟也上了户口，分的田地就先归小全叔种着。

玉娘对小克真是抱着手里怕掉了，含在口里怕化了。她溺爱这个孩子，偏他又生得粉雕玉琢。她抱他到照相馆去，戴了一顶瓜皮帽，穿了一身小褂子，眉心里点了一颗红痣。照片取回来时，人们都啧啧有声。她越发喜欢将他打扮成女孩模样，头发也蓄起来，每天编两个小辫子。玉娘的手也巧，全村没见过她那么手巧的。人们都说，哟，小克越来越好看了。可不是，他脸上的两个小酒窝也是出自玉娘，一笑起来，就像两个小铃铛，在春风里荡着秋千响。

小全叔温柔地笑着，每天早出晚归，在地里与家里奔跑。任玉娘将孩子摆弄成什么模样，他也不介意。偶尔心痒了，去田野里打兔子，不知是枪老了，还是手法生了，竟然打不住兔子。有几次碰巧打了一只，回来做给小克吃，玉娘也不介意。

小克三岁时，玉娘生了一个女孩。我们真是为小克的妹妹操碎了心，在教室里就交头接耳，交换着各种好听的名字，将它们写下来，密密麻麻写了一大张田字格纸，回来后郑重地交给玉娘。房间的帘子拉得很低，玉娘还躺在床上，脸色有些憔悴。她勉强地笑了一下，说，你们真好，不过孩子名字取好了，就叫青青吧。我们快快地散开，迎面碰上一个老妇人，颤颤巍巍走过来，扶着她的是一个比玉娘更好看的女人。只是不见了小全叔。

回到家，人们正在交头接耳。我们侧着耳朵听了半天，这才知道，出现在小全叔家的老妇人是玉娘双目失明的母亲，扶着她的是玉娘同母异父的姐姐，来照顾她坐月子。

玉娘的女儿很瘦，小小的身子包裹在小被褥里，两只大眼睛骨碌骨碌，在脸上乱转。哟，这丫头真瘦，跟哥哥完全不一样。人们都围过去，看了又看。

是的，小克生下来就胖，才三岁，就已经吃得肥头大耳，站在那里，明显就是一副土财主家的小少爷模样。他被玉娘剃了头，但依然穿着长褂，戴着瓜皮小帽，依然粉雕玉琢，人见人爱。

出了月子的玉娘消瘦很多。她抱着青青，立在风口处，风吹过来，她赶紧扶住一棵树。

是不是奶不好？人们关心地问道。

也不知道咋的了？就是不出奶。

你妈跟你姐呢？这两天咋不见了？

她们回去了，家里也有事。

那谁伺候你？小全呢？

小全送她们去了，晚上就回来。

晚上小全叔没回来，直到第二天下午，他才风尘仆仆的回来，眼里带着一抹久违的笑意。

计生部门很快找上了门。坐在玉娘家里，说青青属于二胎，超生，要罚款。

家里啥都没有了。玉娘抱着青青，靠在门上。小全叔低着头，坐在凳子上，不发一言。

黄昏，小全叔来到我家，搓着手，哥，你看能不能让他们少点？他叫我的父亲。

母亲正在烧饭，她奋力地往锅灶添进去一把柴火，气咻咻的说，这帮龟孙子，整天就知道干这害人的事，被拉到街上引产的不知有多少个了，伤天害命哟！

　　父亲蹲在门口，抽着烟，烟头在夜色里一明一暗。他咳咳两句，说，明天找荣民说说看。

　　荣民是村里的妇女主任，父亲是村会计，他们能搭上话，但也不多。

　　荣民说了，先罚两千，别人都是五千。父亲回来时，跟小全叔说。

　　小全叔眼里的神色沉了一下，又沉了一下。他苦笑着说，现在几百块钱都拿不出来。

　　荣民那个女的，很不好说话，语气硬得很。父亲气愤地说。

　　小全叔走了之后，父亲跟母亲说，把家里的钱先支援他们几个吧，小全也不容易。

　　母亲看了父亲一眼，火光在她脸上跳来跳去。

　　这两千块钱还是个开头。秋季来临，玉娘家的家具已经被搞计划生育的人拉得差不多了。连挂在墙上的打兔子枪也被收走，理由是兔子属于国家保护动物，没被罚款就不错了。玉娘把小克送到娘家，抱着青青，和小全叔开始东躲西藏的日子。直到家里的门被拆掉后，已经是冬天了。一个寒冷的晚上，凄风刮着，凉雨下着。玉娘来到我家，坐在灶房里，双手捂着脸，哭个不停。

　　看往后这日子咋过哩？玉娘哭道。

　　母亲也叹着气，一边往灶膛里添火，锅里的水已经开了，咕嘟咕嘟冒泡。

　　父亲蹲在门口，吧嗒吧嗒抽烟。过了半晌，他在地上磕磕烟锅，说，还能咋过，过去这几年，孩子大了就好了。母亲叹着气，去里屋拿面。出来时，父亲正立在玉娘身边。

没面了，就只剩个缸底了。母亲没好气地说道。

明天就去磨面。父亲赶紧应道。

那时节，方圆十里，只有野鸡王营有一台磨面机。不管鹅毛大雪，还是烈日灼阳，人们都只能用捞车拉着小麦，走十里地，到那里去磨面。

如父亲所说，日子果真就好起来了。小全叔和玉娘带着青青，在外面躲了半年后，计划生育的人动静渐渐小起来，他们就回了家。

一向沉寂的小全叔家突然喧嚣起来，腾腾腾腾。我们都跑过去看，只见玉娘家的院子西头多了一间小屋，屋子里立着一台庞大的机器。以后磨面就方便了，不用再跑到野鸡王营了。人们都笑道。

当然，磨面机就在我家后面，父亲再也不用拉着捞车，跑那么远去磨面了。我也很高兴，跑回去告诉母亲。母亲正在纳鞋底，脸色沉了一下。你高兴个啥，她家买个轧面机，你高兴个啥？母亲愤愤说道，脸上的神色简直要把鞋底掷到我脸上。

我赶紧跑了，迎面却撞上父亲，一脸喜色。

你是不是把家里的钱拿去帮他们买磨面机了？母亲的声音压抑而愤怒。

就几千块钱。父亲搓着手笑道。

好吧，看你啥时候能收回来，上次借的两千块钱一分钱还没还。母亲叹了口气。

轧面机的生意果真开了起来，只是在每天下午。上午玉娘要去下田。青青已会跑了，扎着两个朝天辫，小克带着她，一到吃饭点就到我家。

你们家不同，不管什么时候需要磨面，机器都开起来。有一次玉娘在我家轧面条，笑着说道。轧面机咕噜咕噜地响着，很快淹没她的声音。

父亲也忙碌起来，每天大会小会，开个不停。磨面机这么近，他不再拉着捞车。母亲一说没面了，他就扛半袋小麦，到玉娘家磨面。每次见到玉娘，都是在磨面坊里。她站在机器旁边，笑意吟吟，全身上下白乎乎的，像一个会笑的面人。

我戴上红领巾那一天，兴冲冲回到家，跟母亲报喜。灶房空无一人，冷锅冷灶，冷风从外面直吹进来。母亲从夜色里回来，冷着一张脸，眼里含着泪。后面跟着急匆匆的父亲。母亲拿着一把菜刀，一条麻绳，直奔到堂屋，父亲赶紧跟进去阻止。

说，今天你是选麻绳，还是选菜刀？母亲强硬着声音。

说说为啥事生气了？父亲赔着笑，伸着脸。

我亲眼看到你们坐在一条板凳上，那贱女人还笑着说，再坐近一点，别掉下去了。母亲有些哽咽。

你听错了吧，这都哪跟哪啊！父亲依然赔着笑，有些小心翼翼。来，把刀给我。

母亲已经开始放声大哭。

我看事情不对劲，赶紧拍门叫妈，妈。堂屋门被紧紧关着，推也推不开。

我准备跑开去叫二婶来劝。

站住。母亲从窗户里喝道。谁也不准叫。

谁也不知道那天究竟发生什么。母亲哭了大半夜，渐渐停息了。她沉沉地睡去，鼻子里一咻一息。我饿着肚子，在她身边睡了一夜。父亲坐在院子里，抽了一夜的烟。

谁也不准说。母亲第二天早上一如往常地爬起来操持家务，只是低低嘱咐我。

玉娘家少了和我家的走动，也许是她家日子过好了，也添置了轧面机。不光是她家，连二婶家也添了一台轧面机，我家的轧面机前，终于开始冷清起来。

母亲是听二婶说起，才知道小全叔的弟弟从陕西回来了。个子跟小全叔一样高，只是比小全叔白一些，脸上也带着两个酒窝，比玉娘的大一些。过不多久，小全叔的父母也回来了，这次回来是帮小儿子娶亲的，顺便分家。家产一个儿子一半。也没什么好分的。就四间房，一个院子。一个儿子两间房，院子嘛，东头的归大儿子，西头的归小儿子。磨面机咋办？小全叔的父母说，就当房子租给大儿子，一个月多少给点。

玉娘得了心口疼，一生气就疼，下雨天也疼。她不能再像往常一样，上午下地，下午磨面。磨面坊腾腾腾腾的声音渐渐停下来，终于恢复了安静的村庄，有一种异乎寻常的平静。

一年过去，小全叔的弟弟小怀结了婚，新娘也很漂亮，皮肤白皙，一笑起来，也有两个大酒窝。人们都说，和小怀很般配。小怀的新娘是从陕西带来的，说话带着普通话的口音，人们也很喜欢她。只是从来不见两口子下地。过不多久，小怀的新娘生了一个很漂亮的女儿，爷爷奶奶喜滋滋的从陕西回来看她。再过不多久，小怀一家三口就被爷爷奶奶接走了。等孙女大一点再回来认族亲。爷爷奶奶说。

小克已在湖北上了学。咋不叫他在咱村里上呢？人们都问。

这日子动荡不安的，还是在那里上牢靠些。玉娘说。

果真，小全叔三天两头都不在家。

小全去哪里了？人们问。

去湖北看他儿子去了。玉娘笑笑说。她挑着扁担，去村里的水井打水，水桶在她肩上颤颤悠悠。青青长大了，伶牙俐齿，还是那副小身板，仿佛风一刮就能刮跑似的。她每日不离母亲左右，这不，又跑到母亲前头去了，站在水井前面探头往里看。

水井是口古井，很有些上了年头。青苔围了一圈又一圈。水深不见底。这是口好井，据说再干旱的天气，也能从里面淘出水来。

青青，别离恁近。玉娘远远地看到，隐隐有些不安，她加紧了步子。

井面上荡着青青的脸，一轮一轮，悠悠转着，晃得青青有些头晕。头上的两根朝天辫也在井面上晃，她赶忙拽住它们，一朵蝴蝶结脱开辫子直往下落，青青赶紧伸手去捞。

等到玉娘赶上来时，已经看不到青青了。

这是口好井。井水淘了七天七夜，附近的几个池塘都满了。

玉娘守着青青，哭也哭不出来。两个人的嘴唇都发青，仿佛掉下去的是玉娘。

小全叔回来了，他蹲在地上，看着青青，直看得眼睛都直了。他没有责怪玉娘，一句话都没说。只是某天的深夜，小全叔的家里传来号啕大哭。人们都说，那是小全叔在哭。

玉娘是在一个周日的下午找到我的。她站在厂门口，笑着喊我的名字。几年没见，她头发已经有些花白。我跑过去抱她，弄了几滴眼泪出来，反倒把她弄得不自在。她推开我，又笑着说，这个星期天不加班，就想来看看你。我佯装生气：你都进厂一个多月了，才想起来看我？

其实母亲打电话的时候，跟我说起过玉娘，说她和小全叔吵架了，他一气之下去了杭州，她一气之下去了东莞。还问我知不知道玉娘在哪里？我说不知道，东莞的厂这么多。没想到玉娘就在我眼皮底下。我在华城，她在华安，两个工厂同属一个老板。此时我的心被喜悦装得满满的，马上要给母亲打电话。玉娘拉住我，说，咱俩先说说话。

我拉着玉娘，在工厂大门口的小店外面坐下，叫了两瓶可乐，一斤炒花生。南方的太阳不管四季，都是暖烘烘的。太阳照着我们，我们就着吸管，滋溜滋溜喝了一通，然后几乎同时开口。

我小全叔在找你。

你小全叔咋说我哩？

我顿了顿，玉娘又不开口了，伸手剥桌上的花生。

我妈说，你跟我小全叔吵架了。

是了，咋了？

我妈说，我小全叔去杭州了，上次回来，一看家里没有人，就到我家找你。

你妈咋说哩？

我妈说，她也不知道你去哪里了。

玉娘笑笑，拍拍衣服上的花生皮屑，轻描淡写地说道：就跟他说她也不知道。

我妈说，小全叔想让你早点回去。

玉娘又笑笑，眼里却有泪掉出来：谁想道，就吵了一架，他就不吭不嗯走了，一走几个月……她终于要呜咽起来，我怕来回走动的人看到，忙拉她的手。她又挣脱出去，去擦脸上的眼泪。然而早被风吹干了。

玉娘一直没跟小全叔联系，这是我春节回家探亲才知道的。临走的时候，玉娘请假来送我。我问她，有没话要对我小全叔讲。玉娘摇摇头，眼神欲言又止。

小全叔说，你啥时候回东莞？

后天就走。

咱们今天去赶个集吧！

哟，今天咋恁闲，带她去赶集？母亲坐在门口纳鞋底，一边笑道。

也没啥事，就是逛逛。小全叔也微微笑着。

那你去吧！

小全叔骑着自行车，带我来到镇上。他先在卖裤子的摊位上，挑了两条健美裤，一条黑色，一条蓝色。又在一家商店里，挑了一条紫色带撮撮口的外套。他还要买，我说东莞的衣服样式那么多，还怕玉娘没衣服穿。小全叔想了想，就开始打包衣服，然后带我去喝胡辣汤。我从来没喝过那么好喝的胡辣汤，一连喝了三碗。小全叔没喝，只坐在那里看着我喝，眼神里自始至终都带着一抹笑意。

我走的时候，小全叔来送我，拿着一个包裹，让我带给玉娘。我哭了起来。一边哭，一边说火车太挤，人都挤不上去，还要带那么多东西，上次鞋子都挤烂了。小全叔没有说一句话，脸上始终带着一抹让人悲哀的笑意。我终于不忍起来，再想想都喝了人家的胡辣汤，只好哭丧着脸应承下来。

玉娘看到这些衣服，竟然哭起来，比我走的时候流的眼泪还多。

他还知道心疼我？她抓着这些衣服，捂到胸口，又捂到脸上。

正值黄昏，夕阳挂在山那头，下班的工友们一拨一拨从厂里涌出来。南方的风也一阵阵袭来，却不觉得冷。

再打电话的时候，小全叔已经又去了杭州。母亲说，割麦时你们千万要回来一个，家里的几亩地今年我们帮你收了，看看秋季准备怎么弄？我们是不种了，你哥的身体也不行。玉娘听着电话，愁容挂在她的脸上。

我向厂里请了假，跟玉娘一块回去。临上车时，玉娘突然改变主意：咱们去杭州吧！

我烦躁起来：不去杭州。

我出车费，就当陪我去，去了我帮你找厂。她几乎是在求我。

我不去杭州。想起来就陌生，尽管我在家里堂屋的柜子上见过杭州的西湖和断桥，尽管小全叔说五月份介绍我去天堂伞厂。如果我当时明白，那一趟杭州之行，能改变玉娘的后半生；如果我当时明白，一个已婚女子对突然觉得要失去婚姻的焦虑，和感觉到即将要面临的暴风骤雨。也许我能应承下来。但当时我只有十六岁，未谙情事，未通世情。我又一次坚决地拒绝了她。

玉娘沉默下来，她沉默了一路，也不怎么吃东西。

玉娘的家真正的家徒四壁。母亲劝她，就在我家里睡吧，晚上跟我住一起。玉娘摇摇头，她已经哭过了，两眼通红，双颊肿着。她吃了饭，还是回去了。谁也不知道那天晚上她是怎么睡过去的。第二天早晨，她又在我家吃了早饭，然后对我母亲说：嫂子，谢谢你们的好意，我准备去杭州找他。

是了，还是要听劝，一家人终归是一家人，去了好好过日子。母亲有些欣慰。父亲也坐在一边，他此时的身体已经有些不好，风一吹就咳个没完。

再见到玉娘，是在几年后。那几年，我在东莞谈了一场恋爱，已经不怎么回家。待到大病一场后，很想吃小面饼，仿佛只有那种很干很干的小面饼，才能填补我日益虚空的身心。老家已经变了模样，人们都从旧村落里迁出来，新房子盖到路边，一幢挨着一幢，每一家门头上立着两只鸡，仿佛群鸡在媲美。

父亲佝偻着身子，坐在门口，夕阳照在他身上，一只毛色花白的猫蹲在他脚边。

我下了车，父亲眯缝着眼睛打量。他将手揣在袖兜里，看见是我，眼睛和嘴巴都笑起来，咋这个时候回来了？父亲说，并未起身。

想家了。

你妈在屋里。父亲呶呶嘴，视线又投向远方。

我也看向远方，视线却落在隔了几只鸡的一幢房子门前，那里也坐着一个妇人，佝偻着身子，花白的头发，对着夕阳凌乱着。

我进了屋，新房很大，只是很冷清。母亲的一生，仿佛总有忙不完的事。扫完了院子开始洗青菜，做饭的时候终于有闲暇跟我聊天。母亲问我厂里的事，我胡乱答着。

母亲说，玉娘也回来了。

啥时候回来的，几年没见她了。

前年。中风了。

咋回事？

刺激的。

咋刺激了？

被小全。

咋了？

小全跟她姐胡搞，被她抓到了。

啥时候的事？

上次去杭州。

我咋不知道？

谁知道。听说是相亲时就相中了她姐，她姐当时已经说了人家，就死心了。上杭州时听说她姐离婚了，两人就在一起了，听说小全每月的工资都给她管。

那玉娘去了也不中用？

小全也想分手，分开又好上了。

后来月娘就受刺激了？

是哩，一天晚上起来尿尿，发现身子动不了，第二天送医院已经晚了。

那现在咋办？

小全把她接回来，反正房子也盖了，就整天伺候她。

他也不出去了？

还出去干啥哩？孩子也大了。母亲洗完菜，起身去泼洗菜水。哗，水倒到院子里，一群鸡跑过来，在地上寻找食物。

那她姐哩？看着地上的鸡，我突然想到。

人都这样了，还能咋哩？该咋样咋样。

那小克现在哩？结婚没有？

结屁，也不管她，指望不住，听说在杭州厂里谈了一个四川女孩子，都快结婚了。

那玉娘咋办？

还能咋办？每天坐在家里，有人一天三顿做饭，端到跟前。听她们说，碗都端不住，面条都吃不到嘴里，见人就哭。

玉娘真可怜。

母亲不言语了，将一块瘦肉放在案板上，剁得啪啪响。去看看她吧！半晌，母亲说道。

玉娘拖着一把椅子，慢慢往家走，臃肿的背影，像七八十岁的老人。

玉娘。我亲热的喊道，声音一如往常。

呀，呀，呀。她支吾着，比画着，脸上僵着，不知是哭还是笑，用手示意着我坐下。

玉娘的新房很新很冷清，偌大的房间看不到一个人。

我小全叔呢？

上地去了。她用微弱的声音向我示意。一只小狗跑过来，亲热的在她脚边蹭着。桌子上放着半碗面条，已经结在一起。

回家的路上，父亲还坐在门口，正往这边望。太阳已经下去了，天越来越冷。爹，回去吧，外面太冷了。我喊道。

看过玉娘了？父亲说。

嗯，看过了。

父亲拄着拐杖，颤颤巍巍跟我进屋。母亲已经做好饭，我们坐下来开始吃饭。这是我最后一次陪父亲吃饭，也是最后一次见到玉娘。

父亲去世的时候，我回去了。玉娘已经于一年前的一个深夜独自离开。

父亲下葬那天，全村人都来帮忙，小克也从四川回来抬棺，唯独不见小全叔。他俩年轻时候恁好，咋这个时候不来帮忙了？我跟母亲嘀咕。

听说去西北坡打药了。母亲淡淡说道。

回老家第三天，我跟母亲去镇上办事，路过西北坡。远远望到河岸上种着一片果林，枝头上结着指头大的青果。喏，那是香酥梨，你小全叔种的。那里还有几亩橘子树，都挂果了。母亲说。

我小全叔？现在竟然种这个？那到时候可有得水果吃了。

吃啥？打的全是药，每天都打。

一个人背着一桶药从果林里走出来。正是小全叔。见到我，他露出笑意：妮回来了。

嗯，我扬扬手，跟他打招呼。

昨天我哥走，也不知道，没能去送送。他背着打药桶，对我母亲说话，脸上挂满歉意。

送啥哩，黄土一埋就行了。母亲说。带着我走远了。

风从河对岸刮过来，夹杂着打农药的机器声，果树林里一片呜呜咽咽。我忍不住回头看了一眼，当年扛着一把猎枪整天在田野追逐野兔的小全叔，如今背着一台农药机喷药于果林，裤管吊得老高，整个人都空空荡荡，就像一个偌大的衣架子。我忽然想起，当初小全叔答应我从杭州带回一把刨皮刀，不知他带了没有。

今夜暴雨将至

我打彩虹桥上过，桥下开满莲花。

——题记

伞

雨不紧不慢下着，已经三天了。

二十三楼的窗户玻璃上，是一片雨雾，几条水纹在纵横交叉，像缓慢伸腿的水蜘蛛。再远处是一线大山，只看得到模糊的轮廓，和拉得乱七八糟的电线。小淇将视线收回来，按在键盘上的手丝毫未停，电脑屏幕上是一份急需处理的合同。她要将这份合同完成，才能下班。每次都是这样，快下班了来一桩急件。可是抱怨有什么用。对面的水月已经收拾好，挎上小背包，那袅娜的腰身曾让小淇羡慕，如今却成了刺。"淇姐，我先走了啊！哎呀，我的雨伞呢？我先看看去，还在不在走廊。"小淇的脸上一阵红一阵白，瞧着那身影奔出办公室。她的手下意识的伸到抽屉里，触到湿漉漉的一把雨伞，心里也一直湿着。

其实水月的话也是一句平常。事情发生在黄昏，临近下班时刻。小淇正忙着，忙得筋疲力尽，甚至听得到"咚咚咚"的心跳。她甚至会怀疑，有那么一个时刻，自己会趴到工作台上再也起不来。就在这时，一个身影站在办公室门口，是财务科的吴姐，手里拿着一把雨伞。小淇的心跳起来，一眼认出，那就是她的雨伞，一根伞骨坏了，连着那边伞面也垂下来。吴姐的眼神无意识的环顾办公室的三个人："有没有人拿错雨伞啊?"

办公室的三个人都没有答话。按理说，小淇此时应该接一句，装作很讶异："呀，这是我的雨伞，怎么会在你手里?"这样便会顺理成章的，和吴姐把雨伞换回来，也应该不会引起任何人的怀疑。但小淇没来得及开口，也许心思一直停留在工作的某个点上，腾不开空去答吴姐的话。后来漫长的二十四个小时，她无数次回忆起这个瞬间，为什么当时没有开口。她已经感受到坐在后面的枫青，身子动了一下，或许枫青已经认出那就是她的伞。但是小淇没有开口，手指依然在键盘上忙碌。她办公桌的抽屉里，正放着一把雨伞，装在长条塑料袋里，安安生生的躺着。再一抬头，吴姐不见了。外面的办公大厅里，听得到吴姐和人事部的谭经理在说话。小淇怎么也没有想到，吴姐会把这件事告诉谭经理处理，那么这件事，就上升到了道德的高度。有那么一瞬间，小淇在犹豫，要不要追出去，承认那就是她的伞。可是她们肯定会想，为什么刚才没吭声?

办公室外面，是一条长长的走廊，公司坐落在走廊尽头。由于室内铺着地毯，同事们都把雨伞晾在走廊上。深圳夏季的雨水多，雨伞便成了必需品，每天的走廊上都晾着五颜六色的雨伞。其实吴姐的雨伞和小淇的雨伞相像，刚开始小淇就发现了。她盯着这两把伞，心思动了一下，甚至想拍个照片，发到公司微信群里，顺便开个玩笑，问是谁的雨伞，竟和她的一样。走廊的对面，是一家新搬来的公司，或者是他们员工的雨伞，也未可知。中午吃饭的时候，小淇发现两把伞紧紧挨在一起。她有些分不清，顺手拿了放在外面的伞。

待到走出大堂，她发现，雨伞变好了。昨天和水月外出时，有一根伞骨掉下来，还站在太阳底下，摆弄半天，说，这根线怎么掉下来了。水月说，接上去就好了。怎么今天就齐整了呢？或者是近日事多，她记错了。

待到下班时，伞又坏了。小淇想着，等天晴了，去小区门口的鞋匠那里，把它修一修，这几天连续加班，也没得机会。再说，天不放晴，也没有人会出来摆摊。

雨下了三天，两把相似的雨伞也邂逅了三次。第三次，也就是今天中午，小淇出去吃饭，又在走廊看到这两把伞，心中无意识的，顺手拿了一把。她已经明显辨认出，这不是她的伞。她的雨伞是在路边士多店买的，伞骨有些轻，这把则有些笨重。可是她不说，谁知道呢？她的内心猜测，有可能是对面那家公司员工的，下班后看到走廊上只有一把相似的伞，就顺手拿走，说不定主人也记忆混淆，过几天就忘记。吃完饭回来，她并没有把伞照旧放到走廊里，而是用塑料袋装好，放在自己的抽屉。同事们大多自己带饭，早就在午睡，办公室一片安静。午睡起来后，几件事情接踵而至，小淇很快就忘了这件事。直到下班时，吴姐站在办公室门口，说她是那把伞的主人，而且还把这件事告诉了谭经理。事情就闹大了。小淇的心情突然变得很不好，合同也无心处理，急速关上电脑。办公桌上放着几份文件，小淇随手把它们归了一下类，不想给别人留下一个自己今天很慌乱的样子。她背上包，拿起装雨伞的袋子，垂得低低的，就像捏着一把火烫的钳子，想甩已甩不掉。站在考勤机面前打卡，一连打了两次才打上，明显感受到，坐在办公室大厅角落的谭经理，眼神"嗖"地射到她手里的雨伞上。

枫青不知什么时候出去了，迎面碰上刚下班的水月，说有件东西忘记拿了。小淇觉得水月也看到她手里这把雨伞，脚步越发飘了起来，差点碰上办公室的玻璃门。水月比她晚来一个月，刚毕业的本科生，人长得美，嘴巴也乖巧。去年年底春节晚会开幕，宣布优秀员工的名单时，小淇才知道，水月是她们部门的唯一名额。那个晚会，过得有多古怪就有多古怪。但到底还是过去了，心里从此就留着疙疙瘩瘩。直到一个无意的机会，小淇才知道，水月是公司某个合伙人介绍来的。

"不是吧，水月说她是应聘来的。"小淇觉得自己像傻瓜，被人摆了一道。

"淇姐，一看你就最老实，老被人蒙蔽，别人说什么都信。哪里像她，做什么讨巧就做什么，一出事就推卸给别人。"那位同事不屑地撇了撇嘴，又投来充满怜悯的眼神。"枫青的身体又弱，相信过不了几日，难保水月不会上位哦。"同事又跟她咬耳朵，联想起水月素日的作为，小淇的心里越发古怪起来。更傻的是，她把这句话在微信上告诉了枫青，虽然急速撤回，难保枫青没看到。枫青会怎么想她呢？

前段时间，由于原来的部门领导另谋高就，公司安排枫青接替。对于枫青，小淇一直是欣赏的。在她心目中，考核一个人，永远是工作能力排在第一位。枫青不但专业出色，而且考虑事物全面，总从公司角度出发。作为一个从前台职位做起的妹子，一步步做到部门经理，让小淇很是钦佩。自己年轻时的那段时间，也是为公司尽心尽力，老板对她颇为器重。然后，她为了追寻爱情，结婚成家，义无反顾离开职场。一晃眼，职业的黄金期就过去了。如今人老珠黄的年龄，在公司不尴不尬的混着，可是如果不出来工作，难道要整日留在家里，面对乔华那张不冷不热的脸？

一走出大堂，风扑面而来，雨势比早上大了一些。昏黄的路灯下，是密密麻麻的水线，如箭一样射落地面。到处都是水，雨在地面上咕嘟冒泡，像急欲呼吸的小鱼。小淇顶着雨雾，踩着水洼，向公交站台走去。这把不是自己的伞，让她的手沉重许多。为什么要鬼神使差的，拿吴姐的伞呢？会不会让别人认为，自己就是一个占小便宜的人？同事会怎么看她？职场生涯那么多年，仍脱不了乡下妇人习性？而她是一个连出差交通费，也不愿多报的人。原本打算下半年离开这家公司，平素一直洁身自好的行为，会不会就被这把雨伞破坏了？可是当初，吴姐站在门口的那一瞬间，为什么就没有开口呢？哪怕她说一句，吴姐，不好意思，是我拿错了，就没有后来这么多尴尬。那份合同就有那么重要吗？不也是此刻没有完成，仍旧躺在电脑桌面上？小淇越发懊恼，不顾雨雾斜射脸面，摸出手机，打开公司微信群，加了吴姐的微信。很快就通过了，小淇发了一条语音：

吴姐，我是小淇，我们的雨伞是不是拿错了？

对方没有回答。

雨还在不紧不慢下着，听说这几天有暴雨，这个黄昏的雨势越发缠绵。路灯下，三三两两的行人撑着雨伞，慢慢蹚过马路。斑马线前，司机坐在车辆里，静默着。一车的人都在静默着，小淇也静默着。她习惯坐在前排，这样可以看得到更多风景。公交车越过彩虹桥，越过莲湖。每次行到这里，小淇的心里就一片安静，甚至会冒出：我打彩虹桥上过，桥下开满莲花。这是她紧张工作之后的唯一慰藉和释怀。可是今天晚上怎么也平静不了。

这时，只听手机"咕咚"一声。小淇喜欢这声音，仿若平静无波的湖面，被谁投下一颗石子，微微泛起涟漪。是公司的微信群，谭经理发了一把雨伞的照片，没说一句话，却无声胜有声。是小淇的那把伞。吴姐的那把雨伞，正湿漉漉地躺在自己座位旁边。小淇的心怦怦跳着，此时已经毫无退路，就像一个偷东西的贼，被人在大庭广众之下捉住，索性开诚布公，大大方方承认，是她拿的。至于后果，已经无暇思索。她第一时间拍了一张照，发到公司群里，附了一句话：可能和吴姐的雨伞拿错了。两条表情蹦出来，是财务科出纳男发的，先是一个贱贱的微笑，然后笑到帕金森。

小淇又发了一条信息：已加吴姐微信。

谭经理发了一个 OK 的手势表情。

一切似乎已经落幕。

回到家里，即使撑着伞，小淇的半边身子仍然湿了。乔华已经回来了，正坐在沙发上看电视，几个人在斗地主，正斗得如火如荼。小淇顾不得湿透的衣服，只换了鞋子，放好背包，雨伞顺手放到过道里。她蹲下来，蹲到乔华面前，眼神可怜巴巴地看着他:"我今天做了一件蠢事。"

"啥蠢事?"乔华的脸动了一下,眼神仍然没有离开电视。

"我今天错拿了同事的伞。"

"那有什么,明天还回去不就行了。"

"可是别人会不会认为我在占便宜?我的那把伞坏了。"

"你真是小题大做,不会怎么样的。"眼见小淇挡住他的视线,乔华不耐烦的动了一下身子。

小淇的眼泪哗的下来了,"每次我跟你说事,你都这个样子,你能不能耐心一点?"

"好了好了,你的同事都是成年人,不会怎么样的。"

小淇的心定了一下,索性说道:"可是如果我真的是有心换了伞呢?昨天和水月一起出去,她知道我的那把伞坏了。她那么爱笑话人,会不会跟别人讲?"小淇知道不该再问下去,可是她面前只有这个人。

"还回去就行了。"

"可是别人会怎么看我?偏偏又是那个吴姐,她到现在还没结婚,肯定是情感上有什么洁癖……"

"你听我说,你的同事都是成年人,还回去就算了,不会怎么样的。"乔华的表情越发不耐烦,声音里甚至有了咆哮的意味。

小淇的心冷了一下,又冷了一下,默默走到卧室。

乔华

三年前认识乔华时,也是一个雨天。

　　她为了公司一个策划案，已经不眠不休三天。看到乔华传来的设计，眼睛一亮，怎么就全懂她的心思妙处。而后的几次合作，顺风顺水，颇得老板好评，市场反应也不俗。她想，要见见这个乔华。她组织了一次客户联谊活动，周末去梧桐山爬山。待到全部人马到齐，始终没看到乔华的身影，她有些失望。

　　回来后，在 QQ 上收到乔华的消息：今天没见到我是不是很失望？

　　她突然想落泪：是有点失望。

　　我怕你见了会更失望。

　　我怎么会？她大哭起来，多日以来暗中酝酿的思念，在此刻汹涌而至。

　　乔华终于答应和她见面，那是一个湿答答的黄昏。她从公交车上下来，一眼就看到站在公交站台上的那个男人。黑色 T恤搭牛仔短裤，相貌甚是普通，只是眉目间有些郁郁寡欢。

　　她看着他，他微笑。两个人像认识好久的朋友，没有寒暄，没有客套。

　　你好，小淇！

　　你好，乔华！

　　多少天后，她回忆起这个黄昏，这个把她和乔华的命运紧紧绑在一起的黄昏。人世间，有多种相遇，偏偏她见到乔华，就误定终身。

　　她不顾老板的挽留，义无反顾辞了职，在附近找了一份工作，只为每天可以多一些时刻见到乔华。再浮躁的身心，到了乔华这里，就会变得很静。在乔华家里，她见到一柜子的奖品，对他的崇拜又多了几分。一到周末，两人外出游玩，乔华为她拍许多照片。再普通的镜头，哪怕一树一夕阳，到了乔华的手里，就变得不落俗套。在她心目中，乔华是一个内心洁净，有大胸怀，大境界的人。而这城市里，像这样的珍品男人已经不多了。可是为什么到了至今，连回忆里都带着酸楚。

两人结婚后，在她的催促下，乔华在市心买了一套二居室，每月按时还贷。她又工作了半年，为完成乔华父母早日抱上孙子的心愿，暮春时节，她辞了职，专心在家备孕。就在这个时候，她发现乔华变了。他越来越冷漠，越来越少言。甚至明明看到他的车进了车库，却半个小时后人才到家。她也暗中观察几次，乔华没有出轨的迹象。她试着挑起各种话题，但乔华总是无话。同住一个屋檐下的夫妻有很多种相处模式，偏偏她和乔华之间，就像隔了一道坝。一次意外后，她流产了。为排遣各种无奈，她在住所附近又找到一份工作，薪水不高，只为路途方便，中间经过莲湖，桥下开着一湖莲花，那是她和乔华平日最喜欢去的地方。

但乔华越来越喜欢待在家里，更多的是打开电视，看斗地主。对她的行为充耳不闻，两个人就像住在一个屋檐下的陌生人，只为搭伙过日子。也许她认识的，只是活在艺术世界的那个乔华。只是那个时刻，她需要爱情，他需要婚姻，两个人就结了伴，搭了伙。但日子就像冬日冰冻的湖水，任凭她再热烈，也焐不热，暖不化了。

手机又传来湖水的"咕咚"。是公司的微信群。

吴姐：联系上了，谢谢谭经理！

谭经理：两把伞花边确实像。还附了一个憨笑。

然后又收到吴姐的个人微信：你好，已借了一把伞使用，没事。

下班那阵太忙了，也没注意，等到用伞时候才发现。

没事的，下班了再找。

事情已经过去了，可是在小淇的心里，一个念头始终绞在心里，像雨后的野草疯长：别人会不会在想，为什么中午用伞的时候没发现呢？

临睡的时候，收到正文的消息。

今天怎么样啊？

不太好。

为什么？

她发过去一个无语的表情。

明天见我？

不见。

她删了正文的全部消息，关上手机，准备睡觉。乔华已经在客厅睡下，传来均匀的鼻音呼吸声。乔华说，白日工作压力大，自己晚间容易打鼾，怕影响她睡眠，早早搬出居室，已经有半年了。

正文

正文是她杭州的同事。相识于微时。

那时他们刚毕业，在一家科技公司求职。她任前台，他任售后。遇到难缠的客户，就由她出面，三言两语让客户面现春风。少了诸多投诉，正文自然对她心存感激，于是便要请饭。

杭州真是一个适宜谈情说爱的地方。风也暖，道路也宽。

两个人并肩走着，落叶从树上掉下来，落到头上、肩上。犹记得那些发黄的夜晚，连月牙都泛着光。外婆家的饭菜小而精致，甜而不腻，两个人吃得心满意足。摸了肚皮出来，看到天上的月光，衬着树影，幽幽桂花香阵阵袭来，正是花前月下，卿卿我我的大好时光，可她偏偏就拒绝了，以要回去补觉为由，回到出租屋，踏踏实实睡了一觉，睡梦里总泛起正文那张失望的脸。

其实正文长得很帅，浓眉鹰眼，可是总觉得少了一点什么。直到多年后，她结婚成家，才恍悟，正文身上缺少的，是男性的味道。姑且称他为男人，不如称之为男孩。可是刚毕业的正文，不经过几年社会的锤炼，又怎懂得人间春秋。

她和乔华结婚的第三年，正文辗转找到她的联系方式。两个人在微信上，有一搭没一搭地聊着，但一直没有见过面。正文做了工程师，在全国各地出差，时常下榻酒店。

下周我要到深圳出差，咱们见见呗！

不见。

为什么，怕我会吃了你？

哈哈，你又不是老虎！

那为什么？

不见，不见就是不见。只有在正文这里，小淇才恢复几分当年小女孩的心性。在他面前，她可以放松下来，开开玩笑，撒撒娇。和乔华过日子，整日神经都绷得紧紧的。她总是怕着，自己哪一件事情做错了，惹得乔华脸色愈发阴沉。乔华是一个活在艺术象牙塔的人，不屑生活杂事。可是夫妻间的相处，哪一件不是点点滴滴的日常？什么时候开始，小淇在乔华面前，变得谨小慎微起来。时间长了，小淇学会了沉默。等到睡下后，小淇在自省，今天晚上为什么就沉不下来呢？为什么要跟乔华说这些呢？明知道他不爱理这些尘俗事务。他会怎么看她？初识时，她是世间少有的温柔如水，沉静如湖的女子。到了如今，在他心目中，她是不是已经成为面目可憎，俗气横生的妇人？可是自己，为什么要拿了吴姐的那把伞呢？小淇的泪一颗颗滚出来，漫长夜里，听得到雨落地面。窗外树影摇动，大雨倾盆，暴雨就要来了。

正文的消息：睡了？

她关了手机。

回忆却没睡着，反而愈加清晰。大概人在失意的时候，最易想起前尘过往。

和正文的快乐时光，也是有的。

那是大年夜，只有她和正文留在公司值班。下班后，正义邀请她一起吃年夜饭。她应了。

正文是成都人，弄得一手好火锅。从超市买了许多材料，到出租屋后，也不让她插手，只在她面前放下许多零食，嘱她少吃点，否则待会吃不下饭了。她一边看电视，那是由一台显示器改装成的电视，图像尚显清晰。春节晚会正在热闹，火锅也热气腾腾。大概都饿了，两个人把满锅的食物吃得不剩。正意犹未尽之时，她提出告辞。正文自然要送她。

文三路上，行人稀少。月儿尚浅，挂在树梢。

她忽然兴起，今晚沿着这条路，看能走到哪里？

对她的提议，他自然是附议的。两个人慢慢走着，一路寂静，唯有黄龙体育馆里，隐隐传来人声喧嚣。

待到月色中天，两人面前竟出现一面湖。是西湖。她惊喜得像个孩子。

湖边垂柳，水波微澜。三三两两的行人，绕湖慢走。两个人走上断桥，走过一路景观。他始终和她微挨着肩，不离左右。她弯下腰系鞋带，一抬头，发现他不见了。赶紧呼唤，前面帘子微动，急忙跑过去，帘子后却跳出一个人。正是他，看她吓得花容失色，他咯咯直笑。也许他这样做，只是为了制造一个契机，等着她扑入怀中，她并没有，只是调头就走。等到了大路，看到一班公交车，她要离去。他说，那是最后一班夜间公交车，一般盛着亡灵。最终，他招了一辆出租车，把她送回出租屋。她本欲邀他上来坐，想起捉弄她的各种事情，索性板着脸不发一言，径自上了屋。却不知，那晚他站在她窗户下的路灯里，直到夜色褪去。春节过后，他就走了，自此后，再也未见。

那是她此生过得最圆满的一个春节，只是一直没有机会告知。

然后，到了今日。

他告诉她，她是他的初恋。之所以选择工程师，至今未婚，过着辗转各地的生活，正是为了找寻她的踪迹。

这让她怎么见他，尤其时下自己过着诸般失意的生活，依他那般心细如发的性情，难保不会被他察觉。然后又会怎样？乔华只不过话少了些，性情间冷漠了些，并没有对不起她。

雨淅淅敲打地面，长达一夜。

彩虹桥

早晨醒来，雨势稍缓，乔华已经上班了。

小淇起来洗脸，自然看到肿起的眼睛，并没有放在心上。如今的她，早已过了打扮的年纪，只求素色素人，整洁即可。

可是办公室的人会怎么看。她刚摁下电梯，急急走进去，已经来不及了。水月在喊："淇姐，等我一下。"她只好摁着开键，等着水月进来。然后是枫青，吴姐。吴姐新换了一把伞，水月眼尖："吴姐，你又换了一把伞。"

"是啊，昨天又借了一把伞。"

枫青只微笑，不发一言。

小淇说："真是抱歉，吴姐，我们的雨伞太相似了，昨天下班时才发现拿错了。"

只见吴姐笑了一下："没事。"

电梯在徐徐上升，里面的人又静默下来，大家都在看着屏幕上的数字跳了一下，又一下。

今天的工作并不多，办公室并无异常。小淇却觉得累极了，像一连工作了四五个工作日。

快下班时，接到正文的微信：工作终于告一段落，今天晚上请你吃饭吧！

小淇说：好啊！

几点下班，我去接你。

六点。

好，不见不散。

不见不散。

从家到公司，隔着一道彩虹桥。每到夜晚，彩虹桥上便亮起七道虹光，方圆几里都能看到。车子经过彩虹桥时，雨如泼水般泼下来，天气预报说了几天的暴雨，终在此刻到达。小淇从没见过那么大的暴雨，雨势似怒狮狂吼，捶打大地，那噼噼啪啪的声音，就像要钻空桥面。然而小淇坐在公交车里，一车的人都静默着。她拿出手机，发了一条微信：正文，今晚我有事，就不去了，我们终究是错过了。

她抬起头时，对面正驶过来一辆白色轿车，直冲过来，车子像打了滑，东倒西歪。公交车的人惊叫起来。情急之下，司机把方向盘一转，公交车往桥边护栏上撞去。已经来不及了，小淇觉得自己正在掉下去，掉下去，而桥下，正开着一湖莲花。

莲花，种于暮春，开于盛夏。

风从晒布路吹过

宋小眉一觉醒来，发现对门搬来了新邻居。

门前那棵桂花树下，被新主人挂满各色衣裳。门大开着，褐黄色的地板上，竖立着一个斑马条纹的行李箱。绿色的垃圾篓斜放在屋檐下，靠墙倚着一个拖把。屋子里走出来一个穿红衣服的女人，端着盆子，上面搁着几个晾衣架。正午的阳光正好，透过树影照射到地面，一片斑斑驳驳。宋小眉洗漱完毕，倚着门，隔着防盗门对着院子发呆。这所院子时日久远，经过风吹雨淋的地面，已经有了青苔，绿油油的一片。自家门前的菠萝蜜树，树干高高大大，树下围着一圈绿萝，此时被太阳烤得散发着植物的气息。宋小眉恍了一下神，自己也曾经历过这样的时光。那样的一个正午，她骑着自行车，在乡间的小路上，两边的杨树被风吹得呼啦啦响，周围是正可着劲拔节的麦田，头顶是热辣辣的阳光。那样慵懒散漫的气息，发生在她的少女时代，而那些时光，离她已经很遥远了。

屋里一片凌乱。地板上，是一座搭得歪歪扭扭的积木城堡，有树木，有小屋，还有一个三角形的警示牌。未穿衣服的爱莎公主戴着头巾被丢在沙发一角。此时，城堡的主人可乐还在床上，"妈妈，我头好晕啊！"她叫了一声。宋小眉回过神，穿过城堡，走进卧室，摸了一下可乐的额头，有些烫。老宋一大早就出去了，说是和人谈事。宋小眉帮可乐穿好衣裳，急匆匆朝社康走去。路上，碰到后门的邻居，骑着电动车，后面驮着她刚满周岁的女儿。看到宋小眉，邻居的脸扬了起来，宋小眉的嘴角扯了一下，算是回应。这个邻居，让宋小眉满心不高兴。自家的窗户后面，是一个阳台，正对着邻居的门前。自从这位邻居做了微商，纸箱和杂物便占据了宋小眉的窗户视线。

跟房东讲过多次，老太太先是笑笑，哎呀，这家人也不容易，带着三个孩子，小王也没上班，在朋友圈卖东西，生意好像还不错。宋小眉也笑笑，自从邻居小王做了微商，朋友圈便被占屏，不是保健信息，便是发货信息。刚开始宋小眉还觉得新鲜，隔三岔五点个赞。直到有一日，看到邻居发了一个人端着一个如猪大肠的东西，说这是人的小肠，平常不注意保健疏通的后果。宋小眉恶心极了，立马将她屏蔽。却还逃不过噪声，每天晚上十点，必能听到后窗哧哧啦啦胶带打包的声音。每天早上一醒，必收到微商小王的问候短信：亲，早安！今天 38 摄氏度，出门要注意防晒，一定要用××化妆品。出于礼貌，宋小眉最初回应几句，耐不过邻居持久如一日的热情，后来有一天，宋小眉删除了这位邻居的微信。

阳光依旧很热。南方多的是榕树，胡须长得铺天遮地。此时小区门口的这棵榕树下，并无甚新鲜，还是那个脸上笑得像一朵菊花的阿姨，十年如一日，卖着最新鲜最好吃的水果。看到宋小眉走过来，阿姨一脸笑眉笑眼：你女儿这么大了，还记得你刚开始怀孕时的样子。宋小眉也绽开笑，阿姨至今都不知道她的名字，却记得她的样子。从她嫁给老宋，自怀孕时，便在这个阿姨这里买水果。她看着宋小眉结婚，看着她大起肚子，看着孩子出生，从怀里抱着，到手里牵着，即使是自家的父母，也没能做到这一点。有时候，宋小眉从外地出差回来，一走到这个地方，看到这位阿姨，门口小区的这些小贩照旧，心里便多了安生，便有了回到家的感觉。她也看着短短数年时光，阿姨脸上的褶纹，一天比一天多，菊花一天比一天灿烂，她的心便有些酸酸的。再好的人生，也敌不过时光的变迁。

此时可乐向她身边躲了躲，触到孩子的小手，宋小眉又慌了一下，赶紧跟阿姨说，孩子生病了，到社康看看。社康的几排椅子上，坐满挂吊水的病人。常给可乐看病的医生今天休假，只能找另一位医生看。等到吸鼻涕咳着嗽吐着痰喘着气的大叔阿妈看完，终于轮到可乐。这个医生胖胖的，给可乐搭了一下脉，说是肠胃炎，最好是输液。听到输液，可乐就伏在桌子上哭了起来。宋小眉说不是建议孩子最好不要输液吗？先开点药吧！胖医生看了宋小眉一眼，说肠胃炎最容易反复，吃药也可以，就看孩子的抵抗力了。宋小眉没好气地应了一声。

药房里，还是那个戴眼镜的中年男人，护士倒是换了一茬又一茬。在这里住了几年，宋小眉看着中年男人的头，是怎样一天天秃起来的。他以后的人生，大概都要在这个柜台后面度过了。此时宋小眉看着药单，叫了一声，一盒施保利通片50.3元，这么小的孩子给开这么好的药？那些便宜疗效又好的药为什么不开？中年男人说，这个要问医生。宋小眉说，你们这里就那个贺医生最好，都是良心啊！宋小眉叹着气，拉着可乐快步走出社康。

街上还是一片热浪。几个行人在红绿灯前，干巴巴地等着。马路对面，新开了一家牛肉火锅。外面热浪滚滚，此刻店里也是热气腾腾。几位穿黑 T 恤的店员，正在里面忙碌。这里最初是一家超市，生意冷清，被一对客家夫妇接手，开了一家饭店，人气寥寥。经过高人指点，客家夫妇把饭店大肆装修，成了带有黑色风格的茶市餐厅，但无济于事。直到这家牛肉火锅，才算真把熊市变牛市了。能够证明自己变老的标志，便是对周围的事物，如数家珍的时候。天气热得让宋小眉来不及感慨，只想快步回家。经过牛肉火锅时，猛然想起，今天不正是和老宋结婚七周年的日子吗？

老宋还没回来。回到家，宋小眉伺候可乐吃完药，打发上床。正待休息，便被外面一阵呼啦啦声音惊起。宋小眉赶紧推开门，地面一阵潮湿，屋檐下的水珠犹自滴答。抬起头，晴空万里，面前这夹杂着米粒和尘屑的阵雨正来自楼上。宋小眉气不打一处来，冒着被水淋到头的危险，两步跨出家门，站到院子里，叫了起来：上面的人你们有没有良心，知不知道下面住着人啊！未等她把话说完，一阵更大的水又泼了下来。宋小眉气得浑身发抖，跳了起来，直到管理处的人赶来，这事才算平息。

宋小眉关上门，拿出手机把老宋劈头盖脸骂了一顿，怪他太穷，至今没有能力换房子。自己当初为啥要嫁给一穷二白的他？宋小眉悲从中来，大哭一场，自言自语，这都是命啊！看着镜子里发黄的脸，想起刚才在社康的秤上增加的体重，宋小眉觉得深深的悲哀。这就是她过的日子。究竟从什么时候开始，她变得日益烦躁，每天都想发脾气，看所有的事物都觉得不顺眼。都说中年的女人最美，而她的美却是日益臃肿的体形，和下垂的眼睑。更糟糕的是，她和老宋的关系。

刚开始认识老宋时，都是因为梦想。那时候，老宋刚来深圳，意气风发，一心要做深圳最好的地产大师。然后炒房失败，连自己的房子也赔了进去，租住在晒布路。那时候，宋小眉还年轻，以为一切都会好起来。日子一天天过去，她和老宋一天天变老，所有的事物都在变化，他们的经济却没有好转。不止一次，宋小眉跟无所事事的老宋哭诉：我们只会变老，体力越来越差，不趁着这几年存一点钱，将来老了怎么办，怎么养孩子养自己啊！老宋面无表情，坐在沙发上，看着电视，有时候会点点头：我知道的，我也在想办法。老宋的办法想了很久，却还只能是一句话，不能变成钞票。宋小眉又哭了起来：我们回老家吧，不在这里了，我感觉在这座城市，自己就像一个民工。我们本来就是农民工，老宋嗤了一声。我们回老家买房吧！宋小眉热切地看着他。老宋说，回老家干啥？种地。宋小眉眼巴巴地看着他。吓，种地还不把你饿死，你会种？老宋又嗤了一声。宋小眉沉默了。她的确不会种地，自从不到十六岁出门打工那天起，她就注定和土地无缘。然而眼下的日子让她绝望，她回不去老家的土地，又看不到城市的未来。老宋明白她的绝望，却不能给她希望。宋小眉就只能越来越沉默下去，时日久了，她和老宋就像住在一个屋檐下的陌生人。

可乐睡了一觉，精神好多了。宋小眉摸她的头，感觉不那么热了，心放下一点点。天黑的时候，老宋回来了。不等宋小眉说话，可乐就扑过去："爸爸，爸爸，我生病了，还扎针了。"
可乐把扎针的手指给老宋看，老宋心疼得不得了："来，让爸爸
看看。"都说女儿是父亲前世的小情人，这话一点也不假。看着
眼前一幅父女融洽的画面，宋小眉觉得离自己很远。她走到卧
室，打开电脑。这已经是家庭常态了，父女俩坐在客厅看电视，
说笑，做游戏。这个时候，宋小眉通常是坐在电脑前。她融不
进他们的世界，他们也融不进她的世界。有时候，宋小眉想起
前世今生，便会在电脑前哭成泪人，外面的两人也无动于衷。
只有可乐有时候会跑过来，怯怯问一句：妈妈，你怎么了？妈
妈，你是哭还是笑啊？宋小眉揉揉眼睛，告诉可乐，自己是因
为眼睛不舒服。

　　宋小眉倚在床头，打开微信浏览。这是她临睡前的习惯。
一个陌生人发来好友信息，宋小眉不假思索就点了拒绝。朋友
圈里，晒娃的，晒玩乐的，晒心灵鸡汤的，都在疲倦地晒着生
活。也许展示出来的人生，才是我们理想的人生。而私底下的
鸡飞狗跳，又有谁能看得到。疲乏袭来，宋小眉想睡了。偏偏
这时候可乐刚洗完澡上床，抱着爱莎公主说悄悄话。宋小眉觉
得聒噪，忍不住训斥可乐。不料可乐哭了起来，推她："你出
去，让爸爸进来陪我睡。"自从可乐出生后，一直是宋小眉陪着
她睡，老宋睡客厅。此时宋小眉好容易培养出来的睡意，被可
乐打断，怒上心头，拍打可乐。一阵鸡飞狗跳，一阵哭喊交加，
好容易可乐睡着了，宋小眉却没了睡意。

　　公司这段时间正忙，宋小眉手上几个项目都到了关键阶段。
第二天的早会只有半个小时，宋小眉却如坐针毡，惦念着时间
一分分流逝，而她还有多少事情要处理，微信上的消息嘀嘀嘀

地传过来，好在她设了静音。早会终于结束了，宋小眉赶紧回到电脑前，刚打开一个文件，部门经理雷佳音过来了。看着宋小眉，她微微一笑。望着那张脸，宋小眉有些发呆，想起昨晚看的一个韩国电视剧。其实现在很少看电视剧，最主要是没有大段时间。昨晚的电视上，一个小女人正哀哀哭着，旁边跪着一个梳头宫女。她觉得奇怪，为什么这两年电视上的女主越来越小，一脸稚气，看着像十五六岁的年纪。又恍悟，自己已经年近四十，这正是年纪流逝衰老的标志。此时雷佳音微微笑着，九零后的女孩，满满一脸胶原蛋白，再熬夜第二天也照样粉白水嫩。宋小眉想起自己发黄的脸，晚上一休息不好，第二天的脸便像上了浆。宋小眉僵着脸，听雷佳音温言软语："宋姐，世纪康城的这份策划案里，有几个地方还要改一下。"宋小眉打开策划案，雷佳音在她旁边坐了下来，指出要修改的地方。宋小眉努力做出注意听讲的样子，频频点头。在她看来，这都是吹毛求疵的事情，部门人手不够，一个人负责好几个策划案，赶出来就很不错了，又遇到一个处女控的上司。但雷佳音说的明明都在理啊，要么就不做，要做就做得完美。宋小眉附和着她的意见，坐在电脑前，雷佳音的声音在她耳边越来越大，宋小眉觉得自己快要晕了过去，内心像点了炸药，随时都要爆炸。不知什么时候，宋小眉开始惧怕各种声音。可乐的哭闹声，老宋的唠叨声，上司的教导声，马路上的喇叭声，邻居打包的胶带声，这些声音让宋小眉绝望，她只有一个念头，那就是逃到康宁医院去。

　　老板对雷佳音很信任，每次来办公室都和颜悦色，但对宋小眉她们，便严肃得板着一张老人脸。宋小眉觉得很悲哀，自己年轻时，至少在二十多岁的年纪时，也是老板面前的红人，老板对她言听计从。自生了孩子后，一心远离职场，本以为跟着老宋，便会衣食无忧，至少不为前途发愁。没想到年近四十，还要回到职场，为生计打拼，在一个九零后的女孩面前唯唯诺诺。宋小眉恨不得号啕大哭，但作为一个中年人，成熟的标志之一便是情绪稳定。宋小眉优雅地微笑着，按照雷佳音的指示，修改着策划案。

终于挨得下班，宋小眉浑身无力地走出公司。正值黄昏，太阳还在树梢，将光线斜斜照射过来。好在能看得到今天的太阳，以往都是头顶星星。宋小眉坐上公交车。一车子的人都沉默着，上车，下车。车子穿过彩虹桥，桥下是洪湖公园。远远望去，湖面上一片绿荷，绿莹莹地生长着，一片花骨朵正含苞待放。我打彩虹桥上过，桥下是一片莲花。宋小眉心头冒出这句话。她心头有一片净土，然而被现世糟践得无处可盛。

过了彩虹桥，便是康宁医院。每次经过这里，宋小眉都会不由念叨：总有一天，我也会走进康宁医院。她坐在公交车里，隔着窗户，仰看上面的窗户。走廊里没有铁丝护杆，跟平常人家一样的栏杆，万一有病人从上面跳下来怎么办？宋小眉这样想着，车子已过了康宁医院。

小区里早已是万家灯火。有人家飘来辣椒炒肉的味道，呛得宋小眉肚子咕咕叫。进了门，老宋和可乐正在吃饭。可乐叫了一声妈妈。宋小眉应着，弯下腰换鞋。没人叫她吃饭，也没人做她的饭，她已经晚上不吃饭很多天了，只为减掉步入中年以来在腰间和肚腹增加的赘肉。宋小眉洗手时，发现一个中年男人进了对门邻居的门，隔着防盗门，可以看到一个高个子的男生，正站起来。这应该是一家三口。宋小眉所住的地方，临近深圳中学，每到换学时节，这里的房子便俏得很，都是拖儿带女的住家户。等到几年过去，孩子考上学，住客们便换了一茬又一茬，这已经是规律了。此时中年男子探出头来，伸出手关门。就着灯光，宋小眉只瞧得到他短短的发。

宋小眉在办公室养了一盆绿萝。每隔一段时间，便抱它去洗手池，用水洗着一片片叶子。同事走过来，笑，宋姐，你在给绿萝洗澡呀！是呀！宋小眉也笑着，内心充满欢欣。抬头看到那袅袅婷婷富有生气的腰身，宋小眉笑不出来了，她们的人生还有无限可能，而自己的后半生，再无更新的可能了。宋小眉再一次感到绝望，也失去刚才的欢欣。回到办公室，将绿萝放在电脑前，顺手打开微信，发现通讯录多了一个人：隔壁老王。呵，还真有隔壁老王。宋小眉暗自笑了一下。刚洗过的绿萝叶片晶莹可爱，几片新叶正在探头探脑，宛如刚出生的婴儿。宋小眉选了一个角度，拍了几张照片，传到朋友圈。

午休时，宋小眉才发现朋友圈的评论：绿萝，遇水即活，其顽强的生命力，被称为"生命之花"，因为容易满足，所以连喝水也觉得自己是幸福的，希望你能发现幸福，并能守望幸福。是隔壁老王留的。宋小眉觉得诧异，随手翻了他的朋友圈，最后一条时间还停留在去年。百度了一下，绿萝的花语正是"守望幸福"。

几个项目告一段落，宋小眉多了闲暇。想着这个隔壁老王，便忍不住发了个"HI"！这一"HI"，便嗨出故事。对方很快回应过来：你好！

你是谁啊？

隔壁老王。

哈哈，别逗了。

真的。

好吧！

你从哪知道我的微信？

微信上搜索附近的人。

呃。

嗯。

这时雷佳音走过来，宋小眉赶忙关了电脑上的微信。宋姐，刚客户王总来电话，福田的那个项目要我们下个月去看场地。好，我知道了。宋小眉扬声答道，开始准备资料。这一忙就是一个下午。等到下班时分，又是黄昏。

坐在公交车上，才发现隔壁老王的信息：你养的绿萝很漂亮。那当然，宋小眉回了一个哈哈的表情。她喜欢养绿萝，不止是因为那抹绿色，更重要的，也许就像隔壁老王说的，因为绿萝旺盛的生命力吧，给点水就灿烂。宋小眉默默想着，车子已经过了彩虹桥。盛夏时节，桥下那池荷花已经盛开，叶片粉如腮红，白如玉莲。岸边有风，远远望去，仿若一群仙子在绿池翩翩起舞。夕阳下，三三两两的游人，正在岸边闲坐。

日子一天天过着，波澜无惊。每到上午，隔壁老王便发来问候。两个人有一搭没一搭地聊着，宋小眉突然觉得日子有意思多了。不管任何时候，总能收到回应，还有比这更幸福的事情吗？也许她要的，只不过就是一个能随时随地跟她说话的人，最关键的是，能相互不生厌。宋小眉的绿萝又长新叶了，她拍了一张发到朋友圈。

　　隔壁老王：你的绿萝长新叶子了。

　　哈哈！是呀！

　　瓶子上怎么有两块膏药啊！

　　哈哈，我是用罐头瓶养的绿萝，那两片标志怎么也抠不下来。

　　对方发来一个捂着嘴的表情。宋小眉喜欢吃罐头，自童年开始。那时候，人们走亲戚，通常都是带一个糖包子，或者加两瓶罐头，里面装着蜜橘、苹果、切得大块的梨，总把宋小眉引得垂涎欲滴。亲戚刚走，她便迫不及待找来工具，撬开罐头瓶，把里面的东西连果肉带汁吃得一干二净。还记得有一年夏季，那年大哥刚在县城参加工作，还未成家，也请假回来割小麦。妈妈看着大汗淋漓的大哥，心疼坏了，赶忙拿出一瓶橘子罐头，让他吃。大哥看着趴在灶台上的宋小眉，笑了，舀出最大的那块，送到她的嘴里。原来我也有幸福的时刻。宋小眉在微信上敲出这一大段话，跟对面的人分享。

　　现在也幸福呀！

　　哪有呀，苦逼得很。

　　呵呵，那是你体会不到而已。

　　看着这句话，宋小眉呆了一下。这天在回去的公交车上，宋小眉一直在问自己：我真的幸福吗？不，一点也不，她被城市的高房价和日益增长的物质，还有随之而来的衰老，紧紧包围着，整天焦虑，一刻也不得闲。她每天都在与时间赛跑，算计着柴米油盐，哪有幸福可言，没有时间幸福，也没有可能存在幸福。这时候，车子已经过了康宁医院。

　　宋小眉匆匆下了车。回到小区，要经过一段小路。宋小眉埋头走着，快到小区时，对面开过来一辆车，车灯正打在她的身上。一个男人走下来，从他身边经过时，宋小眉闻到淡淡的香水味道。正是菠萝蜜成熟时节，眼前"叭"的一声，一个菠萝蜜掉到地上，把宋小眉吓了一跳。进了家门，宋小眉一回头，发现刚才跟着自己的男人进了对门。隔着灯光，可以看到一个女人正站在厨房里炒菜。正是她渴望的日常。

直到周末，宋小眉才看到对门男人的样貌。穿着一件白色条纹 T 恤，站在门前望着桂花树沉思。一个念头升上来，把正在刷牙的宋小眉怔了一下，眼前的男人，会不会就是隔壁老王。味，她又笑起来。可乐跑过来，妈妈，你怎么满嘴白沫呀！他怎么可能就是微信上的那个人，太逗了！

老宋出去买面包回来了。闺女，咱们今天早上吃三明治。他离老远就叫可乐。不爱吃穿，只一心牵挂可乐，不嫖又不赌，能准时回家，让帮忙取个快递，跑得比兔子还快，只可惜，太穷了，连个房子都买不起，还不浪漫，连情话也不跟她讲。宋小眉继续刷牙，在心里又把老宋评判一番，打了死刑。

又是煎蛋夹面包。宋小眉嘟囔着，还是这种绿色的面包，甜不甜，咸不咸，难吃死了。但肚子很饿，自己又懒得做饭，宋小眉拿着一份早餐坐到电脑前。

日子突然有意思多了。宋小眉跟隔壁老王在网络世界里，海天胡地聊着，分享生活里的点点滴滴。她谈起往事，谈起父亲在世时对她的宠爱，才发现原来自己的生活里，真有过幸福这个东西。只不过它们都过去了。

这天快下班时，宋小眉收到一个定位信息，是隔壁老王的。在那里干吗呢？

上班呀!

那里可是个好地啊!国企啊!

一般吧!什么时候过来喝咖啡?隔壁老王淡淡应着。

过段时间我要去附近考察项目,到时再说吧!宋小眉一边看文件,一边在微信上飞快敲出这句话。

好呀,到时我请你喝咖啡。

不,我喜欢喝啤酒,冰冻的,我们去吃火锅。她调皮地笑着,眉眼生动,宛如恋爱中的少女。这个念头可把宋小眉吓着了,难道她喜欢上了隔壁老王。哈哈,网络这么大,见一面也无所谓。她这样安慰自己。

真到了那日,却也平常。宋小眉见到甲方,处理完工作。拒绝了客户邀请吃饭,在朋友圈发了自己的动态,特意链接上所在位置。但隔壁老王迟迟未见动静。

一个下午过去了,一个晚上过去了,宋小眉心神不定地过着。隔壁老王仿佛网络蒸发,再看他的朋友圈,仍然一片冷清,时间还是停留在去年那条朋友圈。

生活又恢复常态,宋小眉渐渐习惯了没有隔壁老王的日子。在这段时间里,那颗始终被高房价和物质包围而焦虑的心,竟然渐趋平静。隔壁老王的出现,让她看清自己的心。她要的,始终不过是一份生活中的呵护,柴米油盐,一日三餐,回去的家中有灯光,她心头有人惦记,也被人惦记。而这,也许正是"守望幸福"的真正含义。又一个工作日,她坐着的那辆公交车,走过彩虹桥。桥下的荷花不知什么时候已经凋谢了,此时正是一池碧青。这个夏季快要过去了,该瞅个时间到洪湖公园走走了。

走进小区，已是夕阳西下，风从晒布路吹过，把她的影子拉得很长。宋小眉踩着自己的影子往前走，《七月和安生》里说，踩着自己影子的人，便会一生相随。宋小眉正在努力踩自己的影子，不料被一双小脚踩上。一抬头，可乐正冲着她笑，旁边是牵着她小手的老宋。可乐扔下爸爸，扑进妈妈怀里："妈妈，今天我们到洪湖公园玩了。"可乐已经到她的胸口那么高了，宋小眉低下头，在那张仰起的小脸上亲了一下。

宋小眉牵着可乐和老宋往家走。路上接到房东的电话，老太太明天要过来收房租，老宋说，他会想办法。小区门口，那棵榕树还在，胡须依然铺天遮地，在风中微微荡漾。卖水果的阿姨还在，修鞋的阿伯也在，卖杂货的小店门口支了一个摊，坐着几个打麻将的人。邻居小王骑着电动车，后边驮着她的女儿，老远就抛过来一个热烈的笑脸，宋小眉回了她一个大大的笑。对门走出来一个人，正是以前的邻居房东大伯。看到宋小眉，大伯呵呵地笑，拿出几个芒果要给可乐，说这是自家种的有机食品。芒果透着青，被可乐欢快地接过，乖巧地谢了一声爷爷。宋小眉探头看了一眼，屋内一片狼藉。"咦，原来的住客呢？"

"呵，搬走了，都搬走了。"大伯摆摆手。

"他们不是才住了半年吗？"宋小眉惊奇地问道，按照惯例，至少要等孩子上满三年高中。

"别提了，本来签的三年合同，听说这家女主人跟别人跑了，孩子受不了，到澳大利亚留学去了。"

想起以往一家三口的温馨情形，宋小眉真有些不敢相信。她拿出钥匙，开自家的门，又像想起什么，回头不经意地问道：

"大伯，这家人姓什么呀?"

"姓王吧!"

"原来是隔壁老王呀!"一直背着手，笑眯眯听他们谈话的老宋，突然开口说道。

"是呀，是隔壁老王，怎么了?"宋小眉白了他一眼，心突突跳了一下。

可乐已经进了屋，端坐在沙发上看电视。屏幕上，光头强正被一对熊欢乐地追赶着。见妈妈变戏法似的从包里拿出一瓶罐头，可乐跳了起来："妈妈，你又买罐头了。"

"等你吃完，妈妈再种一瓶绿萝。"宋小眉弯腰打开罐头，看到里面清甜圆润的果肉。

原载《作家天地》2017 年 10 期